海外우리語文學研究叢書㊺

조선사화전설집 ⑽

김세민

한국문화사

차 례

리주국과 군졸의 아들 ……………………………(2)

정홍순의 깐진 풍모 ……………………………(43)

아차고개 ……………………………………………(60)

성계고기 ……………………………………………(98)

육상궁의 터를 낮춘 정홍순 ……………………(106)

호방한 림형수의 죽음 …………………………(119)

김수항의 안해 ……………………………………(134)

사륙신이야기 ……………………………………(142)

리주국과 군졸의 아들

얼마전부터 훈련도감의 군사들이 술렁대더니 이마적에 와서는 온 서울장안이 벅적 끓었다.

한강 사장에서 군사조련을 한다는 령이 내걸리자 각 영의 영장들은 부족한 군사인원수를 채우노라 눈코 뜰새 없이 돌아갔다.

밤낮 기생방에만 붙박혀있던 군관들이 그제는 오금에 불이 일어 서울안 5부의 집들을 일일이 뒤집다싶이 하여 군졸들을 모아들이고 일변으로는 대오를 짜고 기발을 검사한다 활과 창을 수리한다 천릭자락에 바람이 차서 돌아갔다.

한개 대를 만들자면 군졸이 열둘이나 있어야 한다. 원패수, 랑선수, 당파수가 각각 둘씩이요 장창수 넷에다가 화병과 대장이 각각 한명씩이다.

한개 대는 두개의 오로 되여있다. 대에서 1,2번이 원패수, 3,4번이 랑선수, 5,6,7,8번이 장창수, 9,10번이 당파수 마지막 11번이 화병이다. 그래서 기수번 1,3,5,7,9가 1오로 되고 짝수번 2,4,6,8,10이 2오로 되여 1오는 왼쪽에 서고 2오는 오른쪽에 서며 대장은 대의 앞에, 화병은 대의 뒤에 선다.

언뜻 보아서 어줍지 않으면 대장이요 그다음 좀 젊고 날파람있어보이면 당장 원패수로 뽑았다. 힘꼴이나 써보이면 랑선을 맡기고 담력이 있어보이면 당파수로 박아넣었다. 그리고 피죄죄한 늙은이나 코흘리개녀석들은 갈데없이 화병으로 되였다.

이러구러 인원은 채워놓았지만 막상 조련을 앞두고는 각 영의 중군이하가 모두 속이 한줌만하였다. 제 막료가 누군지도 가려보지 못할 형편이니 여차직하면 성미가 강마르고 엄격하기로 유명한 대장 리주국에게 탈을 잡히여 곤장을 맞을는지도 몰랐다.

리주국으로 말하면 임금의 남다른 총애를 받고있는 권신이여서 온 나라의 병권이 홈빡 그의 손아귀에 쥐여있는터이다. 훈련대장 총융사 금위대장 어영대장 구어사에 형조판서이니 그의 턱짓 한번에 누구의 벼슬이 당장 떨어질수 있는것은 더 말할것도 없고 군법에 걸어 목을 벤대도 뻐꾹소리 한번 못할판이다.

영장들은 파총들을 돌볶아대고 초관들은 또 밑의 기총들을 다그고 기총은 또 기총대로 애꿎은 대장들과 군졸들을 몰아세웠다.

손에 설은 병장기들을 잡고 모인 사람들이다보니 조련을 받는 당사자들보다도 우선 조련을 시키는 사람들이 죽을 맛이였다.

《이놈아, 북을 치면 앞으로 가라는겐데 멈춰서면 어쩔셈이냐. 네가 군법에 걸려 목없는 귀신이 되구싶어 몸살난놈이다.》

《제미, 앞의 개똥이가 서니 나도 섰지요. 이놈아, 네가 서니 나도 섰지.》

《사공 배 둘러대듯 둘러대기는 잘한다.》

《이놈아, 징을 세번 치면 물러나라는 뜻이라구 몇번 말해주었느냐.》

《두번 치는건 어떡하라는거유?》

《그건 물러나 몸을 돌리라는거다.》

《여보게, 북소리 한번에 몇걸음 나간다고 했나?》

《스무걸음이라구 하지 않았수.》

《엥이, 저렇게 잦은 가락으루 치는데 무슨 재간에 스무걸음을 나간단 말이여?》

《그건 빨리 가라는 긴고라우, 한번 치는 동안에 한걸음씩 나가라는거유. 우루루 천둥하듯 치는건 싸우라는거구 다듬이방망이질하듯 둥당둥당 치는건 이겼다는 전승고라우.》

《자네 봐허니 병조판서 대사마 대장군감이군그래. 오장노릇 하기는 아까워. 허허.》

《쉬, 초관나으리가 이리루 오우. 군법에 걸어 목을 벤다구 또 으르지 않나보우.》

《흥, 보리밥 먹구 방귀 뀌는놈은 목베지 않느냐구 물어보게. 주장의 신호기에 응하지 못해 늘 촌닭 관청에 온것처럼 어정쩡해있는 주세에.》

《그러다가 우리 대가 분련에나 걸리면 어쩌우?》

《지금 이모양으루 분련에 걸리면 자네나 내나 곤장은 아예 맡아두었지 별수 있나. 그럼 자네 장가 다 갔네.》

《그건 또 왜요?》

《볼기짝이 터진담에야 첫날밤을 무슨수루 치르겠나. 조막손이 닭

알 주무르듯 새색시를 어루쓸기만 할텐가?》

《제기, 듣기 싫소.》

《하하하.》

《허허허.》

《실없는 소리는 그만들 두구 원앙진 치는 연습이나 합시다.》

《어 그저 우리 대장이 극성이라니.》

《원패수 자네들은 둘이 나란히 내뒤에 서고 그다음 랑선수아저씨 넷이 각각 쌍을 지어서시우. 개불이형님과 천덕형님은 장창수이니 그뒤에 짝을 지어 서야지요. 아니 아저씨는 왜 또 개불이형님앞에 서시우? 화병은 대의 맨꼬리 중간에 서라구 몇번 말씀드렸수.》

《제기, 자네가 날 늙었다구 갈보는셈 아닌가. 화병으루 박힌것만두 분한데.》

《아니우, 대장인 내가 맨앞장에 서구 아저씨가 뒤를 막는셈인데 갈본다는건 다 무어유?》

《그럼 그렇겠지, 어험, 임진왜란때 우리 고조할아버지께선 의병으루…》

《그건 개불이 천덕이 형님네두 다 같수.》

《자네들 씩뚝깍뚝하는게 미쁘지 않아 하는 말일세만 군사에서는 장난이 없느니. 알아들 들었나?》

《알겠어유, 아저씨.》

늙은이가 오금을 박는바람에 젊은것들이 찔끔하여 목을 움츠리였다.

《군사란 죽을고에 뛰여들라면 제잡담하고 뛰여들어야 하는건데 이건 그저 마파람에 개 뗏 놀듯하니.》

늙은 군사는 아무래도 젊은것들이 홍뚱거리는 꼴이 마음에 싸지 않는듯 푸념을 하였다.

《아니 개불이형님은 어쨌다구 또 거드우?》

젊은 장창수가 훈련에 딱 싫증이 났던지 롱지거리를 더할양으로 늙은 군사의 말꼬리를 잡고 늘어졌다.

《내가 언제?》

늙은 군사는 어리둥절하여 눈을 둥그렇게 뜨며 물었다.

《마파람에 개불알 놀듯한다니 그래 개불이가 마파람 맞으며 무당

춤이라도 추었단말이요?》
　자라목이 되였던 젊은것들이 장창수의 말에 그만 다시 와하고 웃었다.
　《이자식, 남의 이름을 가지구 누굴 놀릴셈이냐.》
　《이런 쓸개빠진녀석 좀 보아. 제편을 들어주는데 되려 성을 내네.》
　장창수는 무던히도 이죽거리고싶은 모양이였다.
　《저자식이 아직두.》
　《네 이름이 개불이가 아니란 말이냐. 늬 아버지가 염병에 아들 둘을 잃구 늘그막에 겨우 아들을 하나 보구는 명이 길라구 우정 그렇게 지었다며?》
　《원 귀는 보배다, 망할자식, 허허.》
　개불이라고 불리는 젊은이는 쑥스러운듯 얼굴이 수수떡이 되여가지고 어줍게 웃었다.
　《이자식아, 너는 뭐가 좋아서 너털거려? 저는 천대꾸러기라구해서 천덕이라구 한다면서.》
　《제기, 누가 아니래. 엥이 어떤놈은 팔자 좋아 고대광실 높은 집에 주지육림 뗑뗑거리는데 이놈의 팔자는 남의 칠자만두 못해 콩나물죽 한그릇 마시고 조련을 한답시구 들볶이니, 까짓 모르겠다.》
　천덕이라는 젊은이는 장창을 팽개치듯 내던지고 땅바닥에 털썩 주저앉았다.
　《이사람아, 자네 경치고싶어 그러나?》
　《제기, 경칠놈은 따루 있수. 료미 줄 날이 언제인데 아직 안준단 말이여? 이건 우리가 무슨 바람 먹고 구름뚱 싸는 신선인줄 아는 가베.》
　개불이가 입이 부르터 맞장구를 치며 또 털썩 주저앉았다.
　《명색이 군사란게 조련을 하다말구 퍼더버리구 앉는단 말이여? 못생긴녀석들두 있다.》
　늙은 군사가 역증을 내며 눈을 흘기였다.
　《아니 아저씬 아까부터 웬 극성이시우? 아무렴 내가 조련을 안한들 막상 싸움판에 나서면 아저씨만 못할가봐 걱정이우?》
　《이놈아, 흰목 빼지 말아. 네따위는 싸움판에 나서기전에 삼십륙계 줄행랑이나 놓지 않으면 다행이겠다.》

《뭐요? 아저씨가 누굴 기 돋구어 죽일셈이우?》
《네까짓게 기가 나면 장히 무섭겠다. 어디 한번 이 늙은것과 맞서보련?》
《정말이우? 아저씨, 기광 좀 그만 부리시우. 허허.》
젊은이는 퍼더버리고 앉은채 늙은 군사를 울려다보더니 왼눈을 찌긋하고 껄껄 웃어제꼈다.
《기광이라니? 저눔 말버릇 좀 보게. 수오리처럼 혼자 우쭐해가지구. 눈이 크면 겁이 많다더니 네가 겁은 되우 많구나. 허허.》
《제기, 정말 한번 해볼라우? 그러다 아저씨가 병신 되면 그 덤터기는 내가 쓰게 되지 않수.》
《그렇게 걱정이 많아가지구는 곤 닭알 지구 성밑 못지나가겠다. 네녀석이 허우대만 덜썩 컸지 속은 계집이로구나. 어디 바지 한번 벗어뵈여라. 허허허.》
늙은 군사는 기가 뻗쳐 후렁후렁한 팔소매를 쏙쏙 걷어붙이며 젊은이를 씨까슬렀다. 가죽이 주글주글한 앙상한 팔일망정 왕년에는 힘꼴이나 썼을듯 아직도 힘살이 단단해보였다.
《아저씨 병신 되여두 내한테 지다위 마우.》
천덕이라는 장창수가 종내 참지 못하고 벌떡 일어섰다.
장창수는 장창을 거꾸로 들고 늙은 군사는 손에 나무칼을 쥐고 서로 마주섰다.
조련을 하던 군사들은 좋은 구경이 생겼다고 얼씨구나 박장을 하며 두사람을 한가운데 놓고 빙 둘러앉았다.
《천덕아, 내질러라, 아차 저런 쯧쯧.》
《아저씨, 잘하우. 천덕이녀석 혼 좀 내우.》
장창수는 창날이 뒤로 가게 거꾸로 잡은것이 아무래도 창쓰기에 불편한지 창대를 꼬나들고 어르기만 하였다.
나무칼을 든 늙은 군사도 장창을 든 상대에게 서뿔리 덤벼들기가 어려워 틈만 노리며 빙빙 돌았다.
장창수가 《얏!》 소리를 지르며 창을 냅다 내지르자 늙은 군사는 잽싸게 나무칼로 쳐서 창대를 물리치며 오른쪽으로 한발작 비켜섰다. 창대는 늙은 군사의 옆을 아슬아슬하게 흘러지나가고말았다.
장창수가 미처 창을 당겨들이지 못한 틈을 타서 이번에는 늙은 군사가 《여잇!》 소리와 함께 장창수의 왼쪽으로 바싹 다가들었다. 급해맞은 장창수는 늙은 군사의 나무칼을 피해 옆으로 훌쩍 뛰며 내질렀던 창대를 가로 획 휘둘렀다.

딱! 소리가 났다. 늙은 군사가 어느새 나무칼을 몸에 대고 옆으로 후려치는 창대를 막은것이였다.

모두 《앗!》 하고 숨가쁜 소리를 질렀다.

늙은 군사가 창대에 맞아 넘어지는가싶어 가슴이 한줌만했던 사람들이 후 하고 숨을 내뿜었다.

《이 아저씨 봐라, 제법이다.》

《네까짓 그 창법을 가지구 언감 나를 다친단 말이냐, 에잇!》

이번에는 늙은 군사가 먼저 한걸음 썩 나서며 창대끝을 외로 쳐갈겼다. 장창수가 급히 창대를 바로 꼬나잡으려는 순간 늙은 군사가 나무칼을 비껴들고 왼편으로 들어갈것처럼 몸을 쑥 기울였다가 바른편으로 벼락같이 다가들었다. 장창수는 왼편을 막으려고 창대를 그쪽으로 돌리다가 갑자기 늙은 군사가 바른쪽으로 달려드는바람에 당황하여 자세를 바로잡지 못하고 몸을 기우뚱하였다.

순간 《여잇!》 하는 소리와 함께 늙은 군사의 나무칼이 획 내려지며 장창수의 손에서 창대가 툭 떨어졌다.

장창수는 재차 내려질 나무칼을 피해 저쪽으로 후닥닥 뛰여 물러났다. 늙은 군사는 두어걸음 쫓아들어가며 나무칼을 들어올리다 말고 너털웃음을 터뜨렸다.

《어며나, 이녀석아, 허허허.》

늙은 군사는 숨을 헐썩이며 웃다가 쿨럭쿨럭 기침을 하였다.

구경하던 군졸들이 와하고 웃으며 장창수를 놀려댔다.

《여보게 천덕이, 코 좀 만져보게.》

《코는 그만두구 그보다 썩 아래켠을 만져보게. 그게 아직 붙어있나.》

《원 저런걸 낳구두 미역국을 먹었을가.》

《히히히.》

《허허허.》

장창수는 점직하여 더수기를 긁으며

《칼 쓰는 솜씨가 보통이 아니여.》 하고 혀아래소리로 중얼대더니 제편에서 도리여 큰소리를 쳤다.

《젠장, 아까 내가 조금만 더 힘을 넣었더면 아저씨 병신되였을

줄 아시우.》

《저놈이 아직 입은 살아서. 이놈아, 패장은 유구무언이니라.》
《패장은 누가 패장이우? 남의 사정 봐주다가 그렇게 된걸.》
《그럼 네가 다시 해볼라느냐?》
《다시 하면 아저씬 없수.》

장창수는 진것이 분한지 어떻게든 다시 한판 해보려고 늙은 군사의 기를 돋구는데 방패를 들고 앉았던 원패수 하나가 왼편쪽을 흘끔흘끔 바라보다가

《쉬, 여보게, 저기 서있는 량반짜가 대체 누구여?》 하고 물었다.

《제기, 아무면 어쨌단 말이요?》
장창수가 입살을 빼물고 퉁명스레 내쏘았다.
《저게 훈련대장 아니여?》
《훈련대장이 무에 안타까워서 오뉴월 염천에 여길 온단 말이요?》
《아닐세, 훈련대장나으리가 미복을 하구 나와서 조련군사들을 닥달한다네.》
《전번 좌사의 군사들이 조련할 때 후초의 초관이 술이 얼근하여 건뎅거리다가 대장한테 걸려 곤장을 맞았다던데.》
《저 량반이 아까부터 우릴 지켜보는게 아무래두 수상하이. 이만 일어나서 조련하는 시늉이라두 해야 할가부이.》

군졸들이 주춤주춤 일어서서 대를 짓는참인데 저만치 서서 보고있던 량반이 하인 서넛을 거느리고 이쪽으로 다가오며 점잖게 《어험》 기침을 하였다.

《자네들이 지금 무얼 하나?》
선이 날카로운 갱꽃한 얼굴이 결패가 있어보이는 량반이였다. 생김새와 달리 목소리는 퍽도 온건하였다.
장창수가 뱃이 불어났던참이라 볼멘 소리로 퉁명스레 대꾸하였다.
《보면 모르시우? 조련을 하우.》
《봐허니 네가 되게 혼이 났나보구나, 허허.》
량반은 장창수의 퉁명스런 대답이 어이가 없던지 가볍게 웃어버리였다.

량반의 웃음이 자기를 깔보는상싶어 장창수는 화가 불끈 치미는 모양으로 눈을 찔 흘기며 두덜거렸다.

《혼나긴 누가 혼났단 말이요? 별 싱거운 량반 다 보겠어.》

그러자 량반뒤에 서있던 하인 하나가 버럭 나서며

《이놈아, 네가 뉘앞이라고.》 하고 으름장을 놓았다.

량반은 손을 저어 하인을 말리며 여전히 례사목소리로 말하였다.

《이애, 내가 별 싱거운 량반이 아니라 훈련대장이다.》

그 말에 장창수는 눈이 휑하여졌다.

다른 군졸들도 갑자기 당한 일이라 어쩔바를 모르고 서서 그저 허리만 굽석하였다. 그래도 늙은 군졸이 나이값을 하여 제꺽 군례를 올리며

《대감께 문안드리오. 좌부 좌사 전초의 군사들이 분련을 하는것으로 아뢰오.》 하고 대답을 하였다.

《오냐, 분련을 실답게 하니 대견한 일이다.》

훈련대장 리주국은 만족한듯 수염을 내리쓸며 늙은 군사를 웃음기 어린 눈으로 내려다보았다.

《어서 일어나거라. 네 검술이 제법 법수가 있는듯하니 활도 과히 서툴지 않겠구나.》

《황송하오이다. 젊었을적에는 륙량중 화살로 80보를 넘겨보았습니다만 지금이야 어림이나 있겠소이까.》

《허허, 소시적에 범 잡지 못한 포수가 없느니라.》

옛날에는 륙량중 화살을 80보를 넘기면 무과시험에 합격하였다. 웬간한 장사가 아니고서는 무거운 륙량중 철전을 그만큼 날려보낼수 없었다.

주국은 괴죄죄해보이는 늙은 군사가 하는 말이 곧이 들리지 않아 그저 웃고말았다.

《소인이 언감 대장앞에서 흰목을 쓰겠습니까.》

늙은 군사는 행색과는 다르게 속대가 단단하였다.

《그래?》

주국은 저으기 새삼스러운 눈으로 늙은 군사를 여겨보았다.

색바랜 쭈그러진 전건을 쓴데다가 때국이 흐르는 붉은색 군복바탕에 푸른 깃과 푸른 동정만이 새뜻하게 눈에 띄웠다.

원래 훈련도감의 군사들은 자기가 속한 부와 사, 초에 따라 각각 군복의 색갈과 깃, 동정의 색이 서로 다르다. 전초는 붉은색이요 좌초는 푸른색, 중초는 누런색, 우초는 흰색, 후초는 흑색으로 각각 방위에 따르는 군복을 입는다. 깃은 그가 속한 파총의 색갈을 따르고 동정은 천총의 색갈을 따르게 되여있다. 그래서 군복의 색갈만 보아도 어느 초에 속한 군사인가를 제꺽 알수 있다.

아마도 늙은 군사는 조련을 앞두고 낡은 군복일망정 깃과 동정만은 새로 달아입은 모양이였다.

어쨌든 늙은 군사는 밉지 않았다.

《네가 그래 나와 한순썩 쏘아보지 않겠느냐?》

주국은 뒤따르는 하인에게 손을 내밀었다. 하인은 늘 활을 가지고 다니는 모양으로 제꺽 어깨에 삐죽하니 보짐처럼 싸서 둘러맸던 각궁 한장을 내놓았다.

《소인이 어찌 감히.》

늙은 군사는 말은 그렇게 하면서도 한번 쏘아볼 생각인 모양이였다.

《어디 맞춤한 과녁이 없겠느냐?》

주국이 주위를 두리번거리다가 쉬나문걸음쯤 떨어져있는 버드나무를 가리켰다.

《저 버드나무의 구새먹은데를 쏘는게 어떠냐?》

《대감님 분부대로 하겠소이다.》

《네가 그예 나하고 겨루어볼 작정이로구나. 허허.》

주국은 활에서는 남에게 뒤질 생각이 없었다. 명궁이라는 소리를 듣는 그였던지라 군사들앞에서 대장의 솜씨도 보일 겸 늙은 군사의 활솜씨도 떠볼 겸 오른손에 깍지를 끼고 전통에서 화살을 뽑아 시위에 먹였다.

과녁을 향해 모로 비스듬히 서서 시위를 힘껏 당겼다. 군졸들과 하인들이 침을 삼키며 긴장하여 바라보는통에 주국은 저으기 마음이 팽팽하여졌다.

숨을 한껏 들이그었다가 딱 멈추고 과녁을 겨누어 깍지손을 뚝 떼자 핑 시위가 울며 화살이 날았다. 화살은 버드나무 구새통 한가운데 푹 꽂혔다.

《맞았다!》

군졸들이 갈채를 하였다.
하인들은 제가 쏘기나 한것처럼 어깨를 으쓱댔다. 우ㅠ는 갈채하는 군졸들을 빙그레 웃으며 일별하고 또 살을 메웠다.
한순을 쏜중에 한대가 구새통 왼편 변두리에 맞고 나머지 넉대는 모두 한가운데에 모도롬히 박혔다.
《어디 너도 한순 쏘아보아라.》
《예잇.》
늙은 군사는 주저없이 썩 나서며 활을 받아들었다. 손에 설은 남의 활로 제 솜씨를 다 내보이기는 힘든것이다.
늙은 군사는 손맛을 보느라 활을 쥐고 두어번 추썩이더니 이젠 그만이라는듯 전통에서 화살 한대를 쑥 뽑았다.
그리고는 시위를 당길념 않고 살을 메운 활을 아래로 드리운채 가만히 서서 한참 과녁을 가늠하듯 쏘아보았다. 그러는 사이에 흐리멍텅하던 눈동자가 차차 또렷해지며 눈정기가 서늘해졌다.
이윽고 천천히 활을 들더니 오른손이 귀결에 가닿을 지경으로 힘껏 당겼다. 만궁이 되였는가 하는 찰나에 벌써 핑하고 화살이 날았다.
명중이였다.
《야!》
군졸들은 너무 좋아 겅둥겅둥 뛰며 갈채를 하였다. 장창수는 너무 긴장하여 엉거주춤 구부리고있다가 제 넙적다리를 철썩 치며 환성을 올렸다.
《아저씨, 잘하우!》
늙은 군사가 쏘는대로 화살은 연방 가운데에 푹푹 들이꽂혔다.
아쉽게도 마지막 한대가 조금 빗나가 구새통의 오른편에 꽂혔다.
《엥이, 야,》
장창수가 아쉬운듯 긴 소리를 뽑으며 무릎을 쳤다.
주국은 늙은 군사의 활솜씨가 자기보다 월등 나은줄을 제격 알아보았다. 마지막 화살은 대장의 체면을 보아 짐짓 헛날린것이였다.
주국은 늙은 군사가 대견하였다.
《네가 제법 인사를 다 아는구나.》
주국은 속으로 감탄하며 빙긋이 웃었다. 그러면서도 혹 정말로 실수하여 못맞힌것이 아닌가 하는 미심한 생각이 들어 한번 호령을 내놓았다.

《여봐라, 네가 저 과녁이 외적이였더면 그래도 헛쏘았을가?》

주국의 목소리에서 당장 대장의 위엄이 풍기였다.

군졸들은 주국의 호령에 어안이 벙벙하였다.

늙은 군사는 금시 얼굴이 거멓게 죽어가지고 땅에 엎드리였다.

자기가 사정을 둔줄을 귀신같은 대장이 알아챈 모양이였다. 하잘 것 없는 군졸이 훈련대장 형조판서 대감나으리에게 사정을 쓰다니 이 얼마나 무엄한짓이랴.

량반들이란 원래 까다로운 족속들이라 그것이 비위를 상하게 했을는지도 모른다. 일껀 잘하느라 한노릇이 되려 화로 되는셈이 아닌가.

외적이라면 빗쏘았을텐가구? 원 천만에, 그럴리가 없다.

늙은 군사는 번쩍 머리를 들었다.

《어찌 그럴리야 있겠소이까.》

늙은 군사의 눈빛이 방금 과녁을 노릴 때처럼 쇠끝같이 날카로와졌다.

주국은 늙은 군사의 담기가 마음에 들었다. 주국의 위엄스럽던 낯빛이 스르르 풀리며 말소리가 낮아졌다.

《오, 내 그럴줄 알았다. 네 마음이 고맙구나. 이자리가 무예시험을 보이는 자리였다면 몰기(무예시험에서 최고점수를 받는것)로 쳐서 료미를 올려주련만 사사로 쏘아본것이라 그럴수는 없다. 대신 이 활을 상으로 받아두어라.》

《아니올시다. 소인이 어찌―》

늙은 군사는 뜻밖인듯 황송하여 부르짖었다.

《대장이 주는것을 네가 어찌 사양하느냐.》

《황감하여이다.》

늙은 군사는 머리를 조아렸다.

《래일 조련도 오늘처럼 잘하렸다.》

《예잇.》

주국은 군사들을 둘러보며 한번 머리를 끄덕여보이고는 자리를 떴다.

주국이 훈련도감에 들려 조련을 앞두고 중군이하를 다시 한번 단속한뒤 저녁무렵 집으로 돌아가는데 언뜻 늙은 군사가 눈에 띄였다. 어깨에는 웬 보퉁이를 걸어멘채 머리를 짓수그리고 터덜터덜 걸어가고있었다.

《저제 아까 낮의 그 늙은 군사가 아니냐?》
《그러하옵니다. 좀전에 소인이 보자니 싸전에서 대감께서 주신 각궁을 잡히고 쌀을 흥정합더이다.》

순간 주국의 가슴에는 괘씸한 생각이 치밀었다.
아무리 목구멍이 포도청이라 한들 대장이 준 각궁을 잡히고 쌀을 사다니, 무식한것들이란 별수 없나보다.
각궁이 그리 아까운 물건은 아니지만 그래도 오래 손에 익어 줄 때에는 얼마간 속이 알찌근하였다.
그래도 늙은 군사가 노는 꼴이 밉지 않고 군사를 장려해야 할 대장의 책임도 있고 해서 준것인데 돌아서자마자 쌀 몇말과 바꾸다니.

《으음.》
주국은 마치 믿던 사람에게서 배반을 당한것처럼 입이 썼다.
《이미 주어버린 물건이니 임자 마음대로 처분하기에 달린것인데 무슨 개의할게 있느냐.》

저으기 짜증섞인 소리에 구종은 목을 쑥 움츠리였다.
주국은 고해바치는 말을 눌러놓기는 하였으나 가슴속에서 불쾌한 생각은 가셔지지 않았다.

이튿날이다.
노돌나루에서 훈련도감 군사들의 조련이 벌어졌다.
붉은 천릭을 입고 전립에 호수를 꽂은 무예별감들이 오늘따라 옷맵시를 내고 우쭐하여 어깨바람이 났다.
너르나 너른 한강 사장은 기치창검으로 뒤덮였다. 쟁그렁대는 쇠소리며 각색 기발이 펄럭이는 소리, 사람들이 수선대는 소리들이 한데 어울려 귀가 멍멍하였다.
람색바탕에 붉은 선을 두른 인기들만 해도 몇십이요 누른색, 람색, 붉은색, 흰색, 검은색의 오방기가 다섯이다.
모양새로 보면 대장의 창기가 가로세로 각각 한자에 기대가 1자 5치로 제일 불품이 없다 하겠고 볼만 하기로는 9자 기대에 표범꼬리술을 달아맨 표미기가 첫째라 하겠다. 눈에는 보기 좋아도 표미기가 선곳에는 주장의 령기나 령전이 없이는 누구도 마음대로 드나들수 없다.

군사들의 조련이란 눈으로는 기발의 신호에 응하고 귀로는 호포소리, 북과 징, 나발의 신호에 응하는것이다.

신호에 따라 나가라면 나가고 서라면 서는것이다. 결국 신호에 응해 움직이는것이니 기발이며 북과 나발이며가 많지 않을수 없다.

각 대의 군사들은 자기 대장의 기를 보고 대장은 자기 기총의 기를 보고 기총은 자기 초관의 기를 보고 초관은 자기 파총의 기를 보고 파총은 자기 영장의 기를 보고 영장은 주장의 기를 본다.

보통 3대가 1기가 되고 3기가 1초가 되고 5초가 1사로 되고 5사가 1영이 되니 한개 영만 해도 벌써 기발이 수십이다.

주장의 기에 영장이 응하기전에 파총이 먼저 응하면 안된다. 반드시 차례로 응하되 정신을 차리고 기의 빛갈을 보지 않다가 생동같이 남의 신호에 응하는 날이면 불호령을 듣는것은 그만두고라도 당장에 곤장맛을 보게 된다. 자칫하면 군법에 걸려 목이 날아날수도 있다.

영장의 기에 파총이 응한다고 해서 다섯 파총이 무턱대고 영장의 기가 움직이는대로 휘젓고 눕히고 세우는것은 아니다. 영의 기발은 바탕색이 표식으로 되고 기발가의 선을 두른것이 기발색을 나타낸다. 기총의 기발은 바탕색이 표식으로 되고 기발가의 선을 두른것이 사의 소속을 나타내는 색으로 되는데다 기발에 또 띠가 있어 그것으로 영의 소속을 나타내는 법이다.

중영의 영장이 붉은색 기를 눕혀 앞으로 가리키면 이는 중영의 앞에 있는 사가 앞으로 진격하라는 뜻이니 이때는 앞의 사의 파총이 영장의 기에 응하여 기발을 앞으로 눕히면 전체 사가 진격하게 된다.

만약 영장이 푸른색 기를 앞으로 눕히면 이는 왼쪽의 좌사가 앞으로 진격하라는 뜻이다. 영장이 누런기를 눕혀 앞으로 가리켰는데 가운데 사의 파총이 응할 대신 푸른기를 가진 좌사의 파총이 멋모르고 앞으로 진격하면 당장에 곤장맛을 보게 된다.

눈으로 기를 잘못 보아도 야단이지만 귀로 신호를 잘못 들어도 큰일이다.

첫번째 신호포를 놓고 나발을 불면 각 군사는 밥을 지으라는것이요 두번째 신호포를 놓고 나발을 불면 모두 무장을 갖추고 교련장에 들어와 렬을 지어 대오를 정돈하라는것이다.

주국은 장막에 앉았다가 군사들이 교련장에 다 들어섰을무렵 몸을 일으켜 문밖에 나섰다. 그러자 세번째 신호포가 울리고 징이 두번 울렸다. 장쾌한 군악이 어깨가 으쓱거리도록 교련장을 들었다놓았다.

징을 세번 쳐 군악을 그치게 하고 신호포를 한방 놓자 부웅 하고 기세좋게 늘여뽑는 천아성이 울렸다.

천아성소리와 함께 군사들은 기를 앞뒤로 흔들며 와 와 와 세번 고함을 질러 사기를 돋구었다.

주국은 교련장에서 들리는 군사들의 고함소리와 류랑한 대취타소리가 좋았다. 씩씩한 사나이들의 거칠매없는 웨침을 들으면 어쩐지 세상이 더 넓어지는듯하였고 쩡쩡 울리는 대취타소리에 가슴이 확 열리는것 같았다.

대상에 올라서 초관이상 장수들의 군례를 받고 교련에 관한 주의를 준뒤 곧 군사들의 개영행이 시작되였다.

개영행이란 교련에 앞서 진행하는 사열행진이다.

오방기초를 앞뒤로 흔들자 가락맞게 울리는 북소리에 맞추어 군사들이 움직이기 시작하였다. 전영의 군사들이 먼저 나가고 그 다음 좌영이 그뒤를 따랐다.

저벅저벅 수천의 무거운 발걸음소리가 둥둥 울리는 북소리와 어울려 사뭇 엄엄하게 들렸다.

주국은 칼을 짚고 대상에 위엄있게 서서 군사들을 내려다보았다. 붉은색 군복에 푸른 깃, 푸른 동정을 단 좌영의 좌사 전초의 군사들이 지나가고있었다.

어제 보았던 늙은 군사가 화병이라니 아마 저기 어느 대의 맨뒤 꼬리에서 허리를 구부정하고 따라가리라.

주국은 늙은 군사의 밉지 않은 얼굴이 떠오르자 마음이 기꺼워져 수염밑으로 빙긋이 엷은 웃음을 지으며 눈여겨 찾아보았다. 그러나 그 많은 인총속에서 가려내는 재간이 없었다.

좌영의 군사들이 다 지나가고 중영의 군사들이 대상아래를 지나갈 때였다. 중영의 군사들이 좌영과 얼마간 동안을 두고 지나가는데 그 사이로 낯익은 그 늙은 군사가 화병들이 가지고 다니는 멜대를 메고 자기 대를 따라잡느라고 허겁지겁 뛰여가는것이 눈에 띄였다.

늙은 군사는 자기 대를 따라잡느라고 정신없이 뛰여가다가 문득 자기가 좌영과 중영의 중간에 들였다는것을 알자 당황하여 앞뒤로 두리번거렸다. 대상 바로 앞에 멜대를 멘채 혼자 서있는 자신을 발견한 늙은 군사는 그만 온몸이 굳어졌다.

《저게 대체 웬놈이여?》

《저런 얼빠진 녀석같으니라구. 저따위가 무슨 군사란 말이여, 쯧쯧.》

《비루먹은 노마새끼두 저런것보덤은 낫겠다. 하하하》

《이놈아, 어서 비키지 못해?》

《군로녀석들은 무얼 하고있누. 저런놈 제꺽 잡아들이지.》

호령소리, 비웃음소리가 우박치듯하였다.

늙은 군사는 그바람에 아예 얼이 빠진듯하였다.

주국은 그만 입맛이 썼다. 어서 빨리 자기 대를 쫓아가기라도 했으면 좋으련만 늙은 군사는 미처 그럴 생각도 나지 않는 모양이였다. 허둥대는 늙은 군사의 꼴은 보기에도 민망스러웠다.

주국은 분하였다. 중군이하 장수들이 입을 비쭉대며 저따위가 무슨 군사냐고 비웃는 소리가 못견디게 분하였다. 차라리 속도 걸처럼 못생겼더면 저따위 걸멋이나 들어가지고 교기를 부리는것들한테 업수임을 받아도 분할것이 없겠다. 속에 진주를 품고있으면서도 멋밖에 부릴줄 모르는 저런 건달군들한테 놀림을 받고 욕을 만판 당하는것이 더 분했다.

《웨들 이리 부산이야. 군로는 저 군사를 잡아들이고 처분을 기다려라.》

《예잇!》

붉은 전립에 칼을 차고 붉은색 곤장을 든 군로가 긴 대답을 하며 허리를 굽신하였다. 마침 호기를 부릴 기회라고 여겼던지 우악스런 군로 하나가 훌쩍 뛰여나가더니 대바람에 늙은 군사의 덜미를 찍어눌렀다.

《얼음판에 넘어진 소새끼냐, 어정대기는.》

군로는 늙은 군사의 엉뎅이를 걷어찼다. 얼떨해있던 늙은 군사는 그만 땅우에 곤두박힐듯 비척거리였다. 늙은 군사가 등을 밀려 밖으로 끌려나오자마자 중영의 군사들이 대상앞을 지나갔다. 늙은 군사와 군로는 뒤를 이은 대오에 가리워 더는 보이지 않았다.

주국은 조련을 마칠 때까지 마음이 개운치 않았다. 늙은 군사의 일이 자기일처럼 분하였고 분한 생각이 들수록 늙은 군사가 야속스러웠다.

그만큼 군사로 늙었으면 조련에 늦으면 군률을 당할줄을 알련만 부디 오늘따라 늦을것은 무엇인가. 이제 저 늙은 군사의 살빠진 볼기에 무지스러운 매가 떨어지겠으니 가긍한노릇이였다.

그러나 낯을 안다고 인정을 쓸수는 없다. 군률은 어디까지나 군률인것이다.

해가 기울무렵 드디여 조련이 끝났다.

조련이 끝난 뒤에는 의례히 상벌이 있기마련이다.

각 영의 영장들이 병이 나서 나오지 못한 수와 휴가를 받은 군사들의 수를 보고하고 순시관들이 조련시에 군률을 어긴자들을 일일이 성명을 들어 아뢰였다.

《활에 시위가 없는자, 화살에 깃과 촉이 없는자, 칼과 창에 녹이 쓸거나 무딘자, 기발이 해여진자는 없는것으로 아뢰오.》

《오냐, 너희들이 사정을 쓴것이 아니냐.》

《지엄한 군률이 있사온데 어찌 감히 그럴 법이 있겠소이까.》

조련을 앞두고 각 영장들을 단단히 달구어댄 보람이 있어 군기가 그쯤해진줄은 그도 모르는바가 아니다.

《상관이 불러도 느리게 응한자 우영 좌사 전초 초관 리수량이—》

《죄인을 잡아올려라.》

《예잇.》

군로들에게 끌려들어온 초관을 보니 옷맵시를 내고 얼굴이 밴들밴들한것이 군사를 거느리고 싸움을 할 장수라기보다 기생방에 놀러다니는 난봉군에 가깝다.

주국은 절로 눈쌀이 찌프러졌다.

《네가 상관의 부름에 제때에 응하지 않았으니 네아래 기총들과 대장들은 어찌 되였겠느냐. 네가 그러고도 군률을 면할가?》

초관의 밴드러운 눈찌가 금시 올롱해졌다.

17

《소장이 상관의 부름에 제때에 응하지 못한것은 사실이오나 죄에는 알고 한짓과 모르고 한짓에 경중이 있는 법이온데—》
《네가 모르고 범한 죄라면 군률이 용서할듯싶으냐?》
《소장이 파총의 기를 바라볼 지음에 마침 바람이 반대편으로 불어 기발색을 잘 가려볼수 없었소이다. 바람이 이편으로 불적에 소장이 비로소 가려보고 제꺽 응했으나 밑의 기총들과 대장들이 원체 덩둘하다보니…》
《저놈의 거짓말을 당해내지 못하겠다. 저의 죄를 바람한테 넘겨씌우다못해 밑의 기총과 대장들에게 밀어버리는구나, 괘씸한놈. 저놈에게 곤장을 스물다섯대 불이 나게 쳐서 버릇을 고쳐주어라.》
주국은 밴드라운 초관의 말에 화가 천둥같이 나서 버럭 소리를 질렀다.
초관은 군로들에게 끌려나갔다.
밖에서 매치는 소리가 철썩철썩 나며 죽는다고 엄살을 부리는 비명이 들렸다.
《그래 또 없느냐?》
주국은 얼핏 늙은 군사의 일이 떠오르며 가슴이 은근히 조였다.
《예잇, 가고오는데 약속한 시각을 어긴자 좌영 좌사 전초의 김오득이…》
늙은 군사의 이름이 김오득이였구나 하는 생각이 들면서 주국은 저도 모르게 불쑥 되물었다.
《그래 그게 누구냐?》
주국의 말에 순시관의 눈이 휘둥그래졌다.
좌영 좌사 전초의 군사라는데 누구라는것은 또 무어냐.
《그게 아까 대상앞에서 허둥대던 군사냐?》
주국이 다시 물어서야 순시관은 알아차린듯
《그렇소이다.》 하고 대답을 하였다.
기고수, 순령수들이 밑에서 목을 움츠리고 저들끼리 낄낄거렸다. 아까 늙은 군사가 기신없이 놀던 꼴이 생각난 모양이였다.
《그런것들이 다 군사라니, 허허…》
중군이 옆에서 조심스레 웃었다. 그따위 늙은 노닥다리는 한낱 웃음거리로나 칠것이지 구태여 군률에 부칠나위도 없다는 뜻이 은연중 비치였다.

중군의 말에 주국은 한층 더 비위가 뒤틀리였다. 김오득이 군률을 어긴 죄인만 아니더면 지금 비쭉대는녀석들과 한번 무예를 겨루어보게 하였을것이였다. 그러면 저들은 틀림없이 오득에게 얻어맞으며 아이쿠지쿠 죽는 소리를 질렀을것이다. 주국은 그렇게 할수 없는것이 분하였고 군률을 어긴 김오득이 괘씸하였다.

《오득을 잡아들여라.》

주국의 호령소리는 자연 높아졌다.

《죄인 오득을 잡아 대령하였소.》

주국은 대상아래 꿇어앉은 늙은 군사를 내려다보았다. 오득은 머리를 푹 수그린채 덤덤하였다.

《네가 어찐 일이냐?》

노염을 참는 주국의 목소리는 나지막하였으나 그것은 천둥직전의 먼 우뢰와도 같은것이였다.

《소인이 죽을 죄를 지었소이다.》

오득의 목소리에는 기운이 없었다. 대상을 올려다보지도 못하고 고개를 짓수그린 모습이 가긍하기 그지없었다. 차라리 뻣뻣이 머리를 들고

《내 이래서 늦었소. 마음대로 하오.》 하고 담차게 말했더면 주국의 분이 좀 가라앉았을는지도 몰랐다. 주국에게는 풀이 죽어 가긍해보이는 그 꼴이 더 밉상이였다.

《네가 죽을상을 하면 군법에서 벗어날상싶어 그러느냐? 나라의 료미를 축내는 군사로서 조련에 늦었으니 일후 싸움마당엔들 안늦을가부냐. 이제 보니 너는 아무짝에도 쓸데없는 폐물이로구나. 너한테 구태여 군률은 써서 무엇 하겠느냐. 그 꼴 보기 싫으니 어서 물러가기나 해라.》

주국은 역증이 나서 더럭 소리를 질렀다.

그러나 오득은 물리길넘을 않고 잠잠히 엎드려만 있었다.

《어서 썩 물러가지 못할가.》

주국이 다시 호령하자 늙은 군사의 머리가 버쩍 들려졌다.

《소인이 물러가드래두 군률은 당하고야 물러가오리다.》

《흥, 네가 그래도 속은 살아서—》

《소인이 조련에 늦은것은 죽을 죄로 잘못하였사오나—》

늙은 군사는 목이 꺽 메여 더 말을 잇지 못하고 다시 푹 머리를 떨구었다.
《그랬으니 어쨌단 말이냐. 군사엔 두말이 없고 대장의 호령은 두번 다시 내리는 법이 없는줄을 모르느냐?》
《군사에게는 한가지 군률이 있는줄로 아옵는데 어째서 소인에게는 사정을 두는것이오니까?》
《사정? 별 우스운놈의 소리 다 듣겠다. 내가 사정을 둘것 같으면 애당초 너를 잡아들이지도 않았겠다. 너는 이제부터 내 군사가 아니니 군률에 부칠것도 없어 물리치는것이니 그리 알고 곱게 물러 가거라.》
《소인을 물리치드래두 한마디만 더하게 하여줍시오.》
《무슨 말이냐?》
《소인이 늦은것은 소인탓만이 아니라 실상은 나라탓이요, 나으리 탓이올시다.》
《뭐, 뭐라고?! 어, 무엄하다, 발칙한놈.》
《소인이 지금까지 군사에 일심정력을 넣은줄은 하늘이 내려다보고있소이다. 나라에서는 우리 군사들에게 위급할적이면 목숨을 바치라고 하옵는데 우리 백성들이 언제 목숨을 아낀적이 있소이까. 하건만 나라에서는 우리 군사들에게 썩은 료미조차 아끼여 제대로 내주지 않으니 우리 군사들이 무얼로 호구지책을 하오리까. 소인이 어제 조련에 나오기 위해 사흘째 굶어 늘어진 자식의 손에서 죽그릇을 빼앗아 들이키고 나온줄이야 대장께서 어찌 아오리까. 아비된 마음으로 자식의 손에서 죽사발을 빼앗기가 헐치 않았으나 조련을 위해 그리했던바올시다. 어제 대장께서 귀한 각궁을 주셨길래 안된일인줄 알면서도 그걸 싸전에 잡히고 쌀말이나 얻어가지고 집에 갔었던것이로소이다. 당장 굶어죽게 된 자식을 두고 차마 발길이 떨어지지 않아 미음을 쑤어먹이고 자식놈이 자리를 털고 일어나는것을 보고 오느라 늦은바올시다. 그러니 소인이 늦은것이 어찌 나라탓이 아니오며 대장나으리탓이 아니라 하오리까. 소인은 할 말을 다했으니 이제 란언을 한 죄루 목을 벤대두 칼을 달게 받겠소이다.》
늙은 군사의 목소리는 어느덧 굳세여져 쇠를 두드리는듯 하였다. 열기오른 눈이 번쩍이였다. 당당히 대상을 쏘아보는품이 아까의 초라하던 모습과는 아예 달랐다.

《소인이 나라의 군사로 되여 군률을 어기였으니 이제 물러가드래두 군률대로 벌을 받고야 가오리다.》

주국은 새삼스레 눈을 크게 뜨고 늙은 군사를 바라보았다. 과시 장부답고 군사답다. 비록 행색은 초라하고 등은 굽었을망정 그 기개와 곧은 심지가 얼마나 장하냐.

군사들에게 료미를 제대로 내주지 못하는줄은 자신도 잘 아는 일이다. 그렇다고 그가 나서서 해결할 일도 못된다. 그것이 늘 가슴에 걸리지 않는것은 아니지만 어찌할수 없는 일이다. 나라에서 모르쇠하는것은 그래도 약과라 하겠다. 오히려 군사들의 등을 긁어내지 못해 안달아하는 형편이다. 젖먹이가 선무군관으로 등록되여 군포를 바치는것은 례상사요 애당초 태여나지도 않은것한테서까지 군포를 들씌우는판이 아니냐.

그렇게 긁어들인 군포를 가지고 무엇을 하는지 이즈음에는 군사들에게 썩은 료미조차 제대로 내주지 못하니 답답하기 그지없는 노릇이였다.

주국은 부지중 눈을 감으며 속으로 부르짖었다.

《오냐, 네탓이 아니로다. 네탓이 아니면 도대체 뉘탓이란 말이냐, 오…》

주국은 속이 아팠다. 저런 군사를 죄인으로 만들다니, 용장에게는 비겁한 군사가 없다건만 자기는 끌끌한 군사를 죄인으로 만들었다. 대장재목이 못되는 자기가 대장으로 앉아있는탓에 저런 군사들을 죄인으로 만드는것이 아닌가 하는 생각이 불쑥 났다.

주국은 불현듯 가슴이 쩌르르 하도록 늙은 군사가 가여웠다.

《네가 정녕 군률을 당하려느냐?》

주국의 말소리는 분명 물기에 젖었다.

《소인을 떳떳한 군사로 여기시면 군률대로 하옵고 쓸모없는 페물이라면 그대로 쫓아버려줍시오.》

《오냐, 장하다. 여봐라, 약속한 시간을 어긴 죄인 김오득에게 매를 안겨 군사들에게 군률이 무서운줄을 알게 하여라.》

《예잇.》

붉은 곤장을 든 군뢰들이 우루루 대들어 오득을 엎어놓았다. 철썩철썩 매치는 소리가 들렸다. 오득은 신음소리 한번 내는 법 없이 매를 견디였다. 매가 열대를 넘어가자 꿋꿋이 들려있던 그의 목이 근뗑거리더니 급기야는 형틀우에 폭 떨어지고말았다.

아마도 매를 치는 집장군뢰놈이 우정 되게 친 모양이였다.

곤장을 치는 군뢰들은 매질에 미립이 터서 매를 치기전에 죄인에게 먼저 토색을 하는것이 보통이다. 톡톡히 한몫 옭아낼 싹수가 보이면 우정 매채를 쥐고 롱간을 부린다. 아무리 우에서 눈을 부릅뜨고 지켜본댔자 그 속임수를 당해낼수가 없다.

푸륵푸륵 부러진 매채가 공중에 나는것을 보면 매우 치는것 같지만 실은 헐장을 치는수도 있고 겉으로는 아무 상처도 나지 않게 헐후히 치는듯해보여도 마음만 먹으면 속으로 뼈가 으스러지게 하는 수도 있다.

아마 늙은 군사는 군뢰의 토색에 코방귀를 뀌였던 모양이요 심사가 비뚤어진 군뢰놈은 우정 매를 되우친 모양이였다. 항차 며칠을 굶었을 오득이가 아니랴.

오득의 고개가 폭 떨어지자 주국은 《엉?!》 하고 놀랐다.

《어떻게 되였느냐?》

《늙은것이 엄부럭을 부리는 꼴이옵니다.》

《이제는 족히 징계가 되였을것이니 그만하여라.》

군뢰들이 축 늘어진 오득을 끌어낼 때까지 주국은 안절부절을 못하였다.

이윽고 기발을 내리운다는 포소리가 한방 울리고 바라와 북을 치는 소리가 세번 났다. 기발을 내린 다음 나발을 불고 징을 치자 기치들이 세줄로 나뉘여졌다.

이제는 군사조련이 끝났다.

주국은 대상에서 내려와 말을 탔다. 조련을 마치고 돌아가자니 어쩐지 마음이 무거웠다. 오득이 어찌 되였는지 불안한 생각이 좀체 가라앉지 않았다.

노돌나루를 벗어져 길가 초입에 이르렀을 때였다.

어디서 들려오는 녀인의 애끊는 울음소리에 가뜩이나 어수선하던 마음이 한층 흐트러졌다.

《여보, 이게 웬 일이요, 하늘도 무심하지, 이런 생죽음을 당하다니 아이구, 여보, 우리도 함께 데려가오.》

《아버지, 눈을 뜨오, 말이나 좀 하오, 아버지를 누가 이렇게 만

들었소. 어느놈이요. 말이나 좀 하오.》
  죽은 사람의 안해와 아들의 통곡이였다. 녀인의 울음소리에는 설음이 담뿍 실려 가슴을 졸아들게 하는 대신 아들의 울음소리에는 서리발같은 원한이 맺히고 서려 듣는 사람의 가슴을 섬찍하게 만들었다.
  주국은 웬일인지 속에서 돌덩이같은것이 툴렁소리를 내며 떨어져내리는것 같았다. 불길한 예감이 들었다.
  고개를 돌려 바라보니 한 녀인이 길섶에서 머리를 풀어헤치고 몸부림치고있었다. 녀인이 안고있는 시체는 분명 낯익은 해여진 군복이였다. 새뜻한 푸른 깃과 동정이 눈에 아프게 박혀왔다.
  《김오득이로구나, 아아, 그예 죽었구나.》
  시체에 매달려 울던 열댓살 됨즉한 사내녀석이 벌떡 일어서더니 다가오는 주국을 매섭게 노려보았다. 어찌나 이를 옥물었던지 관자노리에 파란 기운이 도는듯하였다. 아프게 그러진 주먹이 바르르 떨었다. 주국을 노려보는 어린것의 눈에서 불이 팔팔 일었다. 온몸이 그대로 소리없는 부르짖음이였다.
  《아버지를 죽인 이 원쑤놈아.》
  산전수전을 다 겪은 주국으로서도 어린것의 서리찬 기상에는 그만 으쓱 소름이 끼쳤다. 칼날같은 눈길이 주국의 얼굴과 온몸을 베듯이 훑었다. 그런 눈길에 찍힌 얼굴은 일생가도 잊혀지지 않을것이였다.
  《저것이 제 아비의 원쑤를 새겨두는구나.》
  주국은 온몸에 차디찬 전율을 느끼며 피뜩 이런 생각을 하였다.
  《이애, 네가 김오득의 아들이냐?》
  어린것은 눈 한번 깜빡하지 않고 주국을 쏘아보았다. 옥문 입에서 되알진 목소리가 조약돌을 팔매치듯 튀여나왔다.
  《그건 왜 묻소?》
  《내가 훈련대장일다. 네 이름이 무어냐?》
  《바우요.》
  《내 불찰로 네 아비가 죽었구나. 참 안된 일이다. 네 아비는 장한 군사였느니라.》
  《그런데 왜 죽였소? 우리 아버지가 무슨 죽을 죄를 지었수?》
  《무슨 죽을 죄야 지었겠느냐. 조련에 늦었길래 군률을 대강 시행한것인데 신수 불길하여 그리 되였구나. 너도 사내자식이니 군률이 엄하다는것이야 알테지. 군률에는 사정이 없느니라. 내가 사혐을 가지고 그런것이 아니니 너는 나를 원망할것 없다.》
주국의 부드러운 말에는 진정이 풍겼다.
바우의 눈에 눈물이 핑 돌더니 급기야는 막혔던 물목이 터진듯 량불로 줄줄이 쏟아져내렸다. 흐느낌을 참는 여윈 어깨가 들먹이였다.
《아버지, 아버지는 날 살리느라고 죽었소, 나때문에 죽었수. 아버지, 눈 좀 뜨오.》
한참이나 어푸러져 울던 바우는 발딱 일어나 주국에게로 한발작 다가섰다.
《대감께선 우리 아버지가 늦은 까닭을 알아보셨수? 나때문이우. 날 살리느라구 그랬소. 으흐흑, 내게는 군률을 왜 안쓰우? 흑흑.》
바우는 흑흑 느끼며 주국의 앞으로 바싹바싹 다가들었다. 당장 종주먹을 부르쥐고 대들어 물고 뜯을 기상이였다.
이꼴을 민망스레 보고있던 수종하인이 바우를 막아나서며
《이놈, 대감나으리앞에서 이게 무슨 버릇이냐.》고 편둥이를 주었다.
《아서라, 그냥 두어라. 아비 잃은 자식의 마음이 오죽하겠느냐. 날 제 아비 죽인 원쑤로 아는 모양이니 내가 분풀이를 받아야 할가부다.》
주국은 어떻게든 바우의 마음을 풀어주고싶었다. 바우의 마음에는 자기에 대한 원한이 서리발처럼 서렸을것이였다. 비록 아이라고는 하지만 첫눈에도 록록치 않은 인상이다.
오똑한 코마루며 꼬리가 약간 우로 쳐들린 눈부터가 그랬고 옥문입의 여무진 모양새가 그랬다. 콩그루터기에서 콩난다고 칼끝이라도 디디고 올라설 김오득의 아들이 만만한 성격일리 없었다.
주국은 좀전에 자기를 쏘아보던 어린 바우의 살기찬 눈길에서 분명 장차 자기에게 비낄 불길한 그림자를 보았다.
옛글에 한 과부가 하늘에 원한을 하소하니 오뉴월에 서리가 내렸다고 한다. 하물며 어이자식이 자기를 지아비와 아비를 죽인 원쑤로 알고 사무치는 원한을 품고있음에랴.

주국은 바우의 마음에 맺힌 원한을 봄눈 녹이듯 할수만 있다면 무슨 일이든 하고싶었다. 그래서 하인을 말리며 무겁게 타일렀다.

《바우야, 네가 내 군사라면 응당 네게도 군률을 썼을테지만 네야 아직 군사가 아니지 않느냐.》

《그럼 군사도 아닌 내게서 군포는 왜 받아가우?》

《그야…》

주국은 잠시 말문이 막혔다.

《그야 내가 아느냐. 설마 나라에서 그런 일을 시키기야 하겠느냐. 못된 아전녀석들이 걸터듬질을 하느라고 그러는게지.》

《대감께서는 나라의 재상으루 그런 못된놈들은 다스리지 않구 애꿎은 우리 아버지만 군률을 써서 죽인단 말이우?》

어느새 바우의 눈에서 눈물이 걷히고 창끝같은 눈길이 주국의 얼굴에 박혔다.

주국은 대답할 말이 없었다. 칼날같은 눈길을 마주보기가 거북살스러웠다.

실상 따져보면 오득이 죽은것은 조련에 늦은탓이요 조련에 늦은것은 굶어늘어진 아들탓이다. 그러면 그의 아들이 굶어죽게 된것은 뉘탓이냐.

아전놈들의 걸터듬질탓이라면 아전들을 내놓아 백성들의 등골을 후벼내게 하는것은 또 뉘란 말이냐. 아전들을 손발처럼 부려먹으면서 그들에게는 한푼의 돈이나 한톨의 료미조차 내주지 않으니 결국은 그들에게 백성들을 밥으로 내말긴것이 아니냐. 나라초기에는 공수전이요 아록전이요 아전들의 몫으로 토지를 떼여주었다지만 지금은 명색조차 없어진지 오래다. 결국은 나라에서 숱한 도적떼를 내몰아 백성들을 잡아먹게 하는것이 아니냐.

그러나 그걸 어찌하랴. 나라의 정사가 그런것이어늘.

《어 그놈 과히 당돌하다. 그럼 군사들이 군률을 어겨도 무가내란 말이냐.》

주국의 말에는 호령기가 어지간히 섞였다.

바우는 대답할 말이 없던지 한대중 주국을 노려보기만 하였다.

그러자 퉁을 맞고 물러섰던 수종하인이 나서며 눈을 부라렸다.

《이놈아, 혀바닥이 도끼날인줄 아직 모르니 좋기는 하다. 그따위 소릴 탕탕 하다가는 제 혀바닥에 목이 잘릴라. 그녀석 입이 마구

난 창구녕일세.》
 하인은 바우의 소매를 뒤로 잡아끄당겼다.
《이걸 놓수.》
《망할녀석, 우둘대는 꼴이 하릅망아지 한가지로구나.》
《놓으라는데.》
《놓으면 지랄할려구?》
《헹》
 바우는 코바람을 불며 팔을 낚아챘다. 그바람에 어깨에서 실밥 터지는 소리가 우르륵 나며 소매가 너푼 떨어졌다.
《이것 봐라. 허허.》
 하인이 어처구니가 없는지 떨어진 옷소매를 쥐고 열적게 웃었다.
 남편의 시체에 매달려 경황없이 울고있던 녀인이 무슨 싸움이라도 붙었는가 했던지 화닥닥 일어나며 바우를 막아나섰다.
《이애, 이게 무슨 일이냐. 나으리, 한번만 용서해줍시오. 아비를 잃고 그만 상성이 되여 그러하온데…》
 녀인은 목이 메여 더 말을 잇지 못하고 또 땅바닥에 무너지듯 주저앉았다.
《여보, 혼자 가면 우린 어쩌란 말이요. 우리도 같이 데려가오, 여보.》
 오장을 토막토막 끊어내는듯한 애끊는 곡성이 다시 터졌다.
 남편의 시체에 엎드린 녀인의 모습은 보기에도 가긍하였다. 석새베적삼은 언제 해입은것인지 그나마 노닥노닥 기웠고 종아리밖에 못가리운 몽당치마자락은 기슭이 해여졌다. 흐트러진 머리에는 먼지가 뿌옇게 앉았다. 남편의 옷자락을 감쳐쥔 녀인의 자그마한 손은 방아질과 길쌈질에 거칠어졌다.
 불쌍한 녀인이였다. 한뉘 락이라고는 모르고 살았을 그가 이제는 남편까지 잃었으니 마음속의 기둥마저 뿌리가 뽑혀진셈이였다.
 녀인은 남편을 잃은 설음도 설음이려니와 당장 초상을 치를 일이 아득하였다. 수의는 고사하고 거적때기 한장 얼재도 어디 손내밀데가 없다. 시체는 무얼로 싸며 관은 어디서 마련한단 말인가. 인심 박한 서울바닥에서 무덤은 어디다 쓰며 상여군들은 어떻게 구하느냐. 제사는 또 어찌고.

울고있는 녀인을 보노라니 불쌍한 생각과 함께 물에 빠진 사람에게 돌멩이를 던진듯한 자책감이 살아올랐다. 자기가 잘못하여 오득이 죽은것은 아니라 하더라도 어쨌든 전혀 책임이 없다고 할수는 없는 그였다.

《봐하니 네 정상이 가긍하구나. 필시 초상제구를 마련할 길이 없을것이니 내가 대장의 체면으로 가만 있을수가 없다. 하물며 김오득이가 내 군사로 죽었거던, 초상 치를 일은 아예 걱정하지 말아라.》

주국의 말에 녀인은 어리둥절하여 그를 쳐다보았다. 세상물정에 어두운 녀인이지만 훈련대장이 어떤 벼슬인가는 들어서 알았다. 온 나라 벼슬아치들이 그앞에서 머리를 못든다는 대감나으리가 군졸인 남편의 초상제구를 갖추어주겠다니 꿈같이만 여겨졌던것이다.

《너의 모자의 일을 생각하니 내 마음이 편치 않다. 초상이나 치른 뒤에는 아예 내 집에 와서 살도록 해라. 네 아들이 록록치 않은 기품이니 뒤만 잘 받쳐주면 장차 훌륭한 장수재목이 될듯하구나. 내 오득을 생각해서라도 그 아들을 모른다 할수 없는 사람이니 뒤일은 걱정말아라.》

녀인은 꿈인지 생시인지 분간할수 없는 모양이였다. 남편이 죽은 슬픔도 큰것이지만 아들이 장차 훌륭한 장수로 된다니 이런 희한한 일이 어디 있는가. 녀인의 가슴은 그런 큰 슬픔과 큰 기쁨을 한꺼번에 다 안기에는 너무나도 좁았다.

《여봐라.》

《예잇.》

《네 급히 훈련도감으로 가서 내 이름으로 상목 한동을 내여 죽은 김오득의 집으로 보내여라. 그리구 지체말구 집으로 가서 바깥 사랑채 한간을 내고 세간집물을 일식으로 마련해놓되 조금도 소홀히 함이 없도록 하란다고 해라.》

《예잇.》

하인도 마음이 트이는듯 신명이 나서 얼른 대답하며 허리를 굽신하였다. 기쁜 마련이면

《예끼 망할녀석》 하고 바우의 뒤통수라도 쥐여박으련만 주국의 앞이라 그러지는 못하고 그저 바우에게 눈만 끔쩍해보이였다.

하건만 바우는 주국의 말을 들었는지 말았는지 먼산만 바라보고

있었다. 이마의 댕댕한 기색은 여전히 풀리지 않은채였다.
 녀인은 감격하여 주국의 발밑에 무릎을 꿇고 엎드렸다.
 《이 은혜를 무엇으로 갚으리까. 쇤네가 머리채를 베여 신을 삼아 올리리다.》
 《이러지 말고 어서 일어나거라.》
 《아니오이다, 아니오이다.》
 녀인은 울고 웃으며 자기도 모를 말을 넋없이 외울뿐이였다.
 《이애 바우야, 어서 대감마님께 절을 올려라.》
 녀인은 그제야 생각난듯 황황히 일어나 바우의 손을 잡아끌었다.
 바우는 어머니와 주국을 번갈아 쳐다보았다. 창끝같던 눈길이 스르르 풀리며 눈물이 핑그르르 고여올랐다.
 《대감님께서 너를 장수감으로 키워주시겠다니 이애 어서 절을 드려야 하지 않느냐.》
 《아니우 어머니, 절은 못하우.》
 《이애, 그게 무슨 말이냐?》
 《여기 아버지가 누워계신데 나는 그리 못하우.》
 《바우야!》
 녀인은 어쩔바를 모르고 아들을 불안은채 흐느끼기만 하였다.
 《이러지 마우, 어머니.》
 바우는 어머니를 말리며 주국에게로 돌아섰다. 주국에게로 향한 바우의 눈은 열병에 들뜬 사람처럼 메마르게 번쩍이였다. 그것은 벌써 아이의 눈길이 아니였다. 세상과 맞서 자기의 뜻을 펴기로 결심한 사내대장부의 웅심이 비낀 눈빛이였다.
 《이 은혜만은 잊지 않겠수.》
 《오냐, 은혜랄게 없다. 네가 내 맘을 알아주니 내가 도리여 고맙다.》
 주국은 밝은 얼굴로 천연스레 대답을 하였지만 속마음은 여전히 어두웠다. 《은혜만은》이라고 한 바우의 말이 어쩐지 돌멩이처럼 가슴에 마쳐왔던것이다. 은혜는 잊지 않지만 원쑤도 잊지 않겠다는 말처럼 들렸기때문이였다.
 《저도 사람이려니 내가 저를 은혜로 대하면 설마… 철없는것의 말을 두고 공연한 걱정일다.》

주국은 이런 생각으로 자신을 달랬다.

세월은 간다 소리도 없이 빨리도 갔다.

어언 10년이 흘러 바우는 한다 하는 장정이 되였다. 부리부리한 두눈에 서린 음울한 빛만 없다면 미상불 바우는 호남아풍의 사나이로 되였을것이다. 수염터가 거밋거밋 잡힌 입은 속생각이 새여나올세라 언제나 꾹 다물려있었다. 언제 한번 성내는적이라고는 없는 바우였고 성나도 큰소리 치는 법을 모르는 그였지만 하인들은 물론 주국의 집 안팎사람치고 바우앞에서 조심하지 않는 사람이 없었다.

주국은 바우를 끔찍이 위했다. 친자식들이 샘을 할 정도로 바우의 일이라면 극성이였다. 집안팎의 큰일 작은일을 모두 바우와 의논했고 지어 대궐에서 벌어진 일까지 그에게만은 숨기지 않았다.

그만큼 바우는 미더웠고 주국의 일이라면 있는 정성을 다 기울이였다. 자기가 쥐구멍으로 소를 끌라면 친자식들보다도 바우가 선뜻 소고삐를 끌고나서리라는것을 주국은 의심치 않았다.

주국이 10년세월을 공들여 키운것이 결코 헛되지 않았다. 바우는 력대병서들과 고금의 력사를 뜬금으로 외웠고 말타기와 활쏘기에서 서울장안에 그를 당할 사람이 없었다. 게다가 동뜨게 힘이 세여 웬만한 장사도 그의 앞에서는 감히 힘자랑을 못하였다.

사랑방이 좁게 눌러붙어있는 문객들은 모두 바우를 훌륭한 장수재목이라고 침이 없이 칭찬하였다. 그만한 재주면 무과시험에 장원으로라도 급제하기는 여반장일테니 과거에 응시하라고 권하는 사람도 많았다.

그러나 웬일인지 바우는 과거할 생각은 영 하지 않았다.

《여게 자네 과거보지 않으려나? 올해 특별과거가 있는가분데 자네 재주가 아깝네.》

《제게 무슨 재주랄게 있습니까?》

《그런 말 말게. 자네보딤 씩 못한 사람도 급제를 하여 선전관벼슬을 한다네.》

《제야 그럴 처지가 될세 말이지요.》

《자네 처지가 어떻다고. 주인대감께서 자네를 중히 아시고 뒤를 받쳐주는데 무슨 걱정이 있나.》

《제가 대감나으리의 반연으로 급제하면 대감에게 루를 끼치게 되

지 않습니까.》

《아따 이사람아, 자네 재주로야 주인대감이 아니래두 급제 못할가봐 걱정인가 원, 자네가 주인대감의 신상을 걱정해서 그런다면 내가 주인대감한테 그대로 말해줌세.》

《아니외다. 그런 천만의 말씀은 그만두시외다.》

바우는 펄쩍 뛰였으나 종시 주국에까지 그 말이 들어갔다.

주국은 바우의 생각이 기특하였다. 이제는 어디 내놓아도 장수재목으로 부끄러울데가 없었다.

어느 조용한 날 주국은 바우를 불렀다.

《네가 나를 생각해서 과거를 보지 않는다니 그게 사실이냐?》

바우는 마루아래 두손을 맞잡고 선채 발부리를 내려다보며 말이 없었다.

《네 마음 가짐이 갸륵하기는 하다만 그게 다 짜른 생각일다. 내가 너를 장수재목으로 키우자고 10년동안 애를 써온것은 너도 모르지는 않을게다. 사내대장부가 항간의 입바른 뒤소리가 두려워 제 할 일을 안한단 말이냐. 네가 정히 나를 생각한다면 훌륭한 장수가 되여 나라의 장성노릇을 해야 하느니라.》

《대감마님의 말씀은 고마우나 저같은놈이 어찌 세상에 낯을 들고 나서겠소이까.》

《그게 무슨 말이냐?》

《제가 사람으루 태여나 사람노릇을 못하니 재주가 있은들 무엇하며 뜻이 있은들 어디에 퍼겠소이까.》

갑자기 바우의 목소리가 떨리며 말이 뚝 끊어졌다.

주국은 이마살을 찡그렸다.

《네가 사람노릇을 못한다니 무슨 소리냐?》

바우는 번쩍 머리를 들었다.

《짐승도 자기를 낳아준 어미를 잊지 않고 따른다 하온데 이몸은 그만도 못한 처지가 아니오이까. 장수가 됨은 나라를 지키고자 함이요 나라가 귀중함은 조상의 뼈가 묻혀있고 부모친척이 이 땅에서 살기때문인줄 아옵니다. 소인이 이 땅의 백성으로 태여났은즉 나라를 위해 한목숨 바칠 뜻이야 뉘게 뒤지겠소이까. 그렇기는 해도 억울하게 죽은 아비의 원쑤도 못갚는 소인같은것이 나라를 위하면 얼마나 위하겠소이까. 소인이 장수가 되여 군사를 호령하면 세상사람

들이 웃을것이옵니다.》
　주국은 문득 10년전에 자기를 쏘아보던 어린 바우의 살기찬 눈길이 다시 생각났다. 불이 팔팔 일던 까만 눈, 자기를 베듯이 훑어보던 칼날같은 눈길이 떠올랐다.
《그래 네가 아직 잊지 않고있었구나.》
　주국은 속으로 중얼거리며 저도 모르게 휘 한숨을 쉬였다.
《네가 이제는 철없는 아이가 아니니 내가 너를 키운 뜻을 모르지 않으렸다. 대장인 내가 어찌 너를 사적인 은정으로 휘여잡아 내 사람으로 만들 생각이야 했을가부냐. 내 다만 너를 네 아비처럼 의있고 나라 위해 목숨 바칠 장수로 키우려 했을따름이였으니 그리 알아라. 과거를 보든 마든 네 마음대로 하여라.》
　주국의 말은 담담하였다.
　바우는 주국과 마주서서 머리를 왼쪽으로 비스듬히 돌린채 어딘가 먼곳을 하염없이 바라보고있었다.
　두사람은 잠시 말이 없었다. 피로운 침묵이였다.
《이젠 그만 가보아라.》
　주국의 부드러운 말에 바우는 흠칫 몸을 떨었다. 바우의 눈에는 눈물이 그렁그렁하였다.
　주국은 바우가 측은하였다. 그의 가슴에서 원한과 고마움이 서로 싸우고있는줄을 그는 알았다.
　원한과 고마움은 서로 너무나 컸다. 차라리 작은 원한이였더면 그냥 가슴에 묻어두었을것이요 또한 고마움이 크지 않았대도 원한을 터뜨리기에 주저가 없었을것이였다. 저버릴수 없는 은혜를 잊을수 없는 원쑤에게서 받은 바우였다.
　그래서 바우는 말없이 돌아섰다.
　이런 일이 있은 뒤로 주국은 바우를 더욱 미덥게 여기였다. 바우의 곧은 심지와 장부다운 의기를 잘 알았기때문이였다.
　바우가 왜 주국의 일이라면 죽을 기를 쓰고 나서는지 이제는 안 상싶었다. 그것은 애오라지 은혜를 갚자는 생각에서였다.
　비가 오나 눈이 오나 10년세월을 바우는 주국을 따라다녔다. 한 잠자리에 누워 자기도 하였다. 주국이 타는 말은 언제나 바우가 돌보았다. 먼 길을 갈 때면 기어코 자기가 나서서 견마잡이를 하였다. 주국이 엄하게 일러도 막무가내였다.

주국은 그것이 자기를 위해 그러는줄로만 알았다. 그러나 이제 와서 생각하면 그것은 다 자기 모자를 살려준 은혜를 갚기 위한것 이였고 은혜를 갚은 뒤에 원쑤를 갚자는것이였다.

바우로서는 은혜를 원쑤로 갚을수가 없었다. 그것은 장부로서 의가 아니다.

주국은 마음을 놓았다. 자기가 줄곧 은정을 베풀면 바우로서는 종신토록 자기에게 정성을 기울일밖에 없을것이였다. 그래서 주국은 바우모자를 더 각근히 살펴주었고 힘든 일이 생길적이면 서슴없이 바우를 부르군하였다. 그러면 바우는 어김없이 주국의 분부를 실행하고는 돌아와 고뇌가 섞인 야릇한 눈길을 외로 돌린채 어딘가 먼곳을 안타깝게 바라보군하였다.

추석을 며칠 앞둔 어느날 주국은 성묘를 하러 시골로 내려갔다. 바우도 물론 따라나섰다. 주국은 어마어마한 행차를 꾸려가지고 공연히 고을이 들썩하게 하고싶지 않아 군노 서넛만 데리고 떠났다. 먼길을 빨리 갔다와야 하겠길래 부담마도 모두 걸음잰것들로 골랐다. 주국은 바우가 견마를 잡겠다고 나서는것을 마다하고 자견마를 하였다. 바우는 할일없어 주국의 뒤에서 자기도 말을 타고 따라갔다.

갈원에서 점심참을 하고 느지막히 떠나 한창 길을 다우칠 즈음에 부담마 하나가 답답증이 났던지 주국이 탄 말 궁둥이에 대고 푸르르 코투레질을 하였다.

발을 재우 놀려 어느새 주국의 말과 나란히 선 부담마는 연송 결발질로 장난을 하였다. 급해맞은 마부가 고삐를 뒤로 끌수록 말은 머리를 내저으며 갈개기 시작하였다. 그 찰나에 말등에 비끄러맨 부담이 한쪽으로 쏠리며 등자에 건 주국의 발을 쳤다. 한참 말등에 앉아 졸던 주국은 급기야 발이 등자에서 빠지는바람에 몸이 한옆으로 휘끈하였다.

말이 화닥닥 놀라며 뛰여오르는 서슬에 손에서 고삐가 쑥 빠져나갔다.

아까부터 부담마의 성화에 성이 났던 말이 탁 뒤발로 걷어차자 부담마가 앞다리를 걷어채우고 풀썩 주저앉았다. 부담상자가 와르르 떨어졌다.

여럿이 악 소리를 질렀다. 그 소리가 놀란 말을 부채질하였다.

말은 주국을 태운채 곤두서더니 미친듯 비굽을 안고 달리기 시작하였다.
등자에서 한발이 빠진 주국은 창졸간에 고삐마저 놓치고 말갈기를 움켜쥐였다.
《와 와 이놈의 말…》
주국은 말을 세워보려고 하였으나 성난 말은 머리를 내두르며 갈수록 더 날뛰였다.
미친듯 달리는 말등에서 떨어지면 머리가 바사져 죽든가 다리가 부러져 병신이 되든가 할판이였다.
주국은 악을 쓰며 말갈기를 부여잡았다. 그러나 마구 들까부는 말등에서 도저히 몸을 지탱할수가 없었다. 아무리 두다리로 말배를 꽉 끼여안느라고 하였지만 발을 등자에 걸지 못한터라 힘이 가지 않는데다 말이 죽을둥살둥 모르고 미친듯 날뛰니 어쩔수가 없었다.
주국의 몸이 점점 한옆으로 기울어졌다. 아무리 몸을 바로세우려 해도 바로세울수가 없었다.
맥이 다 빠진 그로서는 그저 한치두치 말등에서 미끄러지다가 떨어지는수밖에 없었다.
《사내대장부로 태여나 이렇게 허무하게 죽는단 말이냐》하는 생각이 언뜻 주국의 머리를 스쳤다. 그러나 별다른 도리가 없었다. 눈 편히 뜨고 땅바닥에 떨어져 머리가 깨질 때를 기다릴뿐이였다.
《병신이 되면 말은 어찌 타누. 아아, 말을 못타는 병신대장이 어디 있을고. 병신이 되기보다는 차라리 죽는게 낫다.》
주국은 눈을 감고 이를 악물었다. 안깐힘을 쓰며 말갈기를 꽉 붙잡았던 손에 맥을 풀었다.
이때다. 누군가 기우는 몸을 왈칵 떠밀어 받쳐주었다.
《나으리, 조금만 더 견디시우.》하는 다급한 목소리가 귀전을 때렸다. 번쩍 눈을 떠보니 바우가 미친듯 달리는 주국의 말과 나란히 달리고있었다.
기운껏 달리는 두 말이 자칫 잘못하여 부딪기라도 하면 한꺼번에 뒤범벅이 되여 나동그라져 뒹굴판이였다.
《이애 물러서거라, 둘다 죽는다.》
주국은 질겁하여 소리질렀다.
《안되우.》

바우는 눈을 무섭게 번쩍이며 바짝바짝 주국의 말곁으로 다가왔다.

두 말은 서로 머리를 비빌듯 가까와졌다.

바우가 탄 말이 겁에 질려 눈을 홀낏거리는 품이 당장 무슨 일을 낼듯하였다.

《이애 죽는다. 물러서라.》

바우는 주국의 말은 들은둥만둥 다시한번 말에 채질을 하더니 더 바싹 다가섰다.

다음순간 바우는 등자를 짚고 벌떡 일어서더니 주국의 말을 향해 휙 몸을 날렸다.

주국도 엉겁결에 눈을 감으며 앗 소리를 질렀다. 바우는 벌써 너덜거리는 주국의 말고삐를 손에 쥐였다. 워낙 살같이 달리던 말에서 뛰여내린지라 아무리 천하없는 장사라도 몸을 가누는 재간이 없었다.

발이 탁 땅에 닿는순간 바우는 고삐가 낚아채는대로 앞으로 꽉 꼬꾸라졌다. 그다음부터 바우의 몸은 돌멩이처럼 들까불리며 울퉁불퉁한 돌자갈길로 끌려갔다. 얼굴이 으깨여지고 고삐를 쥔 팔굽과 무릎의 뼈가 허옇게 드러났다. 바우가 끌려간 뒤로 검붉은 피자욱이 났다.

《이놈아, 고삐를 놓아라 죽는다.》

주국은 정신없이 소리쳤다.

그러나 바우는 이를 악문채 고삐를 놓지 않고 그냥 끌리여왔다. 그야말로 죽기내기였다.

말은 한참이나 더 달리다가야 멎어섰다.

성난 말이 땀난 몸뚱이를 부르르 떨며 멈춰서자 주국은 굴러떨어지듯 말에서 내려 바우에게로 허둥지둥 달려갔다.

바우는 두손으로 고삐를 꽉 움켜쥔채 머리를 땅에 박고 어푸러져 있었다.

《바우야, 살았느냐?》

바우의 앞가슴에 돌멩이에 찢기운듯 깊은 상처가 길게 패웠다. 옷은 형체가 없이 갈가리 찢어지고 너덜너덜해진 앞섶은 피와 먼지로 범벅이 되였다.

《이게 웬일이냐. 정신 차려라.》

주국은 목이 메여 바우의 웃몸을 대구 흔들었다.
바우의 입귀가 씰룩하더니 가느다란 목소리가 새여나왔다.
《무사하오이까?》
《오냐, 무사하다 무사해.》
주국은 그만 눈물을 텀벙텀벙 떨어뜨리며 고개를 끄덕이였다.
《죽을 목숨이 네 덕에 살아났다.》
《그럼 되였소이다. 기쁘오이다.》
《이런 꼴이 돼가지구 기쁘다니 네가 미쳤구나. 되기는 또 무에 되구?》
주국은 기가 막혀 영망진창이 된 바우의 얼굴을 내려다보며 부르짖었다.
《소인은 대감에게 진 빚을 갚았소이다.》
마침내 오랜 소원을 이룬 사람이 지난날을 회고하듯 조용히 말하는 바우의 목소리는 잔잔하면서도 억누를수 없는 기쁨에 넘쳐있었다.
《엉?! 빚이라니. 네가 언제 내 빚을 졌더냐?》
바우의 뜻밖의 말에 주국은 눈을 홉뜨며 놀란 소리를 질렀다.
《대감의 은혜는 소인의 빚이였소이다.》
《빚이라니? 그게 빚이였단 말이냐?》
주국은 순간 가슴이 철렁 내려앉았다. 불시에 마음속에서 무엇인가 귀중한것이 훌 빠져달아나는듯한 감을 느꼈다.
《그게 어째 빚이였느냐. 나는 빚이 될줄은 몰랐구나.》
주국은 저도 모르게 서글피 중얼거렸다.
《아니오이다. 빚이였소이다.》
바우는 고집스레 되뇌였다.
《오냐, 빚이였다면 오늘 다 갚은셈이다.》
《정말이오니까?》
《히히, 내가 언제 누말 하드냐?》
주국은 허거프게 웃었다. 웬일인지 눈물이 나도록 서글폈다.
《고맙소이다.》
바우는 길바닥에 털썩 머리를 떨구며 되는대로 네활개를 벌리였다. 그리고는 긴 한숨을 내뿜었다. 무거운 짐을 지고온 짐군이 토방에 짐을 벗어놓고 짓는 그런 한숨이였다.

《고맙소이다.》
고개를 제친채 눈을 떠 하늘을 바라보며 또다시 중얼거렸다.
바우는 벌썬 웃었다. 웃는 서슬에 송곳이의 덧이가 유표하게 드러났다.
10년나마 같이 먹고 자면서도 주국은 처음으로 바우의 덧이를 보았다.
먼 하늘을 바라보는 바우의 눈에 하늘하늘 웃음이 고였다. 바우의 눈이 저리도 맑은 빛이였던가. 웃는 바우의 얼굴을 멍하니 내려다보는 주국의 얼굴이 거멓게 질리였다.
바우의 웃음이 무엇을 의미하는가를 깨달았던것이다.
《이제는 은혜를 갚았으니 너와 나 사이에는 원한밖에 없으렸다.》
불쑥 10여년전 아버지의 시체앞에서 두주먹을 부르쥐고 자기를 쏘아보던 어린 바우의 살기찬 눈길이 떠올랐다.
그랬다. 주국은 그 눈길이 무서웠다. 그래서 그는 바우를 집으로 데려왔고 바우의 마음을 돌려세우려고 무진 애를 썼다.
바우는 주국의 손끝에서 끌끌한 장부로 컸고 장수재목으로 자라났다.
이것은 분명 은혜였다. 그러나 은혜는 은혜고 의는 의다.
은혜로 의를 가리울수는 없다.
사나이라면 은혜는 은혜대로 갚고 의는 의대로 지켜야 할것이였다.
주국은 바우의 마음을 짐작하고도 남았다.
《오냐, 알았다.》
주국은 움쭉 몸을 일으키며 무겁게 말하였다.
주국의 심상치 않은 거동에 바우가 피끗 얼굴을 돌렸다. 그 찰나에 두사람의 눈길이 공중에서 탁 부딪쳤다.
《용서하오이다.》
《용서는 무슨…》
두사람은 짧은 말밖에 할수가 없었다. 숨박곡질을 하기에는 너무도 서로의 마음을 잘 아는 그들이였던것이다.
그날부터 주국은 바우의 일거일동을 날카롭게 살피였다.
차지하인으로부터 자기가 보내준 약을 실경에 얹어놓고 다치지 않더라는 말을 들은 뒤부터는 더욱 그러하였다.

바우는 겉으로는 아무일없는듯이 천연한 기색을 지었으나 눈빛만은 예전과 달랐다.

상처가 나은뒤 바우는 그전이나 다름없이 아침저녁으로 문안을 하였다.

《대감께 아침문안드리오.》

주국이 영창문을 열면 어김없이 고개를 수그린 바우의 모양이 보이였다.

《오냐, 잘 잤느냐?》

《소인에게 따로 분부할 말씀은 없으시오니까?》

《없다.》

《소인은 그만 물러가오리다.》

《그래라.》

매일아침 판에 박은 인사말들이 오갔다.

주국에게 있어서 바우의 문안인사를 받는것은 하나의 피로움이였다.

두사람의 사이는 미상불 빚쟁이가 빚을 조르러 와서 차마 말을 꺼내지 못하고 빚진 사람 역시 빚을 갚을수 없어 딴전을 피우는 경우와 비슷하였다.

이런 경우에 빚을 지운 사람이나 빚을 진 사람이나 옹색하기는 마찬가지인 법이다.

바우도 분명 그런 피로움을 느꼈으련만 고집스레 하루도 번지는 적 없이 꼬박꼬박 문안을 하였다.

주국 역시 그전이나 다름없이 매일 관청에서 나오는 길로 먼저 바우가 있는 바깥사랑채에 들려보군하였다.

주국이 《어험》하고 기침소리를 내면 문이 벌컥 열리며 바우가 굴듯이 달려나와

《대감께서 오셨소이까.》 하군하였다.

반기는것도 아니요 귀찮아하는것도 아닌 기색, 주국에게는 그 덤덤한 모습이 삽살개모양 꼬리를 젓는것보다는 좋았다.

《무얼 하느냐?》

《별로 하는 일 없소이다.》

《그래 네가 요즘 활재주가 부쩍 늘었다며?》

《과한 칭찬이오이다.》

《어디 내앞에서 한번 쏘아보아라.》

그러면 바우는 별로 서두는 기색이 없이 활을 들어 주국이 가리켜보이는 과녁을 쏘아맞히군하였다. 때로 빗맞힐적이면 바우는 눈물이 나올듯 분하여 얼굴을 붉혔고 주국은 그런 바우를 보며 껄껄 웃어제끼군하였다.

그러나 이제는 그런 일은 있을법도 하지 않았다.

주국이 바우가 있는 사랑채앞에 와서

《뉘 없느냐?》 하고 은근히 부르면 어느새 바우가 소리없이 옆에 다가와 량수거지를 하고 서는것이였다.

《상처는 다 나았느냐?》

《대감님덕분에 다 나았소이다.》

《몸조리 잘해라.》

《황송하오이다.》

판에 박은 인사말이 끝나면 주국은 덤덤히 서있는 바우를 일별하고 안으로 들어가군하였다. 주국은 나날이 수척해가는 바우의 모습과 이따금 자기몸을 훑는 컴컴한 눈길에서 딱히 이름지을수 없는 불길한 조짐을 느끼였다.

주국은 바짝 정신을 차리였다. 그렇다고 일조에 칼로 베듯 인정을 끊어버릴수도 없었다.

그러던 어느날이였다.

그날은 훈련도감 군사들의 조련날이여서 주국은 이른새벽에 융복을 떨쳐입고 나섰다.

주국이 마루에서 내려서자 말고삐를 잡고 대령하고있던 하인이 말을 끌어왔다. 말을 타려는 순간 누군가의 따가운 눈길이 느껴져 고개를 들고 바라보니 바우가 마당한복판에 굳어진채 자기를 바라보고있었다. 덤덤히 주국의 분부를 기다리던 그전날의 바우와는 생판 다른 사람이였다.

바우의 눈에서는 속깊은 원한이 불길처럼 타올랐다.

바우는 문안인사를 할념도 않고 주국을 쏘아보기만 하였다. 너무나 돌변한 바우의 모습에 가슴이 서늘해진 주국이 정신을 차리고 먼저 말을 건늬였다.

《너 왔느냐?》

바우는 꼼짝 않고 융복차림에 말을 탄 주국을 쏘아보며 숨을 깊이 들이그었다. 그리고는 힘들게 띠염띠염 말을 내뱉았다.
《10년전의 대감을 다시 뵈오는듯하오이다.》
《오냐, 오늘 도감군사들의 조련이 있다.》
두사람은 서로 동닿지 않는 말을 주고받았다.
《떠날갑쇼?》
고삐를 쥔 견마잡이가 영문모를 일이라는듯 주국을 쳐다보며 물었다. 주국에게는 그것이 다행이였다.
《오냐, 가자.》
주국은 황황히 대문을 나섰다. 어쩐지 잔등이 오밀오밀하였다. 바우의 끈덕진 눈길이 작은 가시처럼 등에 콕콕 배겨오는것 같았던것이다.
주국은 그날 어떻게 조련을 마쳤는지도 몰랐다. 하루종일 바우의 얼굴이 머리에서 떠나지 않았던것이다.
조련을 마치고 해질무렵 돌아온 주국은 버릇처럼 바깥사랑채에서 걸음을 멈추었다.
바우가 어쩌고있는지 궁금하였다. 막 인기척을 내려는데 문뜩 방안에서 바우의 열띤 목소리가 흘러나왔다.
주국은 숨을 죽이였다.
《아니우, 그럼 아버지는 누가 죽였수?》
《글쎄 대감께서 우정 그러한것 아니라지 않느냐.》
바우 어머니의 달래는듯한 목소리였다.
《우정 그리한것 아니라면 더 원통하지 않수. 그럼 권세없는 백성은 죽어두 원쑤갚을데도 없단말이우? 우리 같은것은 실수루 죽이면 일없다는게유?》
《이애, 군률이 그런걸 어쩌느냐. 명이 그밖에 안되였으니 죽은게지.》
어머니의 목소리에는 울음이 실렸다.
《군률은 나두 아우. 군률이 나쁘단건 아니우. 군률을 못지키게 해놓구 군률을 안지켰다구 죽이니 억울하지 않수.》
《가난구제는 나라에서도 못한다드라. 네가 굶어 늘어졌던게 대감 나으리탓이드냐?》
《그럼 한나라의 대장으로 되여가지구 군사들을 굶어죽게 만든 죄는 어떡허우? 그건 죄가 아니우?》

《네가 대감나으리의 죄를 따질셈이냐? 아서라, 은혜를 악으로 갚으면 천벌이 내리느니라.》

《아니우, 내가 대감나으리께 앙심을 품은건 아니우. 대감나으리의 은혜는 내가 아우. 은혜는 은혜구 의는 의우.》

《에그, 난 네 말을 도시 모르겠구나, 네가 웨 이러느냐?》

《사내답게 떳떳이 살고싶어 그러우. 은혜를 베푸는 사람에게는 떳떳이 은혜를 갚구 억울하게 죽은 사람이 있으면 원한풀이를 해주어야 할게 아니우. 제 아버지의 원한풀이도 못하는놈이 살아서 무엇하우.》

바우의 목소리는 떨려나왔다.

주국은 슬며시 자리를 떴다.

그날밤 자리에 누운 주국은 바우의 말이 귀전에 되살아올라 이리뒤척 저리뒤척 잠을 이루지 못하였다. 《군사들을 굶어죽게 한 죄는 어떡허우? 그건 죄가 아니우?》하던 바우의 열기어린 목소리가 쟁쟁 울려왔다.

숯불처럼 번쩍이는 바우의 눈이며 우들우들 떨리는 솥뚜껑같은 주먹이 금시 보이는듯하였다.

바우의 눈에는 분명 자기가 군사들을 굶어죽게 한 죄인이였고 아버지를 죽인 원쑤일것이였다.

주국은 억울하였다. 자기는 군사들의 료미를 빼앗은적이 없었고 애당초 오득을 죽일 생각이라고는 꼬물만큼도 없었다. 오히려 군률을 받겠다고 떼를 쓰던 오득을 장히 여기였고 마음속으로 아끼였다.

그러나 한편 생각하면 이 나라의 정사를 하는것은 자기네 량반들이였다. 장수랍시고 거들대는 무관님네들이 군사들의 등골을 후벼내는줄은 자기는 물론 인자하다는 임금도 잘 아는 일이다. 그러나 임금도 이에 대해서는 아는체도 하지 않는다. 그러니 아무리 판서대감이요 훈련대장이라 한들 무슨 용빼는 재주가 있겠느냐.

주국은 불현듯 자리를 차고 일어나 바깥사랑채에 대고 웨치고싶었다.

《내 죄만은 아니다!》

그럼 누구 죄란말인가, 임금의 죄요 량반님네들의 죄라면 임금을 내쫓고 량반님네들을 없애버려야 한단 말인가, 어찌 그럴 법이 있겠느냐。 자고로 량반은 백성을 다스리기마련이고 백성은 량반들의 다스림을 받기마련이였거늘， 량반이 없고보면 상놈들의 세상이 될 텐데 그게 어디 될법이나 한 소리냐。
《어 답답하다。》
주국은 훌 자리를 털고 일어나앉았다。
영창문틈으로 푸른 달빛이 살그머니 기여들었다。밤바람이라도 쏘이면 답답한 가슴이 열릴듯싶어 주국은 주섬주섬 옷을 입었다。
이때였다。
마당가운데서 달빛에 그림자가 얼른 하였다。분명 누군가가 발소리를 죽여가며 오고있었다。
주국은 머리끝이 쭈뼛 하였다。문결에 다가서서 가만히 숨을 죽이고 밖을 내다보았다。검은 그림자는 주국의 방을 향해 오고있었다。
낯익은 걸음새였다。바우였다。
주국은 한순간 어쩔바를 모르고 굳어졌다。 아닌밤중에 발소리를 죽여가며 오는것이 무엇을 의미하는가는 너무나도 뻔한 일이였다。
문을 차고 달아나고싶지는 않았다。그러면 온 집안이 깨여나 소동을 피울것이고 바우는 여럿의 손에 잡힐것이였다。
그것은 비겁한짓이였다。사내라면 상대가 누구든 적수와는 일대일로 맞서야 하는 법이다。힘내기로는 바우를 당해낼수 없었다。그렇다고 고이 머리를 내대고 마음대로 합시오 할수도 없는노릇이였다。
바우가 마루에 올라섰는지 마루장이 조용히 삐걱거리였다。언뜻 방구석에 세워놓은 죽부인(더위를 피하기 위해 가는 참대로 속이 비게 엮은 물건， 잘 때 끼고 잔다。)이 눈에 띄웠다。
주국은 얼른 죽부인을 가져다 자리에 밀어넣고 자기가 덮었던 이불을 그우에 씌워놓았다。그리고는 방구석에 몸을 숨기였다。
저벅저벅하는 발소리가 멎더니 문이 득 열리였다。바우가 소리없이 들어섰다。
방한가운데 이른 바우는 불룩한 이불을 내려다보며 한참 그린듯이 서있었다。다음순간 바우는 풀썩 무릎을 꿇었다。그의 입에서 흐느낌같은 속삭임이 터져나왔다。
《대감께서는 저의 행동을 고이히 여기지 마옵소서。은혜로 의를 가리울수는 없소오니 저를 용서하옵시오。》

바우는 오른손을 번쩍 처들었다. 서슬푸른 칼날이 번뜩이였다.《음》소리를 지르며 휙 소리가 나게 칼날을 힘껏 박았다. 칼날을 박은채로 잠시 움직이지 않았다.

《안녕히 가옵시오.》

이윽고 바우의 입에서 가는 한숨과 함께 속삭임이 새여나왔다.

바우는 일어섰다. 칼날이 박힌 이불을 잠시 우두머니 내려다보았다. 이윽고 그는 천천히 돌아섰다. 돌아서는 그의 눈가에서 이슬이 달빛에 띄워 반짝하였다.

《바우야!》

주국은 나지막이 불렀다.

그 소리에 바우는 벼락맞은 사람처럼 굳어졌다. 돌아볼념도 않고 우뚝 서있을뿐이였다.

《바우야, 내다!》

주국은 와락 달려나가 바우의 손을 움켜쥐였다. 그제서야 바우는 픽 고개를 돌려 주국을 쳐다보았다.

바우는 아연하여 주국을 쳐다보았다. 이게 어떻게 된 일이냐. 죽은 사람이 살아나기라도 했단말인가. 귀신의 조화가 아닌담에야 이럴수가 있는가.

《바우야, 이건 빈 이불이다.》

주국은 바우앞에서 이불을 훌 제껴보였다.

이불안에서 죽부인이 드러나자 바우는 슬며시 처절한 눈길을 들어 천정을 쳐다보았다.

《아.》

가슴에서 피가 엉겨붙는듯한 피로운 한숨이 그의 입에서 터져나왔다.

《바우야, 내가 네 마음을 모르겠느냐, 네가 이미 내 목숨을 살려주어 은혜를 갚고 오늘밤은 의를 세워 아비의 원쑤를 갚았으니 장부다운 일이다. 꼭 나를 죽여야만 맞이겠느냐. 내 오늘일은 조금도 달리 생각지 않는다. 이제라도 내게로 마음을 돌려라.》

주국의 말은 절절하였다.

바우는 말없이 고개를 숙이고있다가 천천히 머리를 들어 주국을 바라보았다. 범접할수 없는 위엄스러운 기상이였다.

《대감께서 소인의 일을 널리 헤아려주시니 감사하기 이를데 없소이다. 허나 이미 우로는 대감의 은혜를 갚고 아래로는 아비의 원한을 풀어드렸으니 소인이 이 집에 더 있을 며리가 없소이다.》

《네가 이제 어디로 갈 작정이냐?》

《이 넓은 하늘아래 몸 하나 담글데야 없겠습니까. 후일 나라를 위해 목숨 바칠 일이 있으면 소인은 대감께서 부르시지 않아도 어김없이 달려올것이오니 그것만은 념려마옵시오.》

바우는 말을 마치자 방문을 열고 나갔다.

주국은 망연히 서서 뜨락을 가로질러가는 그의 등을 넋없이 바라보고만 있었다.

뜬눈으로 밤을 꼬박 새운 주국은 날이 밝자바람으로 바우네 모자가 사는 바깥사랑채로 나가보았다. 주국은 가슴을 두근거리며 바우를 불렀다.

《바우·있느냐?》

방안에서는 아무 기척도 없었다. 방문을 벌컥 열어보니 사람은 그림자도 없었다. 방한가운데 종이 한장이 댕그라니 놓여있을뿐이였다.

《그래도 그저 가치는 않았구나.》

주국은 중얼거리며 떨리는 손으로 종이장을 집어들었다. 그러나 의외에도 그것은 빈 종이장이였다. 아무 글도 씌여있지 않았다.

주국은 종이를 든채 다시한번 중얼거렸다.

《그예 갔구나!》

그외에 더 할말이 없었다.

아마 바우도 종이를 놓고 무언가 쓰려다말았으리라, 쓰고싶어도 쓸 말이 없었을것이였다.

모든것은 끝났던것이다.

정홍순의 깐진 풍모

굳은 땅에 물이 고이는 법이다.

재물이란 물과도 같아서 깐진 사람의 손에 들면 장마철 물붇듯하는것이지만 흥청망청 써버리는 활수에게서는 모래사장에 물 잦듯 쓴 뒤가 없는것이다.

군자는 쌀값을 묻지 않는 법이요 손에 돈을 쥐지 않는다는것이 량반들의 고루한 도덕규범이다.
사람이 살자면 우선 첫째 밥을 먹어야겠으니 쌀값을 알아야 할것이고 입고 쓰자면 소용되는 물건을 사야 하겠으니 돈도 손에 쥐여야 할것이다. 그런데 도대체 쌀값을 묻지 않고 돈도 손에 쥐지 않는다니 량반이란 그럼 바람 먹고 안개옷 입고 사는 족속들이란 말이냐. 아니면 입 닫아매고 앉아있는 돌부처였드란 말이냐.
어찌보면 쌀값도 묻지 않고 돈을 손에 쥐지 않는다니 청렴결백한 지조를 장려하는 말인듯하지만 따지고 보면 그게 다 눈 가리고 아옹하는 수작이다.
대관절 량반님네들이 언제 한번 제 손으로 쌀한톨 가꾸고 천 한자 짜본적이 있다드냐. 청렴결백한 량반도 백성들이 지어놓은 곡식을 축내기는 마찬가지다.
그러니 그게 다 기생충의 청렴이요 도적놈의 결백이 아니고 뭐냐 말이다.
사실을 놓고 말하드라도 량반님네들처럼 재물에 눈을 밝히는 족속들이 어디 있는가.
당파싸움만 해도 그렇다. 무슨 주의주장이 달라서 죽일내기를 한것이 아니라 임금이 거상을 입는데 단을 박은 상복을 입어야 하느냐 단을 박지 않은 상복을 입어야 하느냐 하는따위의 한심한 일로 아귀다툼을 하였다니 글쎄 임금이 무슨 상복을 입든 무슨 큰 변이냐 말이다.
결국은 다른 당파를 역적으로 몰아 죽여버리고 노비와 토지를 빼앗아가지자는것으로서 재물싸움이랄밖에 없지 않느냐.
법조문을 보면 청렴결백한 관리를 청백리라 하여 그 자손들을 등용한다고 되여있고 탐오한 관리의 자손은 3대까지 벼슬을 못한다고 밝혀져있기는 하지만 재물때문에 저들끼리 죽일내기를 하는 량반님네들에게 청렴이란 무어며 지조란 무어드란 말인가.
사실 조선 8도에 청렴한 고을원의 착한 정사를 칭송한다는 송덕비요 선정비요 하는것이 안세워진데가 없다. 백성들의 아우성이 대궐의 기둥뿌리를 뒤흔들던 철종때에도 그따위 비들이 그전보다 더 많이 세워졌다고 한다.
글쎄 다야 그렇겠느냐만 개중에 어떤 고을원들은 백성들을 억지로 내몰아 제 송덕비를 세우게 했다니 그런 청백리는 백이 있은들 무슨 소용이랴.
 그런 청백리들보다는 오히려 봉건도덕을 아랑곳하지 않고 장사치들과도 값을 다투고 한푼이라도 아낄줄 안 사람이 훨씬 훌륭하다고 하겠다.
 정홍순은 영조때 호조판서를 지낸 사람이요 그다음 왕대인 정조때에도 호조판서를 거쳐 정승으로까지 되였던 사람이다.
 그가 호조판서로 된지 얼마후의 일이다.
 호조란 륙조가운데서도 일이 가장 많은 관청중의 하나여서 아침부터 저녁까지 한가한 겨를이 없다.
 나라의 재물을 온통 맡고있는터이니 무슨 토목공사를 벌려도 호조에서 그 경비를 내야 하는것이요 왕자군이나 공주가 세간을 나도 그뒤를 대는것은 호조다. 심지어 대궐에서 무슨 잔치가 있어도 호조에서 뒤치닥거리를 해야 하고 사신이 와도 그 접대비를 호조에서 맡아야 하니 얼마 안되는 나라의 세입을 가지고 이리저리 돌려맞추노라면 머리털이 지레 셀 지경이다.
 잠시라도 자리를 비우면 문서가 산더미처럼 쌓여 어느것부터 먼저 보아야 할지 갈피를 잡을수 없었다.
 하루는 바쁜 문서처리를 해넘기고 앉았던 홍순이 갑자기 무엇인가 잊은듯 소매안을 들추었다. 왼쪽 소매를 털어보고 찾지 못하니 오른쪽 소매를 털어보고 나중에는 자리밑까지 들추어보는것이였다.
 무슨 긴한것을 잊어버린것이 분명하였다.
 처음에는 대청아래에 섰던 당하관들이 무슨 일이냐싶어 서로 얼굴을 쳐다보고 나중에는 밑에서 문서를 적던 아전들까지 바삐 놀리던 붓을 멈추고 홍순을 바라보았다.
 늘쌍 몸가짐이 진중하던 그가 저렇게 황망히 찾는것을 보니 여간 중한것이 아닐것이였다.
 한참 몸을 두루 만지며 찾아보던 홍순이 그만 단념한듯
 《어허, 그것참.》 하며 일어섰다.
 그래도 잃어버린것이 아쉬운듯 선뜻 자리를 뜨지 못하고 앉았던 데를 두루 살펴보며 옷자락을 훨훨 털었다.
 그 서슬에 무엇인가 짤랑 하고 대청에 떨어지더니 대그르르 굴어

마루밑으로 빠져들어갔다.
《자네들 방금 무에 떨어지는걸 못보았나?》
《글쎄 뭔가 떨어지는 소리를 들었습니다만…》
《어, 바루 그겔세, 수고스러운대로 좀 찾아주게.》
《혹 마루밑에 들어간게 아닙니까?》
《허, 그럼 랑패일세.》
홍순이 입맛을 다시는데 아전 하나이 발밑에서 엽전 한푼을 집어들며 머밋머밋 하였다.
아까 마루밑으로 빠진것이 그의 발밑에 굴러와 멎었던것이다.
판서대감의 웃자락에서 떨어진것은 이것이 분명한데 설마하니 귀떨어진 엽전 한푼을 그렇게 애써 찾았을리 있으랴싶어서였다.
한쪽 귀가 떨어지고 뒤면의 글자도 다 닳아 쓸모없이 된 엽전이였다.
《장대가 없으면 마루밑에서 찾기가 어려울테지?》
홍순은 그예 찾을 심산인듯 당하관을 바라보며 의논조로 물었다.
《글쎄요, 귀한것이라면 찾아얍지요만…》
당하관은 딱한듯이 말하며 슬쩍 아전을 바라보았다. 아무리 귀한것을 잃었댔도 량반체면에 장대를 들고 마루밑을 쑤실수는 없는노릇이니 자네가 좀 해보게 하는 눈치였다.
그제야 아전은 주저주저 나서며 손바닥을 펼쳐보이였다.
《소인이 방금전에 엽전 한푼을 얻었사온데 혹시 대감나으리께서 찾으시는것이 이게 아닌지.》
아전의 말에 당하관은 눈을 찔 흘기며
《아니, 이 사람 보게.》 하고 막 책망을 하려는데 홍순이 먼저 반색을 하며
《바루 그게다. 허허, 네가 찾았구나.》 하고 기뻐마지 않는다.
당하관은 아전의 손에 쥐인 귀떨어진 엽전을 바라보며 눈이 휑하여졌다.
《원, 판서대감께서 망녕이 드셨나보군.》
무슨 진귀한것이라도 불줄 알았던 당하관은 그만 속으로 픽 웃으며 새삼스레 홍순을 쳐다보았다. 엽전 한푼을 가지고 그렇게 수선을 떨다니 알고보니 이 령감이 여간한 좀쌀이 아니였구나.

《그걸 내게 줄것 없이 자네가 건사하게.》

판서대감의 말에 이번에는 아전까지 입을 딱 벌렸다.

원, 대감나으리께서 귀떨어진 엽전 한푼을 가지고 생색을 내려들다니…

그러나 판서대감이 우정 주는것인데 체면상 고맙다는 인사를 아니할수는 없는 노릇이다.

《고맙소이다.》

아전은 허리를 굽신하였다.

인사를 하고나니 분한 생각이 불쑥 치밀었다.

《아무리 판서대감이기로서니 이건 사람을 무얼루 아는거여? 제길.》

아무래도 한마디 하기는 해야겠다.

《그러하오나 이 돈은 쓰재도 장사치가 받을것 같지 않소이다.》

《원, 사람두, 누가 자네더러 가지라던가?》

홍순의 말에 아전은 더욱 기가 막혀 말이 나가지 않았다. 아니 그럼 엽전 한푼을 꾸어준다는 말인가, 세상에 별 다라운 꼴 다 보겠다.

《아니 그럼 이건…》

《그걸 가지구 가서 새로 쳐오게, 선혜청 대장쟁이가 돈을 잘 쳐준다네.》

홍순의 말에 아전은 공연히 원심을 쓴것이 멋적어 낯이 벌개졌다. 한편 고까운 생각이 치밀어 견딜수가 없었다.

《제길, 량반놈들이란 다 벼룩이 간 내먹을 종자들이라니, 그깟 한푼이 무어라고 사람을 고생시킨단 말이여, 뭬, 고리기는 새우젓장수 코 싸쥐겠네.》

아전은 속으로 두덜거리며 나갔다.

얼마후 아전이 새로 돈을 쳐가지고 왔다.

《수고했네.》

홍순은 새 돈을 받아들고 흡족하여 앞뒤를 돌려보았다.

《그런데 저.》

《그래 무언가?》

《대장쟁이 말이 돈을 새로 쳐준 값이 두푼이라 합더이다.》

《옳지, 내가 깜빡 잊었구나. 옜다, 두푼을 갖다주어라.》

홍순은 선선히 두푼을 내주었다.
아까부터 대청아래 서있던 당하관들과 저만치에서 문서를 정리하던 아전들이 그제는 입을 싸쥐고 웃었다.
세상에 한푼을 버느라고 두푼을 버리는 멍청이가 어디 있담. 도대체 그런 사람이 나라의 재물을 도맡아보는 호조판서의 벼슬을 어떻게 하누.
처음에는 아전 두엇이 서로 눈을 맞추며 킬킬대더니 나중에는 온 관청의 아전들이 입을 막고 키득거렸다. 당하관들도 재미있다는듯 눈짓을 하며 싱글거렸다.
그러나 판서대감앞에서 까닭없이 소리내여 웃을수는 없는노릇이다.
마침 홍순에게서 두푼을 받아쥐고 나가던 아전이 마당가운데서 발을 비뚝 하였다.
《저녀석 좀 보게, 양지마당에 씨암탉 걸음일세, 하하.》
누군가 한마디 하자 그제는 참고 참았던 웃음이 일시에 와하고 터졌다.
《아하하, 어허허.》
아전은 붓대를 내던지고 배를 그러안고 돌아갔다. 당하관들도 이제는 체면을 차릴것 없이 어깨를 들썩거리며 너털웃음을 마음껏 내뿜었다.
《어 그참 허허허.》
웃지 않는 사람은 홍순 하나뿐이였다.
웃음바람이 온 관청을 한번 휘 휩쓸고 지나간뒤다.
한 아전이 홍순을 바라보고는 그만 찔끔하여 머리를 움츠리며 황황히 붓대를 잡았다. 그통에 다른 사람들도 정신을 차리고 계면쩍게 기침을 하며 웃음을 거두었다.
《자네들이 나를 두고 웃는 모양이네만…》
홍순의 말에 모두 숨을 죽였다.
이 무슨 버르장머리냐고 당장 벼락이 내릴런지도 몰랐다.
그런데 의외에도 홍순의 말은 잔잔하였다.
《그 한푼을 버리면 나라에서는 영영 한푼을 잃어버리지 않겠나. 내가 한푼을 손해보았지만 나라에서는 한푼을 얻은 셈일세.》
홍순은 더 말을 않고 조용히 섬돌을 내려섰다.

온 관청이 그제는 물을 뿌린듯하였다.

당하관들은 얼굴이 붉어져 길을 비끼며 머리를 숙이였다. 판서앞에서 늘 하는 인사치례건만 이번것은 그전과는 달랐다.

《진짜 호조판서로다.》

나라의 한푼 재물이라도 아끼는 깐진 풍모에 머리를 숙인것이요 조그마한것을 놓고도 나라와 백성을 먼저 생각하는 도량에 진정으로 감복한것이였다.

홍순이 정승으로 된것도 아마 그 도량때문이였으리라.

정승이라면 온 나라 신하와 백성들의 표준으로 되는 벼슬이니 그 책임이 여간 무겁지 않다. 그래서 큰대자를 써서 대신이라고 하였던가부다.

옛글에 이르기를 임금이 대신에게 자질구레한 일을 물으니 대신의 대답이 그것은 자기 알바가 아니요 그 일에는 따로 맡은 관리가 있노라고 하였다 한다.

어찌 보면 임금의 물음에 무엄하기 짝이 없는 대답이라 하겠지만 대신에게는 대신의 일이 있으니 자질구레한 일에까지 간여할 필요가 없다는것이다.

그것이 대신의 풍모라 하여 옛날부터 대신은 정사를 함에 있어서 대체를 쥐고나가면서 아래를 아량있게 포용하는것을 제일로 쳐왔다.

리조 전기간 으뜸가는 명상이라는 황희의 일화가 대신의 풍모를 보여주는 좋은 실례라 하겠다.

황희가 어느 하루 집에 있노라니 두 녀종이 무슨 일로 서로 아옹다옹 다투던끝에 드잡이를 벌려놓아 무척 소란스러웠다. 그래도 황희는 아무 소리도 못들은듯 책만 보고 앉았을뿐이였다.

한참후에 한 녀종이 황희한테 와 울며 하소하는것이였다.

《쇤네가 아무개와 다투었사온데 일이 이러이러하오니 아무개는 참으로 간특하기 그지없는년이오이다.》

그 말에 황희는 머리를 끄덕이며

《오냐, 알았다. 네 말이 옳다.》라고 하였다.

녀종이 그 말에 마음이 내려가 눈물을 씻으며 물러간 뒤 다른 녀종이 또 찾아와 울고불며 송사하는것이였다.

황희는 그 녀종의 말도 다 듣고나서 역시 머리를 끄덕이며

《그래, 네 말이 옳다.》라고 하였다.
마침 옆에 있던 황희의 조카가 보기에 민망스러워 참견을 하였다.
《숙부님께서 어찌 그리 사리에 어두우십니까. 아무개의 말이 이러하고 아무개의 말은 저러하니 아무개가 옳고 아무개가 그른것이 아닙니까.》
황희는 조카의 말에 또 머리를 끄떡이며
《그래 네 말이 옳다.》라고 하였다.
그리고는 여전히 글만 읽었다는것이다.
대신이란 자질구레한 일에는 대범해야 한다는것이니 하물며 가정일에 대해서야 더 말할것이 있겠는가.
그리고 보면 정홍순은 대신의 풍모와는 거리가 멀다고 하겠다.
나라를 위해서도 돈 한푼을 아꼈거니와 집안살림을 꾸려나가는데서도 여간 깐지지 않았으니 말이다.
야사의 기록을 보면 부인은 홍순과 달리 씀씀이가 매우 헤펐던 모양이다. 그러다보니 홍순은 조정에 나가서도 호조판서요 집안에 들어와서도 호조판서노릇을 하여야 하였다. 벼슬이 올라 정승이 된 뒤에도 집에서만은 여전히 호조판서였다.
딱한것은 조정에 나서면 재물을 유리하게 다루는 능수로 인정받는 그였지만 집안에서만은 도저히 호조판서의 능력을 인정받지 못하는 그것이였다.
홍순에게는 나이찬 딸이 있어 시집을 보내게 되였다.
신랑도 모모한 재상의 집 자제라 잔치가 굉장할것이라는 소문이 벌써부터 돌았다.
안방에서는 하루종일 잔치이야기뿐이고 하인들은 돌쩌귀에 불이 일 정도로 들락날락하며 선전, 어물전, 지전, 싸전을 두루 팔방 돌아다니는 판이였다.
잔치날이 거의 되여오건만 부인이 가만 눈치를 보자니 홍순은 아무 마련도 없는 모양이였다. 생각같아서는 남편에게
《그래 잔치를 하려우 안허려우?》 따지고싶지만 명색이 정승댁 부인으로 그럴수도 없는노릇이였다. 부인은 이래저래 속이 달았다. 이제는 부인이 팔을 걷고 나서서 하인들을 지휘하여 잔치준비를 할 판이였다.

그런데 잔치에 아무 관심도 없는듯하던 량반이 어느 하루는 관청에서 돌아오자 저녁상을 받고나서 부인에게 불쑥 묻는것이였다.
《그래 요즘 잔치준비가 어찌 되오?》
《대감께서 관심을 안하시니 안방에서 두루 변통을 해보느라고 합니다만…》
부인은 갑자기 웬 일이냐는듯 홍순을 쳐다보았다.
《신랑댁에 례물을 보내자면 돈이 약차하게 들텐데 얼마면 되겠소?》
부인의 얼굴이 금시 환해졌다. 아무렴 그렇겠지, 아무리 꾀장꾀장한 량반이기로서니 딸자식을 시집보내는 일에야 어련히 마련이 있을테지.
《대감께서 늘 사치를 경계하시니 소박하게 차릴 생각입니다만 못해도 800냥은 있어야 할것 같습니다.》
부인은 슬쩍 홍순의 눈치를 살펴보았다. 800냥이라는 소리에 펄쩍 뛰지나 않나 해서였다.
사실 부인으로서는 한껏 적게 부르노라 한것이였다. 글쎄 아무리 소박하게 한대도 신부의 새옷이야 몇벌 지어야 할것이 아닌가, 정승댁의 체면도 있고 또 시댁의 재상 얼굴도 보아야 할것이다.
듣자니 어느 집에서는 페백을 싸는데만 2,000냥을 들였다 한다. 그에 비하면 절반도 안되는것이니 그리 많다고 할것은 없다. 하물며 한번밖에 없는 인륜대사를 남의 뒤소리를 듣게 할것이냐, 아무래도 남편에게 말을 좀 해야겠다.
《팔백냥이 적지 않은 돈이오나 우리 집 가세로 보아 큰 자리는 날것 같지 않고 또 보는 사람들의 눈도 있으니 지내 박하게 하면 뒤말이 있을듯해서…》
부인은 연신 홍순의 눈치를 보아가며 조마조마하게 말을 이어가는데 홍순은 의외에도 선선히 대꾸하였다.
《그 말이 십분 옳소. 정승댁의 체면도 있으니까, 허허》
홍순의 걸걸한 웃음에 부인은 그지간 옹쳤던 속이 대번에 풀리였다.
《아이구, 그런걸 괜히 혼자 속을 썩였습니다. 글쎄 대감께서 또 화를 내면 어쩔가 하구, 그래 할수 없이 안방에서 변통을 해볼려구까지 했습니다. 호호》

《내 그럴줄 알았소. 그건 그렇고. 잔치음식을 차리는데도 돈이 있어야 할텐데 얼마면 되겠소?》

《아무리 안차린대두 찾아오는 손들에게 박주나마 대접해야 하겠고 찾아온 친척들을 그냥 보낼수야 없지 않습니까. 수고한·하인들에게도 얼마간 돈을 쥐여주어야 하겠으니 사백냥폭은 되여야 할것 같습니다.》

《사백냥이라, 알겠소.》

홍순은 이번에도 시원스레 응낙하였다.

《잔치날전까지 내 다 마련해놓을테니 아무 걱정마오.》

부인은 마음을 턱 놓았다.

이튿날부터 분주스럽던 안방이 조용해지고 시전거리에 나가 발이 부르트도록 달아다니던 하인들도 다리를 펴고 자게 되였다.

어느덧 신랑댁에 례물을 보낼 날이 되였다.

부인은 속이 바질바질 타서 홍순이 관청에서 돌아오기만을 눈이 까매서 기다렸다.

《오늘까지 혼수감이 오지 않으니 이게 어찌된 일입니까?》

부인은 마루에서 홍순을 맞아들이며 물었다.

홍순은 관대를 끄르다 말고 제편에서 놀란듯이 되물었다.

《아니, 아직 혼수감이 안왔단 말이요?》

《아이구, 오는게 다 뭡니까.》

부인은 울상이 되였다.

《어허, 괘씸한지고, 내 선전에 그토록 일렀는데두. 고약한놈들 일다.》

《그럼 이 일을 어쩝니까?》

《글쎄 낸들 어쩌겠소, 정승의 체면으로 장사치들과 같이 시비를 따질수도 없고 허 그참 랑패로다. 사세부득으로 입던 옷을 빨아입고 시집가는수밖에 있소?》

《아이구, 세상에.》

부인은 그만 방바닥에 풀썩 주저앉아버렸다.

《이것 보우, 그깟 옷이야 아무려면 뭐라오? 잔치를 잘 차리면 그만 아니겠소, 듣자니 부인이 나 모르게 딸애의 첫날옷은 미리 마련해둔것이 있다며?》

《에그 참, 대감은 셈평이 늘어져 좋겠습니다.》

《허허》

《이번 잔치음식만은 전수히 대감을 믿고 아무 준비도 안했는데 음식감이 안오면 어쩝니까?》

《내 평시서에 단단히 일러두었는데 그럴리야 있을라구.》

《래일 다시한번 이르도록 하시지요.》

《그럽시다.》

홍순이 부인에게 철석같이 약속했건만 잔치날을 하루 앞두고도 음식감이 하나도 들어오지 않는다.

이제나저제나 음식감이 들어오기만을 기다리던 부인은 애가 탈대로 탔다.

대문소리만 찌꿍 나도 시전에서 음식바리가 들어오나 하여 하인들더러 어서 나가 보라고 독촉하였다.

그러나 해가 지도록 음식바리는커녕 생선장사 하나 문앞을 지나가지 않는다. 바빠난 부인은 안방마루에 나앉아 하인들을 불렀다.

《게 누구 없느냐, 갑동이는 육고에 가서 고기를 있는대로 가져오고 업쇠는 얼핏 아무나 데리고 가서 술을 받아오란다구 일러라.》

《마님, 가보기는 하겠습니다만 헛걸음이 되기가 쉬울것 같습니다. 이렇게 늦었으니.》

《긴말 할새 없으니 얼핏 갔다 오너라.》

부인이 들볶는바람에 안팎의 하인들이 뛰쳐나와 분주탕을 피웠다. 그러나 공연히 수선을 떨뿐 달아다니는 하인들도 정작 무엇을 어쨌으면 좋을지 몰랐다.

그럴 때 대문밖에서《대감마님 듭시오.》하는 소리가 나며 홍순이 마당에 들어섰다.

《아니 웨들 이리 수선이냐?》

《대감마님, 황송하오이다. 잔치음식이 아직 오지 않아 지금 어디 가서 변통을 해보려구.》

《어, 그게 무슨 소리냐. 그래 시전의 녀석들이 아직 안있드란 말이냐, 고이한 일이다.》

부인은 심사가 꾀여 안방문을 닫은채 들어앉아 내다보지도 않았다.

《그래 안에서들은 어쩌고있다드냐?》

마침 부인곁에서 심부름드는 계집종이 쪼르르 날려나오더니

53

《부인마님께서 잠간 안으로 듭셔달라는 청이옵니다.》라고 하였다.

《오냐, 그래라.》

홍순이 안방에 들어가니 부인은 새침하여 눈도 거들떠보지 않았다.

《어허, 이 무슨 일이요. 내 무게가 없어 집안에서 이런 대접을 받으니 밖에 나가선들 무슨 정승의 체면을 세울고, 시전의 장사치들도 부인의 태를 본딴 모양이요.》

홍순의 목소리에는 추상같은 위엄이 서리였다.

부인은 저도 모르게 몸가짐을 바로하고 인사를 차렸다.

그제서야 홍순의 목소리가 부드러워졌다.

《어찌겠소. 시전의 장사치들이 내 말을 듣지 않으니 그런다고 잡아다 볼기를 치겠소. 정승댁에서 음식거리를 사느라고 저자에 나돌아다닐수는 없는거구. 집에 있는 술과 안주로 대략 음식을 차리는수밖에.》

부인은 하고싶은 말이 많았지만 방금 엄한 훈계를 들은터라 잠자코 있을수밖에 없었다.

소문난 잔치 먹을것 없다는것이 정녕 정홍순의 집 잔치를 두고 한 말이였다.

신랑집의 풍성한 잔치상과는 아예 딴판으로 잔치상에 오른것은 나물 몇가지와 술 몇동이뿐이였다.

신랑을 따라왔던 사람들은 입을 비쭉거렸다.

《원 정대감같은 깍쟁이는 처음 보겠군.》

《글쎄 이런 싱거운 잔치는 난생 처음일세.》 하는 패는 신랑의 밭은 친척들이요

《쉬, 정승댁 뒤소리를 함부로 하다가는 볼기 맞기 쉬웨.》

《이보라구, 그래두 례의는 깍듯할세. 우리같은 사람들에게두 큰상의것과 꼭같은 음식을 주는것만 보지.》라고 하는 패는 견마잡이며 수종하인들이다.

어쨌든 홍순이 온화한 웃음을 담고 허물없이 좌석에 나앉으니 그래도 잔치상이 과히 초라해보이지는 않았다. 오히려 담박한 인품이 돋보여 머리를 끄덕이는 사람들이 많았다.

신랑만은 일생에 한번밖에 없는 대사를 허술하게 치르는것이 섭

섭하던지 미간의 내천자를 종시 펴지 못하였다. 린색한 장인의 처사가 불평스럽기도 하거니와 앞으로 그런 장인의 사위노릇을 하기가 헐치 않으리라는 불안스러운 생각에서였다.
 아닌게 아니라 장인은 린색하기 그지없는 좀생원이였다.
 장가를 든후 며칠이 지나서였다.
 장인에게 인사를 차려야 하겠기에 할수없이 싫은 걸음을 하게 되였다.
 장인에게 수인사를 마치고 한담을 하노라니 어느덧 점심때가 되였다. 공교롭게도 비가 억수로 쏟아졌다.
 사위는 어지간히 시장하여 점심상이 나오기를 은근히 기다렸다. 고리디 고린 장인과 오래 마주앉아있기는 싫었으나 그렇다고 처가집에 왔다가 점심 한끼도 안먹고 비를 촐촐 맞아가며 돌아가기는 더욱 거북한 노릇이였다.
 잠자코 장인의 눈치를 보고있는참인데 문득 장인이 하인을 불렀다.
 《누구 없느냐. 네 가서 갓모와 나막신을 가져다 서방님께 드려라.》
 사위는 점심상을 내오랄 대신에 갓모와 나막신을 가져오라는바람에 눈이 커졌다.
 홍순은 사위에게 갓모와 나막신을 내주며 일렀다.
 《너는 네 집에 돌아가 점심을 먹도록 하여라. 네가 올줄을 몰랐으니 내 집에서 네 밥을 지어놓았을리 없다. 네 집에서는 이미 밥을 지어놓았을것이니 지어놓은 밥을 버리고 없는 밥을 기다릴게 있느냐.》
 사위는 그 말에 아연하였다. 사위에게 줄 밥 한그릇을 아끼다니 세상에 이런 인정이 있는가. 사위는 분하여 벌떡 일어섰다.
 《그리하겠습니다.》
 《잘 다녀가거라.》
 대문을 후려닫고 나선 사위는 주먹을 불끈 쥐였다.
 얼마후 하녀에게 점심상을 들려가지고 들어온 부인은 깜짝 놀랐다. 사위는 어디가고 홍순만 혼자 앉아 비오는 먼산을 침울하게 바라보고있었던것이다.
 《아니, 사위가 어디 갔습니까?》

《보냈소.》
《보내다니요, 점심도 안먹여보내다니 너무합니다.》
《부인이 모르는 말이요. 잔치때 보자니 그애가 재상댁 자제로 호강하며 자라 세상에 귀한것을 모르는구려, 이제는 내 자식이 되였으니 바로 가르쳐야 할것이 아니겠소.》
《아이구. 아무리 그런들 너무 박정합니다.》
부인은 눈물을 씻으며 돌아섰다.
그때부터 사위는 아예 장인의 집에 발길을 끊었다.
삼년이 지난 어느날 홍순은 부러 사람을 띄워 사위를 청하였다. 그러나 사위는 도리여 역증을 내며 가기를 거절하였다.
《네 가서 장인어른께 전하여라. 내 다시는 장인댁에 가서 굶고 오기 싫단다고.》
심부름갔던 하인은 눈이 뿌애지도록 공연한 욕만 먹고 돌아섰다.
하인에게서 그 말을 들은 홍순은 허허 웃었다.
《내 사위가 결기 있어 마음에 드는구나. 그럼 네 이 편지를 사돈댁에 전하도록 하여라.》
홍순의 편지를 받아든 하인이 다시 사위집으로 갔다.
홍순이 편지에 무어라고 썼는지 사돈집에서는 아들을 불러놓고 당장 처가집에 가보라고 꾸지람이 여간 아니였다. 사위는 할수없이 삼년만에 처음으로 안해를 데리고 장인댁으로 갔다.
아버지의 엄한 분부가 있어 장인댁에 가기는 하지만 사위의 걸음이 가벼울리가 없었다. 찌뿌둥한 남편의 얼굴을 보는 딸의 마음도 무거워져 삼년만에 본가집으로 가는 걸음발이 서슴어졌다.
사위는 오만상을 찌프린채 장인댁으로 갔다.
린색한 장인의 그 성미야 어디 갈라구.
아닌게 아니라 대문안에 들어서자바람으로 기분잡치는 일과 부딪쳤다.
홍순이 장인바치와 무슨 흥정을 하고있는중이였다. 장인바치는 더 달라거니 홍순은 안된다거니 두편의 싱갱이가 언제 끝날지 몰랐다.
《대감나으리의 집 일을 무슨 돈을 바라고 한것은 아니오만…》
《허, 자네들이 수고한줄은 내 잘 아네만 그이상은 더 줄수 없네.》

《제혼자 한 일이라면 주시는대로 받겠습니다만 여럿이 한 일이라 돈을 더 주셔야 하겠습니다.》

《안되네, 여럿이 나누어가져도 그 돈이면 스무날 품값은 될거네.》

《그럼 하루 한냥씩만 더 줍시오.》

《자네들이 리참판댁에서 이 일을 했을 때 얼마를 받았는지는 내가 다 아네. 회동 승지네 집에서도 얼마를 받았는지도 알고, 그거야 자네들이 도차지녀석과 짜고 한몫 옭아낸게 아닌가, 안되네. 그만 가게.》

홍순은 매몰차게 잘라뗐다. 장인바치는 면구하여 낯이 벌개가지고 중얼거렸다.

《더 받은 돈은 실상 도차지어른이 제몫으로 다 가무렸는뎁쇼. 소인들이야 그저.》

《자네가 나를 무얼로 아는셈인가?》

《황송합니다. 소인은 그만 물러가겠소이다.》

장인바치는 물려나며 이마의 땀을 소매로 훔쳤다.

그꼴을 보는 사위의 뱁이 삼년전처럼 벌컥 뒤집혔다. 장인의 소행이 비루하기 그지없었다. 그까짓 돈 몇푼이 무어라고 장인바치와 옥신각신한단 말인가, 여간 벼슬아치도 그런 일은 너절하게 여겨 되는대로 주고마는것인데 정승의 체면으로 장사치 행세를 하다니.

생각대로 하라면 그자리에서 돌따서 나가고싶었지만 아버지의 엄한 분부가 있는지라 그럴수도 없었다. 마지못해 장인앞으로 가서 인사를 차렸다.

《그간 기체 만강하시오니까?》

《오냐, 너희들이 왔느냐, 내 바쁜 일이 있어서 미처 돌아보지 못했구나.》

사위는 그 말에 불끈하였다. 바쁜 일이라니 돈 몇푼 흥정하는 일말인가, 과연 린색하기 짝이 없는 늙은이다. 장사치도 저렇지는 않을것이다.

《돈 흥정하는 일 말이오니까?》

사위의 말에는 가시가 돋혔다.

《허, 임자가 보았네그려.》

홍순은 조금도 부끄러워하는 기색이 없이 사위의 말을 선선히 받아넘겼다.

《장인어른께서 한나라의 정승으로 장사치처럼 천한것들과 값을 다투시니 보기에 민망스럽소이다.》
 홍순은 그 말에 고개를 제치며 껄껄 웃었다.
《원 별소릴, 이애, 너는 안방에 들어가 어머니를 모셔오너라, 젊은것들이란 허허허.》
 홍순이 자못 기분이 좋은듯 채수염을 내리쓸며 마당안을 활개치며 걸었다.
 얼마후 부인이 곤두박질치듯 달려나와 사위를 얼싸안았다.
《그사이 왜 얼굴 한번 안보였나. 삼년동안 기척이 없으니 사람의 속이 돌인들 안타겠나, 사위박대를 했다구 인정마저 끊을랴는가. 어이구, 이 무정한 사람아.》
 부인은 참았던 그리움을 눈물과 함께 터뜨렸다. 사위도 장모의 고마운 인정에 코허리가 시큰하던지 눈을 슴벅이였다.
 홍순은 울며불며 서로 붙들고있는 세사람을 바라보며 허허 웃었다.
《이젠 그만들 하오. 내 오늘은 부인에게도 사과를 해야 할가보오.》
《이미 엎지른 물인데 이제 와서 사과는 무슨 사과란 말씀입니까?》
 부인이 너두리처럼 하는 말이였다.
《엎지른 물이라니 당치 않소. 부인이 엎지르려던 물을 내가 딴 그릇에 담아놓았으니 나를 따라오오. 허허.》
 홍순이 웃으며 발길을 떼여놓았다.
《아니 그게 무슨 말씀입니까?》
 세사람은 어안이 벙벙하여 홍순을 따라갔다.
 홍순은 세사람을 데리고 후원으로 갔다.
 후원에는 새로 지은 조출한 기와집 한채가 있었다. 방금 도배를 하고 장판까지 해놓은데다 가장집물까지 그쯘히 갖추어져있었다.
 홍순은 사위와 딸을 번갈아 바라보며 빙그레 웃었다.
《그래 이 집이 어떠냐? 살만 하냐?》
《정말 훌륭하오이다.》
《삼년전 네가 시집을 갈 때 너의 어머니에게 혼수가 얼마나 들겠느냐고 물었더니 천이백냥이라고 하였겠다, 천이백냥이면 보통집 몇살림과 맞먹는 큰 돈인데 그걸 어찌 쓴 뒤없이 허투루 쓰겠느냐. 보는 사람들의 눈이나 즐겁게 하려구 뿌리기에는 아깝지 않느냐. 내가 그래 사람을 시켜 그 돈으로 몇가지 일을 벌리게 하였더니 그 리득이 적지 않아 오늘 이렇게 집을 지어놓고 그우에 수백섬 지기 땅까지 마련해놓았느니라, 이제는 종신토록 의식걱정 없이 살수 있겠으니 좀 좋으냐. 이게 다 너희 혼수비용으로 된것이니 이제부터는 너희들이 이 집에서 살도록 해라.》
《아버님 고맙소이다.》
《대감!》
세사람은 그제야 홍순앞에 깊이 머리숙이며 절을 하였다.
홍순은 자기앞에 엎드린 사위를 이윽히 내려다보다가 두손으로 붙들어 일으켜세웠다.
《자네가 아까 나더러 장사치행세를 한다고 하였겠다?》
《미거한 자식이 아버님께서 저희들을 위해 푼전을 아끼시는줄 모르고 함부로 말을 하였으니 죄송하기 그지없습니다.》
《아닐세, 내 그래서 푼전을 아낀게 아닐세. 그까짓 돈 몇푼이 뭐라고, 재주없는 몸이 정승의 무거운 직책을 맡았으니 그런 구차한 노릇이라도 아니할수 없구나.》
갑자기 홍순은 휘 한숨을 내쉬였다.
《아니, 그게 무슨 말씀이십니까?》
《내가 정승으로 되여 온 나라 신하와 백성들이 바라보는터요 내 하는 일이 곧 그네들의 본보기가 될것이라 내가 그 장인바치에게 품값을 더 주면 그게 그만 나라의 규례로 될테니 가난한 백성들이 그 페를 어찌 받을건가. 내 푼전을 아껴 정승의 체면을 잃을지언정…》
《아, 아버님.》
홍순의 말이 끝나기도전에 사위는 털썩 무릎을 꿇었다. 그리고는 눈물어린 눈으로 홍순을 쳐다보았다.
한없이 높아보이는 장인, 아니 그야말로 일국의 참다운 정승이였다.
이때부터 활수라고 소문났던 부인도 홍순 못지 않게 물이 고이도록 살림을 깐지게 꾸려나갔다 한다. 그러니 홍순은 집안에서도 재물을 유리하게 다루는 능수보 《호조판서》 노릇을 잘한 셈이다.
그리고 보면 홍순은 집안살림에는 무관심한 력대 정승들과는 전혀 다른형의 명상이라 하겠다.
대범해서만 큰 도량이 아니요 작은 일에서도 큰것을 볼줄 아는것이 참다운 도량이 아니겠는가.

아차고개

조선속담에 얼굴이 백냥이면 눈이 구십냥이라는 말이 있다. 사람에게서 눈이 그만큼 중하다는 의미일것이다. 그래서 옛날부터 병신중에서도 앞못보는 소경을 제일 불쌍하게 쳐왔다.

제구실을 못하는 사람을 가리켜 욕할 때면 의례히 밥병신이라고 하니 옛날에 병신이라면 사람축에 넣어주지조차 않았던것이 분명하건만 병신중에도 상병신인 소경에게는 봉사요 장님이요 하는 제법 틀스러운 이름이 많으니 이상한 일이 아닐수 없다.

멀쩡한 사람도 상놈이면 량반앞에서 머리도 못들고 설설 기여야 했던 옛날에 눈이 먼 병신에게 장님이라고 님자까지 개여올리고 봉사라는 벼슬이름으로 대접하여 불렀다니 이상하지 않은가.

그러고 보면 소경이라는 이름도 이상하다 할것이다. 귀먹은 사람을 귀머거리라고 하는것으로 보아 눈먼 사람도 눈먼이라든가 하다못해 눈머거리라고 해야 옳을텐데 생뚱같이 소경이라고 하니 너무나 동닿지 않는 이름이 아니냐 말이다.

내가 우연히 저자도 없이 필사본으로 전해지는 옛책을 뒤지다가 그 까닭을 알고는 그만 무릎을 쳤다. 소경이란 원래 송경이란 말에서 나왔다. 송경이란 무엇이냐. 외울송자에 경서경자를 썼으니 우리말로 풀면 경을 외운다는 뜻이다.

말이란 오랜 세월을 거쳐 변하는 법이다. 벽창호란 말은 원래 벽동 창성의 소란 뜻이니 원래는 벽창우라고 했던것이요 오가잡탕이란 말도 까마귀오자에 입구자를 써서 오구잡탕이라고 하던것이 오늘과 같이 변해버린것이다. 그러니 송경이란 말이 소경으로 변했다고 해서 이상할것은 없다.

모름지기 앞못보는 사람이면 의례히 경을 외우고 점을 치는것을 업으로 삼았던탓에 송경이란 말이 그만 장님을 가리키는 말로 되였을것이다.

지금 생각하면 우스운 일이지만 사주팔자란것을 찰떡같이 믿던 옛날에야 길흉화복을 척척 알아맞춘다는 소경을 어찌 소홀히 보았을가부냐. 그래서 장님이라고 대접하여주고 봉사라고 귀맞좋게 불렀던가부다.

오륙이 성한 사람도 먹고 살아가기가 하도 어려워 목구멍이 포도청이라는 속담까지 나왔으니 앞못보는 장님이야 오죽하였으랴. 사농공상 네가지 생업중에 선비노릇은 원체 글을 못보니 못할터이요 농사를 짓자 해도 앞못보는 사람이 무슨 수로 김과 곡식을 갈라내랴. 장인바치노릇을 하자니 눈이 성한 사람도 손재간이 없으면 못하는 그 일을 장님이 어떻게 하겠느냐. 장사를 하려도 눈 감으면 코 떼갈 세상에서 장님의 코쯤은 얼싸 좋다고 떼갈판이라 도대체 생념도 못할 일이다.

그러고보면 장님이 할 일이란 갑자을축 손가락을 꼽아가며 점이나 치고 집집을 돌아다니며 경이나 읽어주는것밖에 없다.

옛책을 보면 점쟁이들에 대한 허황한 이야기가 그럴듯하게 씌여있다. 옛날에는 시집장가를 가도 궁합을 본다고 사주단자를 들고 다니고 길을 떠나도 길한 날을 택하고 지어는 구들을 뜯어고쳐도 흙동티가 난다고 날자를 가렸다. 술이나 장을 담그어도 택일이요 모내기를 해도 길일을 고른다고 점쟁이를 찾아다니였으니 점쟁이집 대문간에는 사람들이 끈칠 날이 없었다.

《여보슈 봉사님, 우리 집 작은년이가 이제는 머리를 얹을 나이가 되였는데 어디 궁합 좀 보아주시구려.》

장님은 보이지 않는 눈을 끔벅거리며 망건밑을 긁적인다.

《그야 뭬 어려울가만 내가 지금 바빠서 그럴 사이가 없네.》

《봉사님, 빈손으로 오기가 무엇해서 좁쌀 한되박을 가져왔으니 좀 보아주시구려. 요새 군포를 바치고나니 집안에 새앙쥐 입가심할 것두 없수. 그저 성의뿐이우.》

《그런걸 뭘 다. 자네 성의를 모른다 할수 없으니 어디 궁합 좀 볼가. 자네 작은년이가 올해 몇살이더라?》

《열아홉인뎁쇼.》

《으, 그러니 경오년생일세그려. 경오 신미 로방토니 비목이면 오평생이라. 어허, 좋은 자리 고르기가 쉽지 않겠네. 무진 기사 대림목이니 자네마을에 작은년이보다 한살이나 두살 우인 총각이 있으면 좋고 없으면 랑패일세.》

《아니, 작은년이가 열아홉인데 스물한살이 되두룩 장가 안간 총각이 어디 있을라구요.》

《그럼 경신 신유 석류목이요 임오 계미 양류목이니 열살우의 총각이나 열두어살아래 총각에게 보내는수밖에 없네.》

《아니 그럼 일곱살짜리 코홀리개한테 시집보내란 말씀이요? 원 그따위 소린 하지두 마우.》

찾아온 손은 펄쩍 뛰며 보이지 않는 눈을 멀거니 뜨고 앉아있는 장님에게 성을 버럭 낸다. 장님은 입맞이 쓴듯 이마살을 찌프리며 투덜거리였다.

《이사람 보게. 궁합을 보아달라구 하구선 되려 내게 성을 내네.》

《아니 그림 그따위 말을 듣구 가만있을 시렵의 아들놈이 어디 있단 말이요. 없는 살림에 좁쌀 한되박을 꾸어다 바치니 이녁은 되지 않은 소리만 하니.》

장님은 자기도 안되였는지 말소리를 낮추며 변명조로 중얼거렸다.

《이 사람이 내가 지어내서 하는 소린줄 아는가베. 책에 그렇게 씌여있는걸 낸들 어쩌라나. 임자 듣기 좋으라구 거짓말을 할가 원.》

《어느 오라질놈이 그따위 되지 못한 수작을 씨놓았단 말이요. 뭬.》

《이것 보게. 경오년은 로방토라.》

《로방토란건 뭐유?》

《길가의 흙이란 말일세.》

《그런데는 어쨌단 말이요?》

《로방토는 나무가 아니면 평생을 그르친다구 하지 않았나. 무진년 기사년이 큰 숲의 나무이니 스물한살짜리 총각이 있으면 더없이 좋은거구 없으면 경신년 신유년이 석류나무라 스물아홉 설흔살 난 늙은 총각한테 주던가 예닐곱살짜리 계미 임오년 버드나무 생에게 보내야 할게 아닌가 말일세.》

장님은 손가락을 꼽았다 폈다 하며 부부간의 금슬과 길흉화복을 제가 다 아는듯이 열이 나서 주어섬기였다.

찾아온 손은 들어도 모를 소리라 장님의 입만 멍하니 쳐다보고 앉았다가 불현듯 한숨을 쉬며 입속말로 중얼거렸다.

《그럼 그것두 연분인가.》

《연분이라니 갑자기 그건 무슨 소린고?》

《글쎄 아래동네 김생원댁에서 머슴사는 막둥이녀석이 우리 작은년이한테 마음을 두고 시부렁거리는꼴인데 그녀석이 올해 스물한살이니 하는 말이우.》

《그럼 되였네. 남목녀토면 어재소택이라 물고기가 못에 든 형상이니 그이상 좋은 궁합이 없네.》

장님은 신명이 나서 무릎을 치며 바싹 나앉았다. 찾아온 손은 못미더운듯 장님을 뜨아한 눈치로 쳐다보다가 풀이 죽어 중얼거렸다.

《원 그래두 머슴사는놈한테 시집가서 잘살면 얼마나 잘살겠수. 내가 팔자가 사나워 그것만이라도 좀 나은데 보낼가 했더니…》

《모르는 소리 말게. 류류상종이라고 까치는 까치끼리라는 말이 있지 않나. 괜히 외람된 마음을 먹구 재산만 바라보다가는 자식신세 망치기 쉬우리.》

《글쎄요.》

《글쎄요라니, 아 지난해 사헌부 구실다니는 갑동이네가 찾아와 딸을 김동지네 집 첩으로 보내겠다며 궁합을 봐달라기에 궁합이 맞지 않는다고 그렇게 일렀건만 그예 소실로 들여보내더니 어찌 되였겠나. 1년만에 소박을 당하고 끈 떨어진 뒤웅박신세가 되였지. 내 말을 믿어서 등탈이 없느니.》

《정말 그럴가요?》

《자네 내 말을 믿지 않을바이면 궁합은 웨 보아달랬나 원.》

《그럼 봉사님 말씀만 믿구 작은년이를 막둥이녀석한테 주겠수.》

《어서 그러게.》

장님덕에 머슴총각은 생각밖에 꽃같은 처녀에게 장가들게 된셈이다. 그러고보면 머슴총각은 저도 모르게 장님의 신세를 졌다 하겠지만 이런 일은 천에 하나가 될지. 궁합이요 사주팔자요 하는것때문에 되려던 일이 오히려 비틀리우는수가 더 많다 하겠다.

도대체 사람이 팔자를 타고난다는것부터가 어처구니 없는 일이 아니냐. 팔자란 뭐냐. 사람이 태여난 년, 월, 일, 시를 간지로 표시하면 여덟글자가 되니 그게 바로 팔자라고 하는것이다. 가령 갑자년 병진월 을축일 경자시에 났다고 하면 그때에 난 사람이 수천년세월에 한둘뿐이 아니겠는데 그러면 그 사람들의 길흉화복이 다 같았단말인가.

얼핏 생각해도 어이없는 일이건만 몇백년을 두고 팔자타령을 하여왔다니 우스운 일이랄밖에 없다.

멀리로 삼국시기로부터 점쟁이들에 대한 일화가 한둘이 아닌데 가만히 보면 담대하고 호방한 고구려사람들보다도 신라나 백제에서 점에 더 극성이였던것 같다. 옛날책을 보면 신라나 백제의 점쟁이들에 대한 일화가 더 많으니 말이다.

《삼국유사》를 보면 백제의 점쟁이 추남이 억울하게 죽어 김유신으로 태여나 백제를 멸망시켰다는 허황한 이야기가 씌여있고 유신의 누이동생이 꿈을 팔아 김춘추의 안해로 되였다는 이야기가 제법 정말처럼 구수하게 실려있다.

가까이로는 리조때에도 점쟁이들이 많았는데 그중에서도 유명하다는 점쟁이로는 명종때의 홍계관과 토정 리지함, 남사고 세사람을 꼽을수 있겠고 술수가로는 전우치며 정렴, 정작 형제를 들수 있겠다. 홍계관은 소경 점쟁이로 이름이 났었고 리지함과 전우치, 정렴, 정작은 이인으로 불리운 사람이요 남사고는 풍수로 유명한 사람이다.

남사고는 풍수에 얼마나 밝았던지 자기 아버지의 무덤을 열번이나 옮겼다 한다. 무덤을 열번이나 옮기노라니 써버린 재물은 둘째치고라도 조상의 뼈인들 편안한 날이 있었을것이냐. 풍수에 그리 밝았으면 한번 무덤을 잘 썼으면 그만일텐데 열번이나 옮겼다니 모를 일이기도 하다. 아홉번째로 명당자리를 골라 무덤을 옮기고 이젠 됐다고 시름을 놓았는데 보자니 다른곳에 비룡상천의 길지가 나졌다는것이다.

비룡상천이라니 나는 룡이 하늘로 올라가는 형상이다. 이런데다 쓰기만 하면 집안에 홍복이 터지겠으니 이런 경사가 어디 있을가고 남사고는 무릎을 쳤다 한다. 그래 열번째로 금정을 열고 무덤을 만드노라 인부들을 모아 달구질을 하는판인데 듣자니 달구타령이 심상치 않더라는것이다.

    어리석은 저 남사고 괜한 일을 하는고야
    아홉번 옮긴 무덤 열번째로 만들다니
    무삼 룡이 하늘로 오르더란 말이냐
    저것 봐라 죽은 뱀이 나무에 걸렸구나

달구군들의 타령소리를 듣고 정신을 차려 다시 보니 정말 나는 룡이 하늘로 올라가는 형상이 아니라 죽은 뱀이 나무에 걸려있는 형상이란것이다. 그래 할수없이 수수한 자리를 골라 열번째로 장사 지냈다고 한다.

풍수요 점이요 하는것들이 진짜라면 풍수쟁이만큼 조상덕을 볼 사람이 없고 점쟁이들치고 비명에 죽을 사람이 없겠건만 그렇지만 도 않아 지관이요 명복이요 하는 사람들부터가 궁상맞은 꼴로 평생을 지냈으니 이것은 도대체 웬 까닭이냐. 술수가들의 말에 의하면 자기 운수를 점치는 일에는 사심이 동하여 옳게 하지 못하기때문이 라지만 그도 모를 일, 정성을 기울이면 제일에만큼 정성을 기울일 가부냐. 그러니 그것도 구차한 변명이랄밖에 없다.

점쟁이란 대개가 눈치가 빠르고 구변이 좋은 능갈친 족속들이여 서 점을 치러 오는 사람들의 행색부터 살핀다. 소경 점쟁이는 들어 오는 사람의 걸음소리나 숨소리 말씨를 들어보고 벌써 그 사람의 속내를 넘겨짚을줄 안다.

녀인이 짚신을 끌며 허둥지둥 들어오는 소리를 들으면 《어허, 임자에게 살이 뻗쳤네그려.》하고 제법 알쪼가 있는듯이 먼저 말을 건넨다.

《애고, 봉사님 살려줍시오.》

녀인이 저리도 황황해 할 일이 무엇이겠느냐. 십중팔구 아이가 갑자기 앓아서이리라. 녀인의 목소리로 보아 아직 늙도 젊도 않은 나이니 아이의 나이는 일여덟살쯤 되였으리라. 때는 한창 보리고개니 려염집 아이들이 못먹을것을 주어먹고 배탈이 난 모양이다.

《집의 아이가 갑자기 앓는 모양 아닌가?》

《에그. 봉사님두 참 용하시지. 글쎄 우리 애가 갑자기 배를 그러안고 죽을듯이 돌아가니 이게 무슨 귀신의 작간이우?》

순박한 녀인은 신통스레 알아맞추는 점쟁이를 놀랍게 바라보며 털어놓는다. 소경은 그럴것이라는듯 섬삵이 머리를 끄덕이며 말을 한다.

《오늘이 병인일이니 귀신 우봉련의 동티가 붙은것일세. 붉은 색 종이에 돈 7푼을 싸가지고 귀신의 이름을 두번 부른 다음 남쪽으로 마흔걸음 가서 버리면 알 도리가 있을걸세.》

돈 7푼을 구하느라면 내친김에 두어푼 더 얻어 병난 자식에게 흰죽이라도 쑤어먹일것이고 그러노라면 죽을 병은 아닐것이니 그럭저럭 며칠 지나면 자연 나으리라.

이런 일이 두번세번 거듭되는 사이에 점이 용하다는 소문이 퍼져 읍내의 모모한 댁에서도 돈꾸레미를 들고 봉사의 집을 찾아오게 된다.

세상이 어지러우면 잡술이 활개치는 법이다. 명종때에 명복이요 이인이요 풍수쟁이요 하는 사람들이 많았던것은 아마도 세월이 하 어수선했기때문이라 하겠다.

세월이 어수선하다보니 잡술이 성행하고 뜻을 잃은 무리들이 그에 혹해가지고 이런저런 이야기들을 지어내고 무슨 큰 인물이나 난듯이 우하고 떠받들다나니 하잘것 없는것들이 우쭐하여 내노라 활개쳤던탓이겠다.

명종은 리조 13대 임금으로서 위인이 그리 못하지는 않았던 모양으로 묘호에도 당당히 밝을명자를 붙이였다. 원래 임금이 죽으면 그의 생전의 업적을 보아가지고 그를 제사지내는 사당에 이름을 붙여주는 법이니 그것이 곧 묘호이다. 못난 임금에게는 나쁜 묘호를 주게 되여있지만 리조 27대 임금중에 나쁜 묘호를 받은 임금이라고는 없다. 하기에 아들이 임금으로 되여가지고 죽은 아버지에게 나쁜 묘호를 주자고 할리가 있겠느냐. 철종같은 못난 임금도 밝을철자를 써서 현명한 임금이라는 뜻의 묘호를 받았으니 구실을 못한 임금일수록 좋은 묘호를 받은셈이다.

묘호야 어쨌든 명종이 제법 똑똑한 위인이였는지는 모르지만 열세살난 어린 몸으로 천하의 만기를 다스린다는 왕위에 올랐으니 그가 무슨 정사를 바로하였으랴. 나라의 정사는 홈빡 그의 어머니인 문정왕후에게로 돌아가고말았다.

문정왕후로 말하면 그악스럽고 변덕이 심한데다 미신에 미쳐 돌아가는 녀인이였다.

야사를 보면 문정왕후는 아들 명종이 왕위에 오른 다음에도 그의 불퉁이를 쥐여지를 정도로 성미가 시퍼랬다고 한다. 조금이라도 자기 비위에 거슬리면 문안하러 온 임금을 앞에 꿇어앉혀놓고

《네가 뉘덕에 임금이 되였길래 내 말을 안듣느냐?》고 통통히 호령하였다니 알만한 일이다.

아들이라도 임금은 어디까지나 임금이여서 감히 거북한 소리는 못하는 법이언만 문정왕후가 이렇게 가림이 없는데는 그럴만한 리유가 있었다.

원래 명종의 아버지인 중종은 폭군으로 유명한 연산군을 대신하여 왕위에 오른 사람이다. 남의 덕에 왕위에 오르다보니 신하들의 강박에 못이겨 본안해 신씨를 버리기까지 하였으니 위인이 주대가 없었다고 하겠다. 첫왕비인 장경왕후가 아들 하나를 낳고 죽고 그 뒤에 문정왕후를 맞아 명종을 낳았다.

중종이 죽자 장경왕후의 소생인 인종이 왕위에 올랐는데 그는 몸도 약하고 마음도 약한 임금이였다. 인종은 이붓어미인 문정왕후의 등쌀에 못이겨 늘 왕위에 오른것을 후회했다고 한다. 그의 죽음도 심상치 않아 궁중에서는 독살이라는 흉흉한 소문까지 떠돌았다.

어쨌든 명종이 왕위에 오르게 된데는 문정왕후의 힘이 컸다. 그러고 보면 문정왕후가 명종에게 《네가 뉘덕에 왕위에 올랐느냐.》고 큰소리를 칠만도 하다고 할것이다. 《리조실록》을 보아도 문정왕후의 음탕하고 잡스러운 뒤생활에 대해 적어놓은 기록들이 허다하니 이 당시 궁중의 란잡함은 이루 말할수 없을 지경이였다.

대궐의 뒤문으로 굿하는 무당이며 념불하는 중이며 사주팔자를 보는 점쟁이며가 뻔질나게 드나들고 별찮은것들이 문정왕후를 등대고 고관대작들의 코를 쥐여흔드는판이였다. 눈치 역은 무리들은 벼슬구멍을 뚫노라고 뢰물보따리를 들고 문정왕후의 치마자락에 감겨돌아가는 어중이떠중이들에게 굽실대며 청을 들였다.

살판을 만난것은 건달잡류패들이였다. 서울바닥이 좁다하게 거들거리며 활개치는 잡류패들이 부러워 선비들까지 과거공부를 집어치우고 부처며 풍수며 점이며에 미쳐돌아가게쯤 되였다.

종로 네거리에서 남쪽으로 남대문을 향해 쭉 가노라면 수각교에 채 못미쳐서 동편으로는 사동이고 남대문을 나서 조금 나가면 도동이 나진다.

사동이란 원래 상동이라 부르던곳이다. 명종때 령의정을 하던 상진이 살던곳이라서 상정승골이라고 하던것이 그만 상동으로 되고 상동이 사동으로 된것이다.

남대문밖 도동에는 홍계관이라는 소경 점쟁이가 살았다. 이마직부터 명복이라는 이름을 듣던 그가 요즈음에는 몸값이 부쩍 올라

좁쌀 되박이나 들고오는 사람은 아예 만나지조차 않는다.
 서발곱새가 좌우로 발판씩 늘어져 계딱지같던 초가집이 어느새 조촐한 기와집으로 변하고 홍계관의 걸음걸이도 제법 틀스러워져서 지팡막대를 또닥거릴망정 세모시도포에 갖신 차림이 웬만한 행인들은 절로 길을 비킬만큼 행색이 멀쩡해졌다.
 말타면 경마잡히고싶다는 말이 있다. 천하디천한 소경점쟁이가 이제는 궁중에 드나들며 웬간한 량반자는 우습게 여기게쯤 되였건만 그래도 이마에 떳떳이 옥관자를 붙이고싶은것이 그의 심정이였다. 몰랐을적에는 량반이라면 하늘처럼 높은줄 알았는데 막상 알고보니 량반이라는게 별게 아니여서 권세와 재물을 붙좇기는 매일반이였다. 그러고보면 자기라고 이마에 금관자인들 못붙이랴싶었다.
 며칠전 궁중에서 상진을 만나 하대를 받던 일을 생각하면 젖먹던 뺄까지 뒤틀려올라와 견딜수가 없었다. 도대체 상진이 제가 뭐라고 자기를 눈아래로 본단 말인가. 상진이가 령의정을 한다면 자기는 령의정이 아니라 령의정하내비라도 할 자신이 있었다.
 상진이 제주제에 감히 자기를 하대하다니 생각할수록 복통이 터질 노릇이다. 자기집에서 상노노릇하던것이 언제인데 인제는 되려 자기가 그앞에서 설설 기게 되였으니 참으로 어처구니가 없는 일이다.
 원래 상진은 어릴적에 부모를 여의고 손우의 누이인 하산군 성몽정의 집에서 눈치밥을 먹으며 자랐다. 가문이야 뜨르르하지만 그래도 부모없는 고아라 누이집에서 개밥에 도토리로 지내던 신세다. 게다가 매부인 하산군이란 사람이 담배씨로 뒤웅박을 팔만큼 도무지 변통수가 없는대신 잔소리는 머리털이 셀지경으로 많은 위인이라 성미가 록록치 않은 상진으로서는 참고 지내기가 어려웠다.
 몇번 곱지 않은 눈찌로 말대답을 하였더니 그때부터 아예 미운털이 박혀 상진이라면 노상 입을 비쭉이며 제집 하인처럼 마구 다루려들었다.
 상진은 열여섯 되던 해에 그예 매부집을 뛰쳐나오고말았다. 혈혈단신으로 결김에 매부집을 뛰쳐나오기는 하였으나 당장 한몸을 건사할데조차 없는 그였다. 아는 집을 이리저리 찾아다니며 지내고보니 행색이 말이 아니였다.
 어느날 생각없이 터덜터덜 걸어 남대문쪽으로 향하는데 웬 소경

하나이 막대를 또닥거리며 뒤따라온다. 장마가 갓 지난터여서 여기저기 비물이 즐펀히 고였는데 장님은 물판인줄 모르고 세모시도포자락을 펄럭거리며 제법 자신있게 걸음발을 옮기였다. 앞서가는 상진의 발자국소리를 어림짐작으로 삼고 셈평좋게 걷는 모양이였다.

《아따. 봉사님 옷 버리겠소.》

상진은 자칫하면 물참봉이 될 장님의 일이 딱하여 저도 모르게 소리를 질렀다.

《웨, 그게 뉘요?》

장님은 상진의 말에 걸음을 뚝 멈추었다.

《새옷을 버리겠는데 아무면 대수요 앞에 물판이요.》

《어허. 귀인이로고. 고마우이.》

《갈데 없는 신세에 귀인이라니 귀맞은 좋소.》

장님은 보이지 않는 눈을 끄먹거리며 상진의 편을 이윽히 바라보다가 고개를 비틀어꼿으며 넌지시 중얼거렸다.

《어째 그 목소리 낯이 익다.》

《낯이 익다니, 난 봉사님을 처음 뵈우.》

《내가 남대문밖 도동에 사는 홍계관이란 사람이야.》

서울장안에서 나를 모르는 사람이 누구랴 하는듯한 말투다. 비록 쫓겨난 몸이지만 혈기방장한 나이요 명문출신으로 웬만한 사람은 눈아래로 보는 상진이다. 그로서는 천하디천한 소경점쟁이가 노상 큰인물이나 되는듯이 내노라 하는것이 우스웠다. 그러나 례절을 배웠다는 선비명색으로 나이대접은 아니할수가 없어 수인사를 차렸다.

《이거 처음 뵈옵소. 봉사님이 명복이라는 말은 익히 들었소만 뵙기는 처음이요. 대체 어딜 그리 급히 가시는 길이요?》

《실은 내가 하산군댁의 부름을 받고 갔다가 오는 길일세.》

《하산군댁에요?》

상진은 끔쩍 놀라 저도 모르게 헌청난 소리를 질렀다. 일은 공교롭게 된셈이였다. 매부가 무슨 일로 점쟁이를 불렀는지 알고싶어 속이 오밀오밀하였다.

《그래 하산군댁에는 뭘하러 갔댔소?》

《자네 하산군을 아나?》

소경은 오히려 상진의 속을 뽑아보려드는 꼴이다. 상진은 어쩐지 본색을 드러내기가 싫어 딴전을 댔다.

《하산군이 누군지 내가 어찌 아우. 시굴생장이라 서울일이 궁금해서 그러우.》

《그럼 자네만 알아두게. 그댁에서 처남이 집을 뛰쳐나갔는데 제발로 찾아오게 해달라구 해서 갔댔네.》

상진은 그 말에 속이 뜨끔하였다. 원쑤 외나무다리에서 만난다더니 일이 이렇게 공교로운수도 있는가. 들리는 소문대로 진짜 명복이여서 천지신명이 붙어다니는것이 아닌가싶은 생각이 들며 은근히 속이 켕기였다.

《그 사람이 제발로 들어가기전에야 봉사님이 무슨수로 그를 불러온단말이요?》

《웨. 다 수가 있지.》

《무슨 수요?》

상진은 궁금하여 재우쳐 물었다.

《그건 웨 묻노? 임자 혹 도망간 종이라도 찾으려는게 아닌가?》

《바루 맞혔소.》

《그럼 내 은혜갚음으루 그걸 대줄가. 우선 임자 나이와 생갑과 이름부터 말하게.》

장님은 큰 비밀이나 말할듯 짐짓 말소리를 낮추며 상진의 옷섶을 제게로 잡아끌었다.

상진은 어쩔가 망설이였다. 함부로 이름을 말했다가는 제본색이 드러날판이였다.

《그건 알아서 무얼 하려우?》

《글쎄 그걸 알아야 한다니까.》

상진은 이름만 허투로 대면 앞못보는 장님이 무슨수로 자기를 알아보랴 생각하고 이름을 속이고 나이와 생갑은 사실대로 말해버렸다.

《음. 그렇거니.》

계관은 자못 무슨 아는수가 있다는듯이 머리를 주억거리였다.

눈치 역은 계관은 벌써 상진을 만나 몇마디 주고받는 사이에 그가 하산군이 찾고있는 당자인줄을 짐작하였다. 계관으로서도 일은 공교롭게 된셈이였다.

하산군댁에 한두번만이 아니게 드나든 그로서는 우선 상진의 목소리가 낯익었던것이다. 계관이 상진과 직접 만나 말을 해본적은 없으나 글 읽는 목소리가 류달리 청청하여 은근히 속으로 감탄까지 한적이 있는 그였다. 소경이란 눈을 못보는 대신 귀가 경치게 밝다. 성한 사람은 눈으로 보고 사람을 알지만 장님은 목소리로 사람을 가리니 귀가 눈을 대신하는셈이다. 귀로 목소리를 들은이상 눈으로 본것이나 다름없다.

더군다나 하산군댁에 갔다 온다는 말에 끔찍 놀래는것을 보고는 틀림없다고 단정했던것이요. 그래서 우정 나이와 생갑, 이름을 물었던것이다.

세상 경난이 어린 상진은 그만 능갈친 계관의 수에 깜짝 모르고 얼려넘어가 자기 나이와 생갑을 사실대로 말해버렸으니 계관은 본인의 입에서 《내가 상진이요》라는 토설을 받아낸것이나 다름없었다. 이제 당장 《네가 상진이지?》하고 들이대든가 하산군댁으로 가만히 사람을 띄워 알리면 명복이라는 이름이 한층 높아질것은 뻔하였다.

그러나 속에 구렝이가 들어앉은 계관으로서는 그런 얕은수를 쓸 생각이 없었다. 차라리 상진을 자기집에 붙여두면 앞으로 더 큰수가 터질지 모른다. 지금은 상진이 둥지에서 풍겨난 새처럼 갈데 없는 몸이지만 어쨌든 문벌이 뜨르르한 량반의 자손이다. 그에게 은혜를 입히면 앞으로 그 덕을 톡톡히 볼수 있을런지 모르고 그렇게 못된다 하더라도 밑질것은 없다. 상진이 비록 하산군댁에 가지는 않았더라도 자기집에 와있게 하면 술수가 신통한것으로 소문이 날것이 아니냐.

계관은 속구구를 하느라고 이마에 내천자를 그리고 한참동안 덤덤히 서있었다. 그런속을 모르는 상진은 답답한듯 독촉을 하였다.

《봉사님. 그러다 해넘어가겠소.》

그제서야 계관은 정신을 차리고 짐짓 정색을 하였다.

《음. 이 정신 좀 보게. 자네 나이와 생갑을 따져보니 신통한수가 있네. 동쪽으로 뻗은 복숭아나무가지를 한치쯤 잘라가지고 그것을 두쪽으로 쪼갠다음 량쪽에다 각각 도망간 종의 성명을 써서 도로 합쳐가지구 대문턱에다 묻어두면 도망갔던 녀석이 제발로 찾아오게 되느니.》

상진은 듣고 어이가 없어 허거픈 웃음을 내뿜었다.
《하하. 그렇게 하면 정말 도망갔던 사람이 제발로 찾아온단 말이요?》
《아무렴.》
《하산군댁에 가서도 그렇게 했겠소?》
《허허 글쎄.》
계관은 대답을 피하였다. 하산군댁에 가서는 집을 나간 사람의 나이와 생갑, 이름을 붉은 종이에 써서 닭알안에 넣어가지고 가마목에다 묻어두라고 했던것이니 사실대로 말했다가는 상진이편에서 제본색이 드러난것을 알게 될것이기때문이였다.
《내 소견에는 그따위루 해서는 도망한 사람이 제발로 찾아갈것 같지 않소그려.》
《그야 두고 봐야 알 일이지 허허.》
《글쎄 그야 그렇소만. 하하.》
두사람은 제각기 속심을 감추며 껄껄 웃었다.
《그런데 좀전에 듣자니 임자가 갈데없는 신세라니 혹 내 집에 와 있지 않으려나. 자네 사주를 점쳐보니 틀림없이 앞으로 귀히 될 사람일세. 어찌겠나?》
《봉사님. 그게 참말씀이요?》
상진이 귀가 번쩍 띄여 닭알침을 꿀꺽 삼키였다.
《이래 뵈도 내가 서울장안에서 명복으로 이름난 사람일세. 믿겠으면 믿구 안믿겠으면 그만두게그려. 자네 사주를 보니 나와 인연이 정 없지는 않으니 내 집에 와있게나.》
《그건 감사하오만 무슨 렴치루 봉사님께 그런 폐를 끼친단 말이요.》
《앞으로 귀히 되면 이 소경을 모르쇠나 말게그려. 허허.》
《아따, 그야 더 이를 말이오만ㅡ》
상진은 배 곯던 사람이 떡함지에 엎어진것만큼이나 기뻤다. 당장 몸을 붙일데가 없어 걱정이던차에 거처를 얻었으니 그만 다행이 없는것은 물론이요 그우에 명복으로 이름난 계관이 사주를 보고 장래성이 있다니 그이상 바랄게 무엇이랴.
결국 남대문앞에서 우연히 만난것이 인연으로 되여 상진은 계관의 집에 눌러앉게 되였다. 그때부터 계관이 집을 나서면 의례히 상하산군댁에 한두번만이 아니게 드나든 그로서는 우선 상진의 목소리가 낯익었던것이다. 계관이 상진과 직접 만나 말을 해본적은 없으나 글 읽는 목소리가 류달리 청청하여 은근히 속으로 감탄까지 한적이 있는 그였다. 소경이란 눈을 못보는 대신 귀가 경치게 밝다. 성한 사람은 눈으로 보고 사람을 알지만 장님은 목소리로 사람을 가리니 귀가 눈을 대신하는셈이다. 귀로 목소리를 들은이상 눈으로 본것이나 다름없다.

더군다나 하산군댁에 갔다 온다는 말에 끔쩍 놀래는것을 보고는 틀림없다고 단정했던것이요. 그래서 우정 나이와 생갑, 이름을 물었던것이다.

세상 경난이 어린 상진은 그만 능갈친 계관의 수에 깜짝 모르고 얼려넘어가 자기 나이와 생갑을 사실대로 말해버렸으니 계관은 본인의 입에서 《내가 상진이요》라는 토설을 받아낸것이나 다름없었다. 이제 당장 《네가 상진이지?》하고 들이대든가 하산군댁으로 가만히 사람을 띄워 알리면 명복이라는 이름이 한층 높아질것은 뻔하였다.

그러나 속에 구렝이가 들어앉은 계관으로서는 그런 얕은수를 쓸 생각이 없었다. 차라리 상진을 자기집에 붙여두면 앞으로 더 큰수가 터질지 모른다. 지금은 상진이 둥지에서 풍겨난 새처럼 갈데 없는 몸이지만 어쨌든 문벌이 뜨르르한 량반의 자손이다. 그에게 은혜를 입히면 앞으로 그 덕을 톡톡히 볼수 있을런지 모르고 그렇게 못된다 하더라도 밑질것은 없다. 상진이 비록 하산군댁에 가지는 않았더라도 자기집에 와있게 하면 술수가 신통한것으로 소문이 날것이 아니냐.

계관은 속구구를 하느라고 이마에 내천자를 그리고 한참동안 덤덤히 서있었다. 그런속을 모르는 상진은 답답한듯 독촉을 하였다.

《봉사님. 그러다 해넘어가겠소.》

그제시야 계관은 정신을 차리고 짐짓 정색을 하였다.

《음. 이 정신 좀 보게. 자네 나이와 생갑을 따져보니 신통한수가 있네. 동쪽으로 뻗은 복숭아나무가지를 한치쯤 잘라가지고 그것을 두쪽으로 쪼갠다음 량쪽에다 각각 도망간 종의 성명을 써서 도로 합쳐가지구 대문턱에다 묻어두면 도망갔던 녀석이 제발로 찾아오게 되느니.》

상진은 듣고 어이가 없어 허거픈 웃음을 내뿜었다.
《하하. 그렇게 하면 정말 도망갔던 사람이 제발로 찾아온단 말이요?》
《아무렴.》
《하산군댁에 가서도 그렇게 했겠소?》
《허허 글쎄.》
계관은 대답을 피하였다. 하산군댁에 가서는 집을 나간 사람의 나이와 생갑, 이름을 붉은 종이에 써서 닭알안에 넣어가지고 가마목에다 묻어두라고 했던것이니 사실대로 말했다가는 상진이편에서 제본색이 드러날것을 알게 될것이기때문이였다.
《내 소견에는 그따위루 해서는 도망한 사람이 제발로 찾아갈것 같지 않소그려.》
《그야 두고 봐야 알 일이지 허허.》
《글쎄 그야 그렇소만. 하하.》
두사람은 제각기 속심을 감추며 껄껄 웃었다.
《그런데 좀전에 듣자니 임자가 갈데없는 신세라니 혹 내 집에 와 있지 않으려나. 자네 사주를 점쳐보니 틀림없이 앞으로 귀히 될 사람일세. 어찌겠나?》
《봉사님. 그게 참말씀이요?》
상진이 귀가 번쩍 띄여 닭알침을 꿀꺽 삼키였다.
《이래 뵈도 내가 서울장안에서 명복으로 이름난 사람일세. 믿겠으면 믿구 안믿겠으면 그만두게그려. 자네 사주를 보니 나와 인연이 정 없지는 않으니 내 집에 와있게나.》
《그건 감사하오만 무슨 렴치루 봉사님께 그런 페를 끼친단 말이요.》
《앞으로 귀히 되면 이 소경을 모르쇠나 말게그려. 허허.》
《아따, 그야 더 이를 말이오만―》
상진은 배 곯던 사람이 떡함지에 엎어진것만큼이나 기뻤다. 당장 몸을 붙일데가 없어 걱정이던차에 거처를 얻었으니 그만 다행이 없는것은 물론이요 그우에 명복으로 이름난 계관이 사주를 보고 장래성이 있다니 그이상 바랄게 무엇이랴.
결국 남대문앞에서 우연히 만난것이 인연으로 되여 상진은 계관의 집에 눌러앉게 되였다. 그때부터 계관이 집을 나서면 의례히 상진이 계관의 손을 잡고 눈을 대신해주었고 집에 들어와서는 상노모양으로 계관의 잔심부름을 해주었다. 그렇다고 계관이 상진을 아주 상노로 치부한것은 아니여서 제가 마음이 우러나와 심부름을 들어주면 좋고 싫으면 그만두어도 좋다는 식이였다.
　상진은 계관의 집에서 별스러운 식객으로 되였다. 계관도 그에게서 앞으로 바라는것이 있는터라 함부로 굴지 않으니 집안사람들은 더 말할것도 없었다.
　이러구러 일년이 지나 상진의 나이 열일곱이 되였다.
　그해 정월에 서울장안에는 마마가 무섭게 퍼져 려염집들에서 어린것들이 무시로 죽어나갔다. 수구문밖 공동묘지의 소나무숲에는 여기저기 희끗희끗한 송장들이 보여 대낮에도 지나가기에 으쓱하였다.
　옛날 풍습에 마마에 죽은 아이는 인차 묻지 않고 소나무가지에 며칠동안 얹어두는 법이였다. 아무리 죽은 송장이라도 부모의 애끊는 심정으로는 차마 얼마전까지 무릎에서 재롱을 부리던 귀여운것을 그대로 땅에 묻어버릴수는 없어서이다.
　죽은 사람은 원래 일곱매끼로 단단히 묶는 법이건만 마마에 죽은 아이는 홑이불로 두루루 싸서 소나무가지에 덕대를 매고 얹어두었다. 죽은 아이가 혹시 다시 살아날가 하는 안타까운 기대에서 하는 노릇이지만 죽은 아이가 다시 살아날수야 있으랴. 며칠을 지내보다가 그예는 할수없이 땅을 파고 묻는것이다. 그러나 개중에는 찬바람을 맞고 다시 피여나는수도 아예 없지는 않았던 모양이다.
　하루는 상진이 밤이 이슥하여 등불을 켜고 앉아 책을 보는데 심부름하는 계집애가 쪼르르 달려오더니 방문을 빠끔히 열며 해시시 웃었다.
　《안에서 주인이 찾으시와요.》
　《밤중에 무슨 일루 날 찾는단 말이냐?》
　《쇤네는 모르와요. 무슨 급한 일이 생긴듯하와요.》
　《그래?》
　상진은 아무래도 계관의 집에서 공밥을 먹고 지내는터라 부르는데 아니갈수 없는 처지였다.
　책을 덮고 사랑방으로 가니 계관이 어느새 걸음소리를 들었는지 미닫이를 드르륵 열며

《어서 오게.》 하고 맞아들인다.
《이밤에 갑자기 무슨 일루?》
상진은 조심스레 웃목에 앉으며 계관의 기색을 살피였다. 계관은 여느때없이 침중한 얼굴로 보이지 않는 눈을 지그시 내리감고 묵중하니 앉아있었다. 어지간히 동안을 두었다가 입을 여는데 그야말로 아닌밤에 홍두깨같은 소리다.
《자네 광희문밖에 나가보았겠지?》
《수구문 말인가요?》
《옳으이.》
《그야 나가보구말구요. 요새 거기 소나무에 송장들이 많이 얹혔다구들하던데요.》
《자네 담기가 보통이 아니니 거길 한번 다녀올수 있겠지?》
《아니, 이 밤중에 말이요?》
《그러이, 이밤으로 안가면 평생을 두고 후회할 일이 생길테니 어찌려나?》
《평생을 두고 후회할 일이라니요?》
《글쎄 그럴 일이 있으니 가겠는지 안가겠는지 그것부터 말하게.》
상진은 수구문밖이란 말에 절로 온몸이 오싹해지는것을 어쩔수 없었다. 대낮에도 그곳으로는 지나다니기가 실쭉하여 웬간히 바쁜 걸음이 아니면 돌아가기가 일쑤인데 이 밤중에 그곳에 가라니 안그럴수가 없었다.
《도대체 그곳에 가서는 무얼 해야 합니까?》
《공동묘지안으로 들어가 다섯번째 소나무가지에 얹혀있는 송장을 업어와야 하겠네.》
《송장을요? 아니…》
상진은 기겁한 소리를 지르며 눈이 휑하여 계관을 얼없이 쳐다보았다. 이 량반이 정신이 나간것이나 아닌가 하는 생각이 들었던것이다.
그러나 계관의 기색이 어찌나 엄정한지 정신나간 사람같지는 않았다. 오히려 이마가 댕댕하여 도사리고 앉은품이 어쩐지 범접못할 표표한 기상이였다. 상진은 벌린 입을 다물지 못하고 계관의 얼굴에서 눈을 돌리였다. 딸꾹질이 나는것 같아 침을 꿀꺽 삼키였다.
《송장을 업어다가는 무얼 하우?》
 상진의 목소리는 사뭇 떨려나왔다. 밤중에 수구문밖에 나가는것만도 끔찍한데 송장까지 업어오라니 이게 도깨비장난이 아니고 뭐냐. 차디찬 송장이 당장 등에 철썩 달라붙는것만 같아 저절로 몸서리가 쳐졌다.
《내가 오늘 점을 쳐보니 꼭 그래야 할 일이 생겼네. 천기를 함부로 루설하면 되려 내가 앙화를 입게 되겠으니 자네한테 말은 다할수 없네만 이 일은 순연히 자네의 장래를 위한 일인줄만 알게.》
 계관은 자못 엄엄한 기색으로 말그루를 박았다.
《아니. 그게 나를 위한 일이라니…》
 상진의 눈은 더욱 커졌다. 정말로 계관은 천기를 손금보듯하는 천하의 명복이더란 말인가. 그리고 보면 자기가 계관의 집에 눌러있는것도 천기를 알고 우정 붙여둔것이였던가. 동자가 없는 희멀건 눈이 어쩌면 저리 무섭게 번뜩인단 말인가. 정말로 신령이 접한 명복인가부다.
 상진은 갑자기 계관이 무서워졌다. 저 뾰족한 턱이 달달 떨리고 검버섯이 돋은 악마디진 손이 아귀차게 산통을 그러쥔것만 보아도 그렇다. 신령이 접하지 않고야 저 입술이 죽은 사람처럼 새파랗게 질리고 눈섭이 파들파들 떨며 곤두설수 있겠느냐.
《어쩔셈인가. 갈텐가 안갈텐가. 안가면 일생을 그르치게 되겠으니 자네 마음대로 하게. 내가 자네를 위해 해줄수 있는 일은 이뿐이니 그리 알게.》
《그게 그리 중한 일이란 말씀이요?》
《그렇네.》
《봉사님의 생각이 정녕 그러하시다면…》
《가겠단 말이지?》
 계관은 반색을 하며 무릎걸음으로 나앉았다.
《예.》
 상진은 대답을 하면서도 저도 모르게 몸서리를 쳤다.
《그럼 지체할것 없이 이길루 바루 가게.》
《이길루요?》
《시각을 지체하다가는 북두성이 앵돌아지리.》

《그럼 갔다 오리다.》

《가면서 절대 한눈을 팔지 말구 일체 부정한 생각을 말아야 하네. 이번 길은 귀신의 도움을 받으려 가는 길이니 이를 딱딱 마주치거나 귀신을 쫓는 주문을 외워서는 안되느니. 그리구 귀신은 쇠를 꺼리는 법이니 몸에 무슨 쇠붙이를 지닌것이 있으면 죄 떼놓구 가게.》

상진은 연방 녜녜 대답은 하였으나 오금이 얼어붙은 사람 모양으로 좀체 일어설수가 없었다. 그러나 어쨌든 가겠다고 대답을 한이상 한대중 앉아만있을수는 없는 노릇이여서 얼마만에 끙하고 자리를 차고 일어났다. 무섭다 못해 악이 받치니 아무려면 죽기밖에 더하랴 하는 생각이 들어서였다.

대문밖을 나서니 정월 초이레날 반달이 희끄무레한 빛을 뿌리였다. 대추나무 그림자가 하얀 눈우에 우중충하게 누워있는것이 괴물 같아 보여 등골에서 대번 식은땀이 쭉 흘렀다. 여늬때같으면 아무 생각없이 그림자를 밟고 갈것이였건만 지금은 길우에 비낀 그림자가 귀신의 빼빼마른 팔처럼 여겨져 밟으면 금시 발목을 꽉 틀어잡을것만 같아 에돌아가게 된다. 저절로 아래턱이 덜덜 떨리고 이가 딱딱 마주쳤다.

《각항저방 심미기…》

상진은 버릇대로 귀신을 쫓는다는 이십팔수 별이름을 외우다가 문득 계관의 말이 생각나 뚝 그치고 두려운 생각에 저도 모르게 사위를 둘러보았다. 어디서 밤바람이 눈보라를 일쿠며 휘 지나간다. 상진은 흑 흐느끼며 몸을 으쓱 떨었다.

《에라, 혈혈단신인 이몸이 죽은들 아까울가부냐. 설마하니 죽은 송장이 날 물어뜯기야 할라구. 귀신도 정신이 굳센 사람은 어쩌지 못한다지 않는가. 정신을 차리면 그만일다. 사내대장부가 계집애처럼 밤길 가기가 무서워 떨다니 안될 말이다.》

상진은 자신을 꾸짖으며 성큼성큼 발자국을 떼여놓았다. 수구문 밖 공동묘지에 이르니 소나무가지에 얹어놓은 송장들이 희끗희끗 보였다. 무서움도 극도에 이르면 오히려 심상해지는 법이다. 이제는 하도 땀에 젖고 열에 들떠 무서운줄도 모르겠다. 그저 모든것이 희미한 꿈속같았다.

《다섯번째 소나무라고 하였지. 다섯번째. 다섯번째…》

상진은 얼나간 사람처럼 중얼거리며 소나무를 세여나갔다. 마침내 다섯번째 소나무에 와닿았다.
상진은 와들와들 떨리는 손으로 덕에 올려놓은 송장을 어루쓰다듬었다. 우수수 눈가루가 흩날리며 송장이 철썩 눈우에 떨어졌다. 상진은 송장을 들쳐업었다. 그리고는 여전히 《다섯번째, 다섯번째》 같은 말을 중얼거리며 줄달음쳤다.
그가 송장을 업고 도동에 다달았을 때는 자정이 훨씬 지났다. 찌꿍 대문 여는 소리가 나기 바쁘게 계관이 기다리다가 버선발로 뛰여나왔다.
《왔나?》
그리고는 등에 업힌 송장부터 쓸어만지더니
《되였네.》 한다.
상진은 얼빠진 사람모양 송장을 업은채 서서 와들와들 떨며 접도록《다섯번째, 다섯번째.》 하고 중얼거리기만 하였다.
《이사람 정신이 뒤집혔군.》
계관이 느닷없이 상진의 뺨을 철썩 갈기였다. 정월 보름날 떡치는 소리가 났다. 그제야 상진은 펼쩍 정신을 차리며 웬 영문인지 몰라 계관을 뻔히 쳐다보았다.
《어서 방으로 들어가세.》
상진은 맥이 쑥 빠져 송장을 업고 비청거리며 방으로 들어갔다.
《풀게.》
상진은 등신같이 되여가지고 고분고분 송장을 싼 홑이불을 풀었다.
《엉?!》
송장은 칠흑같은 머리를 땋아늘인 처녀였다. 피기가 가시여 파랗게 질리기는 했지만 살았을적에는 퍼그나 고왔을것이 틀림없는 얼굴이였다.
《부엌에 내려가 더운 물 한양푼만 얼핏 떠오게. 소금두 한종발 가져오구.》
상진이 제꺽 일어나 더운 물과 소금을 가져왔다.
《이젠 저고리를 헤치구 더운물로 가슴을 씻어주게.》
《예?!》
아무리 송장이라도 처녀는 처녀다.

상진이 머뭇거리자 계관은 제나름으로 생각하고 빙긋 웃으며
《송장이여서 끔찍해 그러나? 송장이 아닐세.》하고 놀림조로 일렀다.
《송장이 아니라니요?!》
《산 사람일세. 어서 손을 써야지 아예 죽이고마네.》
어머니밖에 보지 못했을 처녀의 하얀 가슴이 드러났다. 상진은 더운 물로 조심조심 처녀의 봉긋한 가슴을 씻어주었다.
미구에 처녀의 새파란 입술에 피기가 돌더니 가느다란 신음소리가 새여나왔다.
《소금을 녹여 입에 흘려넣게.》
상진은 처녀의 몸을 부둥켜안은채 소금을 녹여 입에 흘려넣었다. 이제는 처녀가 살아날것이 틀림없었다.
업고 올 때에는 송장이려니 하여 치가 떨리게 무섭더니 이제는 눈길을 떼고싶지 않도록 아릿다운 처녀이다.
《지금껏 자네가 내 점을 시쁘게 알더니 이제는 어떤가?》
계관이 비양대듯 묻는바람에 상진은 갑자기 얼굴이 확 붉어졌다. 아닌게 아니라 일년가까이 계관의 집에 얹혀살며 숱한 점을 치는것을 보아왔지만 늘 속으로는 코웃음을 쳐온 그였다. 하긴 앞못보는 주제에 남의 속내를 신통히 알아맞추는 귀신같은 재주에 혀를 내두른적은 있었다. 그러나 오늘일은 그와는 영 다르지 않은가.
《명복을 지척에 두고 오래동안 알아보지 못했으니 제가 눈은 있어도 망울이 없는가보오이다.》
상진은 진심으로 머리를 숙이였다.
《그러면 그렇겠지.》
계관은 득의만면하여 머리를 주억거리며 몇오리 안되는 채수염을 점잖게 내리쓸었다.
상진은 자기가 계관의 꾀에 감쪽같이 속은줄은 몰랐다.
일은 이렇게 된것이였다.
저녁에 액막이경을 읽어주고 돌아오던 계관은 수구문밖 공동묘지 앞을 지나게 되였다. 다른 사람들은 우중충한 길을 가기가 실쭉하여 이 길로는 좀해 들어서지 않는것을 소경인 계관에게는 아무려나 까막세상이기는 마찬가지여서 그대로 잡아든것이였다.
날씨가 유난히 잠풍하여 소나무가지에 쌓였던 눈이 떨어지는 소

리도 들리는듯하였다. 한참 가노라니 어디선가 가늘게 한숨을 쉬는 것 같기도 하고 흐느끼는것 같기도 한 이상한 소리가 들렸다. 여느 사람같으면 못듣고 무심히 지나갔으련만 남달리 귀가 밝은덕에 계관은 그만 머리칼이 쭈뼛하였다. 앞못보는 사람에게는 무서운 생각이 더 드는 법이다.

삼십륙계 줄행랑을 놓자니 앞 못보는 신세라 움치고 뛰는격이다. 바람소리겠지 위안하며 가만히 서서 귀를 강구자니 또다시 야릇한 흐느낌 소리가 들린다. 분명 귀신의 소리는 아니다. 어쩌면 애되고 숫저운 목소리, 처녀가 분명하구나.

《처녀, 처녀라면 혹시?》

계관에게는 문득 짚이는것이 있었다.

《옳지. 김효지의 딸일시 분명하다. 그 처녀의 목소리가 저렇게 나직하고 고왔지. 마마를 치를 때 병점을 치느라고 가서 앓음소리를 들었겠다. 틀림없이 그 앓음소리다. 김효지의 딸이 여기 소나무 가지에 얹혀있구나. 가만 있자. 그애의 나이가 얼마라고 했더라, 그렇지. 열여섯이라 했거니. 다 커서 시집가게 된것이 마마를 한다고 걱정이 산같았지. 이 일을 어쩌면 좋을고. 내가 업고 갈수는 없는 노릇이고. 상진이 녀석하고 같이 왔더면 이길로 업고 김효지네집에 갔을것을. 가만, 상진이라.》

계관은 한가지 생각이 번개치듯 떠올라 금시 눈이 번쩍 띄이는듯 하였다.

상진이 올해 열일곱이니 장가들 나이다. 그간 보건대 상진이란 위인이 그저 록록치는 않아 자못 장래성이 있어보인다. 문벌도 문벌이려니와 과거공부를 하는것을 보아도 마음을 무섭게 도사려먹은것이 분명하다.

이제 그를 김효지의 딸과 혼인까지 시켜놓으면 자기는 평생 그의 은인으로 될것이다. 앞으로 상진이 벼슬을 살게 되면 그에 등을 대고 배를 덥힐수 있을것이 아니냐. 게다가 상진이 그녀석이 선비랍시고 내 점을 우습게 아는 모양이니 이번 기회에 코뚜레를 단단히 꿰놓아야 하겠다. 그래야 앞으로도 내게 고분고분할게 아니냐.

이거야말로 개천을 치다가 금을 주은셈이다. 김효지는 또 내게 얼마나 감지덕지하겠는가. 꿩먹고 알 먹기요 한팔매에 두 꿩이라더니 이제는 김효지와 상진은 내 사발에 든 고기다. 계관은 벌썬거리며 돌아왔다.
 일은 계관의 생각대로 되였다. 상진은 계관의 수에 감쪽같이 넘어갔던것이다.
 이 일이 있은 뒤로 상진은 비단실처럼 나긋나긋해져 계관의 말이라면 소금섬을 물로 끌래도 끌었다.
 젊은것의 마음이란 곬을 찾는 물과 같은것이여서 곬만 터지면 걷잡을길 없이 흐르는 모양이다. 예쁜 처녀의 하얀 속살을 한번 본 뒤로 상진은 뒤설레는 마음을 걷잡을길 없는지 짬만 생기면 처녀가 있는 방문앞에서 기웃거린다.
 《자네 웨 들어오지 않구.》
 계관이 방안에 앉았다가 어느새 인기척을 알았는지 문을 드르륵 열었다. 상진은 덴겁하여 물러서며
 《남녀가 유별한터에 제가 어찌…》라고 말꼬리를 삼키였다. 그러면서도 궁금한지 힐끔 방안의 기색을 살피였다.
 처녀는 며칠사이에 기운을 차리고 일어나앉았다. 자기를 쳐다보는 사나이의 시선을 느꼈던지 갑자기 얼굴이 발가우리해져 머리를 숙이고 귀밀머리를 조용히 쓸어넘기였다.
 《객적은 소리 그만하구 어서 들어오게. 찬바람 들어오네.》
 상진은 못이기는체하고 들어와 한옆에 쭈그리고 앉으며 수인사를 하였다.
 《그새 좀 어떠시오?》
 처녀는 낯모를 총각에게서 인사를 받는것이 수통스러운지 얼굴을 모로 돌리는데 눈가에 부끄러운 이슬이 반짝하였다.
 《덕분에…》
 《남의 대 규수를 외간남자에게 보이는게 례의가 아닌줄을 내가 모르지 않네만 임자들사이는 이젠 남남이랄수 없는 처지일세. 처녀를 살려낸건 바루 이 사람일세. 자네를 업어온것두 이 사람이구 가슴을 맞대고 온기를 나눠준것두 이 사람일세.》
 계관은 아무렇지 않은듯 범상하게 말하였지만 처녀는 가슴을 맞대고 온기를 나누어주었다는 말에 그만 질겁하여 《애그머니!》소리를 지르며 두손으로 달아오른 얼굴을 폭 감쌌다.
 《부끄러워할것 없네. 일이 이리 된것도 다 하늘의 뜻일세. 그러니 아예 거역할 생각일랑은 말라구. 내가 비록 장님이긴 해두 눈을

뜬 사람이 못보는 평생의 길흉화복을 손금처럼 보는터일세. 내가 간밤에 점을 쳐보니 임자는 김씨 성을 가진 사람일세. 안그런가?》
《그러하오이다.》
처녀는 두손으로 얼굴을 가린채 대답하는데 나지막한 목소리에 놀라움이 가득 실리였다. 상진도 놀라와 계관을 뻔히 쳐다보았다.
계관이 이번에는 상진에게로 고개를 돌리며 뜨직뜨직 말을 이었다.
《자네는 지금껏 내게 갑돌이라고 이름을 속여왔네만 이제 더는 속일것 없네. 자네가 하산군의 처남인 상진인줄은 내가 처음부터 알고있었네.》
상진은 너무도 놀랍고 신기하여《네.》하고 외마디 대답밖에 할수 없었다. 저 봉사가 귀신이 아니고야 사람의 일을 어떻게 이렇게 알아맞힌단 말인가. 상진은 내심 감탄하였다.
《임자네가 오늘 천정연분으로 서로 만났으니 이젠 내 할 일은 다 했네. 앞일은 하늘이 맡을걸세.》
계관은 자못 근엄하게 말을 끊었다.
이렇게 되여 봉사의 상노노릇을 하던 상진은 뜻밖에도 김효지의 딸과 인연을 맺게 되였다.
며칠 안되여 처녀는 제집으로 돌아갔다. 처녀가 간 뒤 김효지가 돈꾸레미를 들고 계관에게로 찾아온것은 물론이다. 그덕에 계관은 돈은 돈대로 받고 귀신처럼 용하다는 소문이 서울장안에 짜하게 퍼져 그의 집 문간은 점치러 온 사람들로 매일지경이였다.
효지내외가 온 다음 계관은 상진을 그들앞에 내세워 인사를 시키고나서 전후수말을 이야기하였다. 효지는 더부룩한 상진의 행색을 보니 대번 이마살을 찌프렸으나 계관의 구수한 말에 귀가 솔깃하여 미구에 미간이 펴졌다.
계관의 점이 십분 그럴듯한것도 사실이지만 하산군의 매부되는 뜨르르한 문벌이니 잘 가꾸면 롱봉이 아니되리란 법은 없겠다고 내심 생각했던것이다.
우연이랄지 기이한 연분이랄지 여하튼 상진은 생각지도 않던 꽃 같은 색시를 얻게 되였다. 효지의 딸은 인물도 동탕하게 잘났으려니와 마음씨도 비단결같아 상진으로서는 그야말로 횡재를 한셈이였다.

그후로는 상진의 일이 순풍에 돛단 배마냥 슬슬 풀려나가 얼마후에는 과거에 급제하고 스물일곱살에는 한림으로 뽑혀 검열 벼슬까지 하게 되였다. 상진이란 위인이 그리 못나지는 않은데다 워낙 강심을 먹고 공부한터여서 허랑방탕한 경화자제들과는 아예 인품부터 달랐다. 게다가 젊은것이 벌써 속에 령감이 셋은 들어앉아 처세에 여간 능하지 않았다.

전하는 말에 의하면 상진은 평생토록 남의 허물을 입에 올리는 법이 없이 후덕군자로 소문이 났다 한다. 어찌 보면 이것도 처세의 한 묘술이라 하겠다.

벼슬살이란 살얼음우를 걸어가는것만큼이나 조심스러운것이여서 자칫 잘못하다가는 엉뚱한 무함에 걸려 목없는 귀신이 되든가 귀양다리 신세가 되기 십상이다. 벼슬길에 원쑤가 많으면 자연 해를 보기 마련이니 그럴바에야 모나게 살것이 무어란 말인가. 미운놈을 밉다고 하면 그 당시에는 속이 후련할는지는 모르지만 후날 그 미운놈이 채를 잡게 되면 혀바닥 한번 잘못 놀린 값을 톡톡히 치르게 되는것이다. 여북하면 혀는 목 자르는 도끼라고 했겠느냐.

한번은 절름발이 선비 하나가 상진의 집에 왔었다. 밥티 두낱 붙은데 없이 까부는품이 보기에 무척 호들갑스러워 어디 가도 나이대접도 받을것 같지 못한 위인이였다. 사람들은 입을 비쭉이며 시체 송장 돌리듯 따돌리였지만 상진은 되려 깍듯이 대해주었다.

그가 돌아가기 바쁘게 사람들이 저마다 혀를 끌끌 차며 병신 바른데 없다거니 위인이 똑똑치 못하다거니 뒤소리를 하는데 절름발이란 말이 끊치지 않는다.

상진이 잠자코 그 소리를 듣고있다가 한마디하였다.

《절름발이라는 말이 당치 않소. 하필이면 왜 남의 단처를 든단 말이요?!》

《절름발이를 절름발이라 하지 않고 뭐라 하겠소.》

《짧은 다리는 여느 사람들과 같고 한다리가 남보다 길따름인데 절름발이라니 너무 각박하지 않소.》라고 하였다든가.

워낙 성품이 너그러웠는지 아니면 처세에 능했던지 여하튼 상진은 남의 비위를 거스르는 말을 하지 않는것으로 유명하였다.

소경점쟁이의 상노노릇하던 떠꺼머리 총각이 이제는 조정관리들 속에서도 자못 무거운 인물로 되였으니 계관의 점이 우연히 맞아떨어진셈이였다. 그럴수록 복장이 뒤집히는것은 계관이였다.
 한번은 입궐하는 상진을 수각교어귀에서 만났는데
 《쉬 물러게라 치여게라. 저리만큼 물러서라 여잇》무섭게 웨치는
갈도소리에 저절로 목이 움츠러들었다. 자기는 범에게 쫓기는 토끼
모양으로 진창에 엎드리였다. 상진은 분명 자기를 알아보았으련만
소경점쟁이를 아는체하면 제 지체가 떨어질것 같아서인지 그냥 지
나가고말았다.
 지나는결에 한마디 인사만 해주었어도 이렇게 속이 아리지는 않
을것이다. 《그새 편안하우?》한마디 하는것이 무에 그리 어렵단
말인가. 그러면 자기는 조정의 고관들까지 알아보는 사람으로 한번
어깨를 으쓱대볼수도 있을것이 아니냐.
 대궐에도 어렵지 않게 드나드는 자기로서 상진따위의 인사를 받
지 못해 그리 안달아할것은 없다. 그러나 잠자리가 맹꽁이적 생
각을 못한다고 상진이 그녀석이 오만해도 분수가 있지 않은가. 내
가 아니면 그래 제가 효지의 딸에게 장가를 들고 지금같이 거드럭
거릴수 있드란 말이냐. 아무리 천한 소경점쟁이기로서니 안체도 안
하고 지나가는 인정이 어디 있느냐. 내가 문벌만 웬간하면 소경이
라 문관벼슬은 못한다 하더라도 관상감의 오륙품 벼슬이야 못하
랴. 듣자니 지금세상에서 가세좋고 문벌좋기로 소문난 집안은 대개
가 고려때 종이나 아전노릇하던것들이란다. 고관대작의 씨종자가
따로 있을가부냐.
 계관은 생각할수록 속에서 방망이가 치밀었다. 어떻게 하면 젠체
하는 녀석들의 코등을 보기좋게 튕겨줄가 계관은 요즘 자나깨나 그
생각뿐이였다.
 마침 기회가 생겼다. 임금이 대궐후원에 나가 꽃구경을 하다가
찬바람을 맞은것이 빌미로 되여 침전에 누운지 사흘이 되였다.
 내의원의 의원들이 탕약을 의논하여 올렸건만 어찌된 셈판인지 차
도기 없이 급기야는 궁숭이 뒤숭숭하여 시약청을 내오고 도제주가 대
궐에 들어가 숙직을 서니마니 의논이 분분하였다. 미구에 푸닥거리라
면 기를 쓰고 반대해나서는 사헌부의 관리들까지 임금의 병이 위중
한데 이것저것 가릴게 있느냐는 문정왕후의 역증어린 언문지시에
움츠러들어 궁중에 점쟁이들이 드나드는것을 모른체하게끔 되였다.
 용하다는 무당이며 점쟁이들이 대궐뒤문으로 나인들의 치마꼬리

에 묻어들어갔다. 계관은 이때라고 속으로 박장을 하였다.
　서울장안의 점쟁이치고 계관을 모르는 사람이 없어 그의 앞에서는 뻐꾹소리 한마디 못하는터다. 명복이라는 평판이 좋아 계관은 궁중에 들어가자바람으로 제법 상빈대접을 받게 되였다.
　아까부터 상궁 하나이 계관에게서 무슨 말이 나오려나 하여 눈이 감기도록 그의 입을 쳐다보다가 이제는 기가 진한듯 오복전 조르듯 한다.
　《대비마마께옵서 봉사님의 점이 용하시다는 말씀을 들으시구 병점을 쳐올리라는 분부시니 빨리 하오. 늦으면 내가 야단 만나오.》
　《주상전하께옵서 미령하옵시고 대비마마의 황공하옵신 분부를 받들고보니 심신이 황홀하여 잠시 마음을 가라앉히는중이니 너무 재촉마오.》
　계관은 몸값을 높이느라 조를 빼여 점잖이 대꾸는 하지만 실상 속은 염초청 굴뚝이다.
　임금의 병은 깊숙한 대궐에만 들어앉아있다가 찬바람을 맞고 생긴것이니 기껏해야 며칠 몸조리를 하며 땀이나 내면 씻은듯 나을것이였다. 의원들이며 벼슬아치들이며가 무슨 큰일이나 난듯이 법석대는것은 이통에 임금에게 제낯을 내여보이자는 속심이렸다. 대비마마께서 임금의 대단치 않은 병을 두고 대궐이 벅적 끓도록 부산을 피우는것도 다 쪼간이 있어서겠다.
　임금이 어리다는 구실로 수렴청정이랍시고 나라의 정사를 좌지우지하던 그가 일조에 대권을 내놓고 들어앉겠다고 할력이 있으랴. 원래 시샘많고 그악스럽기로 소문난 녀인이 홀로 되고보니 의심마저 많아진 모양 그가 집권한 몇년동안에 정국이 뒤바뀌여 그통에 애매하게 죽은 사람이 몇백명인지 모른다. 이제는 임금이 장성하였으니 정사의 권한을 넘겨야 하겠다는 조정의 론의가 나오고보니 대비의 속이 좋을리 없다. 어느때든 당할 일이기는 하지만 막상 손에서 권력을 놓자니 아쉽기 그지없을것이다. 모름지기 조금이라도 더 권세를 쥐고 흔들고싶어 임금의 대단치 않은 병을 두고 큰변이나 난것처럼 벅적 떠드는것이리라.
　이런 케속을 모르고 덤비는 대궐의 높고낮은 벼슬아치들이야말로 눈뜬 장님이 아니고 무엇이랴. 적어도 계관은 그런수에는 놀아나지 않을것이다.

상궁따위나 상대로 이러니저러니할것 같으면 자기는 애당초 대궐에 들어오지부터 않았을것이다. 이제 조금 있으면 재촉전교가 나오고 성미마른 대비가 자기를 직접 부를것이니 그때에야 입을 열리라.

아니나 다를가 미구에 나인 하나가 양지마당의 씨암탉걸음으로 아장거리며 오더니 대비의 전교를 알린다.

《계관은 빨리 입시하라는 대비마마의 전교시오.》

계관은 속으로 쾌재를 부르며 나인의 뒤를 따랐다.

여느사람같으면 대궐의 울긋불긋한 단청이며 놀라운 기구에 눈이 휘둥글해지련만 앞못보는 계관에게는 까막세상이기는 아무려나 마찬가지였다.

비단옷이 사르락거리고 주렴발 부딪는 소리가 들리는것으로 보아 대비가 있는 내전에 들어온것이 분명하였다. 앞을 인도하던 나인이 엎드리는 모양으로 비단치마자락이 바람을 안고 너푼하는 소리가 들리였다. 계관은 제법 앞을 보는 사람처럼 누가 알리기도전에 눈썰미있게 땅에 엎드리였다.

《천한 몸이 대비마마의 황공하옵신 분부를 받잡고 여기 대령하였사옵니다.》

주렴을 드리운 안에서 대비의 심드렁한 목소리가 울려나왔다.

《네 점이 그리 용하여 명복이라구 소문이 났다며? 요즘 전하께서 신기가 불평하신데 백약이 무효하니 천지가 아득하구나. 네가 점을 쳐 나의 걱정을 덜어주면 그만 다행이 없겠다.》

《황송하옵니다. 무릇 병이란 대개 귀신의 빌미로 생기는것이온데 사람들이 그것을 모르고 의약만 제일이라 하니 이는 하나만 알고 둘은 모르는 옅은 소견인줄 아옵니다.》

《그래서 어떻단 말이냐?》

저으기 짜증섞인 목소리다. 이제는 점패를 뽑아볼만 하다.

《주상전하의 병은 신묘일에 생긴 병이니 묘일병이라 목석의 동티와 땅신의 동티로 인한것이옵니다. 하늘과 쇠는 양이요 땅과 목석은 음이옵고 남자는 양이고 녀자는 음이니 음이 양을 받는것은 철리옵니다. 주상전하에게 병이 생긴것은 음이 갑자기 허해진탓이옵니다.》

《음이 허하다니 그게 무슨 말인고?》

대비의 목소리에 자못 초조한 기색이 엿보였다.
《근자에 주상전하께읍서 양기가 성하시와 음양의 조화를 잃으신 고로 사기가 범한것이옵니다. 대비께읍서 종래와 같이 주상전하를 도와 정사를 보옵시면 그것이 음양을 화하게 하는 한 방도로 될가 하나이다.》
대비가 움쭉 앞으로 나앉는바람에 주렴발이 흔들리였다. 계관의 말은 가려운데를 긁어주는격이였다.
《그게 참말이냐. 생각해보니 네 말이 근리하다. 내 이제는 주상께읍서 장성하시여 나라의 정사를 주인에게 돌릴가 하던참이였다만 네 말이 정녕 그러할진대…》
대비는 시종나인을 돌아보며
《내가 긴히 주상전하를 뵈올 일이 있으니 태감을 불러 아뢰이도록 하여라.》고 일렀다.
그리고는 다시 계관을 향하여 부드러운 어조로 칭찬을 하였다.
《네가 명복이라더니 과시 공연한 소문이 아니였구나.》
《황공하옵니다.》
《네가 장님이라 벼슬은 못살것이니 그게 안되였구나. 내탕고에서 무명 몇동을 내여주도록 할것이니 받아가지고 가도록 하여라.》
대비의 말에 계관은 가슴이 철렁하였다. 대비를 등대고 한번 나 보아라 소리를 쳐서 이마에 금관자 옥관자를 붙인 조정관리들이 자기앞에서 설설 기도록 만들자던노릇이 무명동이나 받는것으로 끝나고마는가싶어서였다. 그까짓 무명 두어동을 받자고 목숨을 내대고 아슬아슬한 장난을 할 머저리가 어디 있으랴.
《황공하오나.》
계관은 머리를 조아리며 황급히 부르짖었다.
《그래 또 무엇이냐?》
《천한 몸이 하늘같은 은혜를 받자와 감격하기 이를데 없사오나 이왕이면 이 목숨을 살려주사이다.》
《목숨을 살려주다니? 누가 너를 죽인다느냐?》
《소신의 운수가 기박하와 올해 이달에 하늘의 재앙을 만나 죽게 되였사오니 하해같은 덕을 베푸시와 천한 목숨을 살려주시기를 바라나이다.》

《하늘이 내리는 재앙을 내가 무슨 수로 막을고?》
《신이 점패를 보오니 룡상밑에 숨으면 가히 화를 피할수 있겠사옵기에 죽기를 무릅쓰고 감히 외람된 청을 올리는것이로소이다.》
《뭐라구?! 룡상밑에 숨다니.》
대비는 뜻밖인듯 놀라운 소리를 내였다.
거짓말을 하려면 큼직하게 해야 하는 법이다. 계관은 손에 땀을 쥐고 대비의 동정에 귀를 기울이였다. 잘되면 일이 뜻대로 되는것이요 안되여도 미친놈이라는 소리를 듣고 쫓겨날것이니 그리 밑질것은 없었다.
임금의 룡상에까지 오른 자기를 보면 상진의 눈이 화등잔만 해질것은 물론이요 초헌을 타고 거들대는 무리들도 자기앞에서는 머리를 숙이고 설설 길것이다.
대비는 접이나 풍수라면 사죽을 못쓰는터라 계관의 말이 그럴듯하게 들렸던지
《그게 정말이냐?》 하고 다짐을 두었다.
《어느 존전이라고 감히 망언을 하오리까. 소신이 도끼밑에 죽으나 하늘의 앙화를 입고 죽으나 죽기는 마찬가지여서 감히 아뢰는 말씀이오니 바라움건대 가없은 목숨을 어여삐 여기시와 죽는 목숨을 살려주옵소서.》
계관의 눈에서는 사뭇 눈물이 비오듯하였다.
대비는 계관의 꼴이 측은해보였던지 아니면 계관의 용한 점을 리용해볼 생각을 하였는지 아무튼 한참만에 머리를 끄덕이였다.
《네 말이 가긍하니 내 주상전하께 품해보마.》
대비의 말이라면 꼼짝 못하는 임금이니 이제는 일이 다된것이나 다름없었다. 계관은 감지덕지하여 이번에는 진짜 눈물을 찔끔 흘리였다.
그날 저녁이다. 계관의 집에서는 쥐잡이소동이 벌어졌다. 계관이 대궐에서 돌아오자바람으로 안팎의 종들을 모조리 내몰아 쥐잡이를 시켰던것이다.
《주인이 갑자기 어떻게 된 일이여? 고간에 쥐가 끓여 온전한 섬짝 하나 없다고 해도 끔쩍 않던 량반이.》
《글쎄 그속을 누가 알새 말이지. 쥐잡이를 하면 했지 이웃에 나가 끔쩍 말을 내지 말라니 그게 이상하지 않나.》

《제길 죽이지도 말고 산채로 잡으라니 도대체 무슨 도깨비감투끈인지. 새끼가진 쥐를 잡으면 상목 한필을 상으로 준다네.》

《굴뚝밑의 쥐굴은 내가 벌써 맡아둔게니 자네는 아예 다칠념 말게.》

《제길 굴뚝밑을 파다가 방고래까지 들추지나말게.》

집안의 어른 아이 할것없이 새끼가진 쥐를 잡느라고 고간과 부엌구석을 벌둥지처럼 파헤쳤다. 하루저녁 야단법석을 한끝에 겨우 새끼밴 쥐 한마리를 잡았다.

계관은 무슨 큰 보물이라도 얻은듯이 기뻐하였다. 새끼밴 쥐를 나무함에 넣어 아래목에 두고는 누구도 옆에 얼씬 못하게 하였다. 집안사람들은 물론 안뮤의 종들도 계관의 해피한짓에 머리를 기웃거리며 모를 일이라고 수군거렸지만 며칠지나서는 별치않은 일처럼 여기고 잊어버리고말았다. 워낙 점쟁이란 천기를 보는 사람이니 엉뚱한짓도 해야 하는가부다 생각하고만것이였다. 계관의 속내를 아는 사람은 하나도 없었다.

언젠가 계관은 옛날 백제의 유명한 점쟁이에 대한 말을 들은적이 있었다. 그의 점이 하도 이름이 나 왕궁에까지 불려가게 되였든가.

임금이 쥐 한마리를 잡아 함에 넣고 내보이며

《이안에 무엇이 들었느냐?》하고 물으니 그는 점을 쳐보고나서

《쥐올시다.》고 대답하였단다.

《몇마리냐?》

《여덟마리올시다.》

《고현놈. 내가 한마리를 넣었거늘 여덟마리라니 당찮은 말이로다. 네가 허튼 요설로 백성들을 속여왔으니 죽어 마땅하다.》

《내가 억울하게 죽으니 반드시 다른 나라에 태여나 백제를 멸망시키고야말리라.》

백제왕이 그를 죽인후 쥐의 배를 갈라보니 새끼가 여덟마리 있었단다. 그래서 결국 백제가 망했다든가.

계관은 이마적에 와서 새삼스레 그 말이 생각났다. 만일 룡상밑에 숨었다가 쥐를 놓아주면 임금이 펄쩍 놀랄것이다. 자기는 장님이라 눈으로 못보았을것은 뻔한 일.

《방금 지나간것이 무엇이냐?》

《쥐올시다.》

《몇마리냐?》
《세마리올시다.》
《아니다. 한마리다.》
《황송하오나 세마리라 아뢰오.》
《그 쥐를 잡아 배를 갈라보아라. 뭐라구?! 배안에 새끼가 두마리 있었다!? 오. 과시 명복이로다. 이제부터 그대는 국사로서 과인의 곁에 있을지어다.》
 일이 이쯤 되면 임금을 망석중이 놀리듯할수 있으니 상진따위가 다 무엇이란 말이냐. 온 나라를 내 손에 쥐고 쥐락펴락할수 있으렸다. 고대광실에서 주지육림에 싸여 이쁜 계집을 희롱하며 여생을 보내렸다.
 계관은 침을 꿀꺽 삼키였다. 금시 하늘로 둥둥 날아오르는것만 같았다.
《흐흐, 쥐야, 네가 우리 집 화수분이 되겠구나. 제발 날 잘 도와다구. 일이 뜻대로 되기만 하면 너를 신주 모시듯하지 않으리. 아침저녁으로 제사라도 지내주마.》
 계관은 나무함을 어루쓸며 중얼거렸다.
 그로부터 며칠후다. 남대문밖 도동으로 승명패를 든 내시별감의 행차가 들이닥치였다. 길가던 사람들이 승명패쪽을 보고는 그만 기겁하여 길을 피하여 땅에 엎드리였다.
 계관의 집앞에 이른 별감은 청높은 목소리를 길게 뽑았다.
《전교요.》
 계관의 집에서는 벼락이 떨어진것처럼 안팎이 벌컥 뒤집혔다. 모두들 벌벌 떨며 뜰아래 내려와 엎드리는데 계관만은 얼굴색이 태연하였다.
《홍계관 입시하랍시는 전교요.》
 워낙 조정관리라면 선전관이 명소패를 가지고 왔으련만 벼슬 없는 수경점쟁이에게 그런 례의는 가당치 않다고 여겼던지 내시별감이 그대로 임금의 지시를 전한다.
 계관은 문밖에서 《전교요》 하는 소리가 들리기 바쁘게 손어름으로 나무함을 찾아 열고는 쥐를 꺼내여 품속에 감추었다.
《쥐야, 나를 잘 도와다구.》
 계관은 별감의 뒤를 따라가며 속으로 빌었다. 천지신명에게도 이렇게 간절히 빈적은 난생처음이였다. 대비가 뒤를 보아준다고 생각하니 마음이 든든하였으나 그래도 왜 그런지 속이 자꾸만 떨려 걸음발이 어떻게 놓이는지 모르겠다. 계관은 자기가 어느새 대궐에 들어왔는지 몰랐다.

《네가 홍계관이냐?》

문득 젊은 목소리가 들리는바람에 그제야 계관은 임금앞에 이른줄을 알고 무릎을 꿇고 머리를 조아렸다. 어쩐지 임금의 목소리에 노기가 섞인듯싶어 가슴이 섬찍하였다.

아무랬든 임금은 임금이다. 록록히 알고 접어들었다가는 언제 목없는 귀신이 될지 모른다. 하물며 홍문관의 내노라는 재사들이 임금의 곁에 붙어돌아가니 그들이 자기의 약은수를 발가놓을는지 누가 알랴. 계관은 갑자기 무서운 생각이 들며 오금이 저려왔다.

《네가 룡상밑에 숨으려 한다며?》

《황공하오이다.》

《룡상밑에 숨으면 네가 정녕 죽음을 면할수 있으렷다.》

《천한 신이 천기를 많이 루설하와 하늘의 앙화를 입게 되였사온즉 오늘이 바로 그날이로소이다. 하늘이 주상전하를 아끼시와 룡상밑에 숨으면 천한 목숨이 살 도리가 있겠기에 감히 외람된 청을 올린바로소이다.》

《허허, 네 욕심이 무던하구나. 임금과 더불어 하늘의 은총을 나누어받겠다니.》

얼핏 듣기에는 은근한 놀림조의 말인것 같지만 실상은 속에 뼈가 든 말이다. 눈치빠른 계관이 그것을 모를리 없었다. 계관의 등으로 식은땀이 죽 흘렀다.

왕은 기분이 언짢았다. 대비가 하도 극성스례 청하는바람에 마지못해 승낙은 하였으나 어쩐지 궂은 고기를 먹은것처럼 속이 께름직하였다. 명색이 한나라 임금으로서 천한 소경점쟁이에게 놀리우는 것 같아 불쾌한 생각이 들었던것이다.

령의정도 감히 올라오지 못하는 임금의 자리에 저를 숨겨달라니 분수가 없어도 류만부동이 아닌가.

임금은 눈살을 찌프렸다. 그러나 임금의 체면으로 대비에게 약속한 일을 이제 와서 내키지 않는다고 헌신짝 버리듯 쉐버릴수는 없었다.

《황송하오나 전하께서 천한 목숨을 살려주시면 적선을 하시는것이니 하늘이 어찌 모른다 하오리까. 소신이 듣건대 임금의 덕치고 생명을 아끼시는 덕보다 큰것이 없다고 하였으니 천한 목숨으로 하여 전하의 성덕이 세세만년 빛나게 될는지 어찌 알겠소이까.》

계관의 말에 임금의 속이 저으기 너누룩해졌다. 피죄죄한 생김새와는 달리 행동거지가 제법 틀스럽고 말 또한 청산류수이다. 저만하면 명복이노라 행세를 해도 과히 손색이 없을것이였다.

저의 말대로 한번 룡상밑에 숨겨주면 천하후세에 너그러운 임금이라는 말을 남기게 될것이니 나쁘달것도 없었다. 그가 정말로 명복이라서 천기를 그렇게 잘 알것 같으면 죽어 원귀가 되면 그도 두려운 일이다.

왕은 미간을 펴며 허허 웃었다.
《그래 룡상밑에 얼마나 숨어있으면 되겠느냐?》
《한식경이면 족할줄로 아뢰오.》
《네 그럼 이리 올라오너라.》
《황공하기 그지없소이다.》

계관은 귀가 번쩍 띄였다. 이제는 일이 다 되였다. 임금의 자리에까지 오르게 되였으니 이제야 누가 소경점쟁이라고 **함부로** 해라를 붙일가부냐. 계관은 속으로 쾌재를 불렀다. 룡상밑에 들어가기가 좀 거북스럽기는 하지만 그까짓것쯤이 무슨 대수냐. 온 나라가 자기의 손탁에 들어올판인데 한식경이 아니라 하루종일인들 못참으랴.

계관은 룡상밑에 엉거주춤 엎드리며 가만히 품속을 더듬었다. 피춤아래 주머니를 더듬어 쥐를 꺼냈다. 쥐는 어두운곳에 있다가 갑자기 밝은 빛을 보자 달아나려고 바둥거리였다.

워낙 짐승은 새끼를 배면 사나와지는 법이다. 쥐는 빠져달아나려고 기를 쓰며 계관의 손등을 마구 할퀴였다. 쥐가 소리를 낼가봐 속이 한줌만해진 계관은 할퀸 손등에서 피가 나는줄도 몰랐다. 다급해난 계관은 얼른 쥐를 놓아주었다. 아니나다를가 《에쿠!》 차는 놀란 소리기 들렀다.

임금의 앞이라 누구도 소리는 지르지 못하고 쉬쉬 하며 술렁댈뿐이였다.

룡상밑에 숨은 계관은 이제나저제나 임금이 자기더러 점을 쳐보라고 분부하기만 기다렸다. 임금이 그대로 잠자코 있으면 지금껏

모처럼 꾸며온 일이 모두 허사로 되고만다. 계관은 속이 바질바질 타들어오는것을 참느라고 코등에 땀까지 송글송글 내돋았다.

계관이 그만 락심을 하려는판인데 기다리던 임금의 분부가 내렸다.

《네가 하늘의 비밀을 많이 루설하여 벌까지 받게 된 명복이라니 이제 방금 룡상앞을 지나간게 무엇인지 알아맞혀보아라.》

《소신이 얻은 점패에 의하면 상서로운 조짐이라 아뢰오.》

《상서로운 조짐이라니 뭐란 말이냐?》

일은 계관의 생각대로 착착 되여갔다.

《쥐라고 아뢰오.》

《뭐라고?!》

임금은 놀란 소리를 질렀다. 잔심부름을 하노라 곁에서 돌던 내시들도 그만 눈이 휘둥그래졌다. 과연 명복은 명복인가부다. 저렇게 신통히 알아맞출수야 있는가.

임금은 새삼스러운 눈으로 앞에 엎드린 계관을 찬찬히 뜯어보았다. 좁다란 이마며 가느다란 눈썹, 어디 맺힌데라고는 없는 얼굴이다. 다만 끝이 매부리처럼 휘여든 선이 가는 코와 움푹 패인 눈확, 입가로 길게 패인 주름이 유별나다면 유별나다 할지.

급기야 임금의 눈길이 계관의 손등에 가 멎었다. 무엇엔가 할퀸듯 가느다랗게 피가 졌다.

불현듯 저 숭물스러운것이 나를 떠보느라고 쥐를 품고있다가 내놓은것이 아닌가 하는 의심이 버쩍 들었다.

임금의 눈섭이 곤두섰다.

《오냐, 쥐란 말이지. 그래 몇마리냐?》

아직은 잔잔한 목소리지만 폭풍을 머금은 비바람처럼 심상치 않은 물음이였다.

《세마리올시다.》

《뭐라구!? 고현지고.》

임금은 발을 탕 구르며 대청 기둥이 드르릉 울리도록 호통쳤다.

갑자기 당한 일이라 계관은 까무러치도록 놀라 어마지두에 고개를 버쩍 들고 보이지 않는 눈으로 멀거니 임금을 쳐다보았다.

《임금을 속인 죄는 죽어도 남는줄을 네가 모르지는 않을테지. 이놈. 네 죄를 네가 모르겠느냐?》

《전하, 이 무슨 청천벽력이오니까. 소신이 어찌 전하를 속이겠소이까.》
《이놈. 그 쥐를 네가 품고 온것이 아니란 말이냐.》
《아, 아니올시다.》
계관은 혀가 까부러들어 말이 나오지 않았다. 이제는 갈데없이 죽은 목숨이였다. 공연히 약은 꾀를 부리다가 제 덫에 제가 걸린격이 되였다.
《그럼 네 손등에 할퀸 자리는 무엇이냐?》
계관은 눈앞이 아뜩하였다. 아까 쥐를 꺼낼 때 손등이 따끔하던 생각이 났다.
아, 고놈의 쥐가 종내 나를 죽이는구나.
계관은 속으로 가슴을 쳤다. 이제는 아무래도 죽을판이다. 이실직고를 해도 살아나기는 코집이 글렀으니 차라리 끝까지 뻗대는것이 상책이였다.
오냐. 범에게 물려가도 정신만 차리면 산다고 하였으니 사람이 이렇게 죽으란 법이 있겠느냐. 계관은 부지중 악이 치받쳐 부르짖었다.
《소신은 이제 죽을 운수라 죽는것은 섧지 않으나 다만 임금을 속인 죄로 죽게 되였으니 그것이 원통할따름이오이다. 하늘이 소신을 죽이려 손등에 할퀸 자리를 만든것이니 죽음은 달게 받겠사오나 임금을 속인 죄명만은 벗겨주기 바라오이다.》
계관은 끌려나가면서도 억울하다고 발버둥질을 하였다. 아닌게 아니라 계관은 원통하였다. 제 꾀에 제가 속은것이 분하였고 임금을 끼고 온 나라를 호령해보려던 꿈이 허무하게 무너진것이 원통하였다.
고놈의 쥐가 손등을 할퀸것을 왜 몰랐더란 말인가. 아, 고것만 아니더면, 고것만 아니더면.
계관은 안타까와 발을 동동 굴렀다. 계관은 형판의 복속을 받으며 형장으로 향하였다.
형장은 당현의 한강변이다.
모래불을 허청허청 걸어가는 계관은 문득 자기로서도 자신의 일이 우스웠다. 한평생 얼마나 많은 사람들이 자기에게 속임을 당했던가. 남을 속이다 못해 이제는 자신을 속이여 죽음을 당하게까지 되였으니 이 얼마나 우스운 일이냐. 계관은 그만 실성한 사람처럼 너털웃음을 내뿜었다.

《허허허허.》
《이놈이 미쳤나. 죽을놈이 실없이 웃음은 웬 웃음이냐.》
형관은 계관의 웃는 꼴을 겁에 질린 눈으로 바라보며 투덜거렸다.
《여보시오. 형관나으리. 내가 미쳤으면 온 세상이 다 미쳤게.》
《이놈아 시룽거리지 말아.》
《온 세상이 다 나를 명복이라 떠받들며 사주팔자를 물으러 오던게 언젠데 나를 미쳤다 하우? 미친놈의 말을 곧이 들은 사람들은 성한놈이요? 대비마마께서도 내 말을 들었으니 대궐안은 미친놈의 세상이오그려. 하하하하.》
계관은 하늘을 쳐다보며 웃음인지 울음인지 모를 소리를 냅다 뿜었다.
《관속에 들어가도 막말을 말렸다. 이놈아, 네가 이제 와서 발악을 하는셈이냐.》
《오냐, 발악을 한다. 이 미친놈의 세상에 내가 태여나기가 잘못이다. 미친놈의 세상에 났길래 미친짓을 하다가 죽으니 발악 좀 하면 어떠냐.》
계관은 입에 거품을 물고 몸부림을 치며 부르짖었다. 이왕 죽을바에는 온 세상에 대고 이 어리석은것들아 하고 웨치고싶었다. 너희들이 나를 죽이지만 내게 실컷 속았느니라 비웃어주고싶었다.
《이놈 저승길에 발악하면 지옥에 간다.》
《그러지 않아도 그게 내 소원이다. 지옥의 아귀가 되여 날 죽인놈들을 아작아작 씹어먹구야 말테니 어서 죽는 사람 실컷 욕해라.》
《이, 이놈 보게, 누굴 기갈하러드느냐.》
《지옥아귀가 무섭거든 마지막으루 실컷 지껄이게 날 가만 내버려 두어라.》
계관은 풀어헤친 머리를 바람에 날리며 땅바닥에 퍼더버리고 앉았다. 뾰족한 턱이 무섭게 앙다물리고 움푹 패인 깊숙한 안확에서 동자없는 눈이 희번득거리였다. 악에 받쳐 이를 바드득바드득 가는 모양은 아닌게 아니라 지옥의 아귀와 흡사하였다.
형관은 아귀가 되여 잡아먹겠다는 말에 겁이 더럭 났던지 한옆에 무춤하니 물러서서 공연히 헛기침만 하였다.

왕은 계관이 끌려나간 뒤 어쩐지 속이 오밀오밀하여 룡상이 편안치 않았다.

대비가 이 일을 알면 또 골치아픈 지청구를 한바탕 늘어놓을것이다. 시비거리야 오죽 많은가.

나라법에 사형죄수는 자복을 받은 다음에도 새번 반복심리를 하는것이 상례다. 억울한 죽음을 받는 일이 없도록 하자는것이다.

이번 일을 두고 임금의 총명이 과하여 조상전래의 법을 무너뜨린다느니 덕에 루가 된다느니 판에 박힌 소리를 귀가 솔도록 들어야 할것이다.

더구나 극악한 역적이 아니면 만물이 한창 자라는 봄이나 여름에는 죽이지 않고 가을이나 겨울이 되기를 기다리는 법이다. 여간 죄인을 때도 기다리지 않고 죽이는것은 화기를 손상시키고 천리를 거스리는 일이니 성현의 가르침에 어긋나는것이라고 푸념을 할것이 아닌가.

《엥이 성가셔.》

왕은 혼자 짜증을 내며 벌떡 일어섰다.

별 숭물스러운놈때문에 지청구를 듣게 되였다고 생각하니 부아가 치밀었다.

그러다가 문득 그놈이 정말 제말대로 천기를 루설한 죄로 하늘의 벌을 받는것이 아닌가 하는 생각이 들었다.

경연에서 임금은 하늘을 대신하여 도를 행한다는 말을 귀에 못이 배기도록 들어온터이다. 그러니 하늘이 나를 시켜 그놈을 죽이노라고 손등에 할퀸 자국을 낸것이 아닌가. 그놈이 끌려나가면서도 억울하다고 발괄을 한것을 보면 십분 그럴상싶기도 하였다.

그러면 그놈은 죽어서 원귀가 될것이 아닌가. 불현듯 등어리로 선뜻한것이 줄달음치는것 같았다.

왕은 심부름하는 어린 내시를 불렀다.

《이애, 네가 룡상밑에 들어가 굽힐데가 있는가 손더듬을 해보아라.》

어린 내시는 룡상밑에 기여들어가 극성스레 손더듬을 하였다.

임금의 뜻은 법이다. 만사는 임금이 원하는대로 되여야 하니 흰것도 임금이 바라면 검은것으로 되여야 한다. 내시들이란 임금의 속내를 알아맞추는데는 귀신이여서 어떻게 해야 임금의 비위를 맞출것인가를 재격 가늠한다.
　굶힐데가 있는가를 알아보라면 굶힐데가 있노라고 대답해야 할것이다. 아마도 임금은 룡상밑에서 까끄렁이를 찾아내여 누굴 혼내우려는 심산인가부다고 지례 짐작을 한 어린 내시는 룡상밑은 물론 그 어름 대청바닥도 살살이 손으로 쓸어보았다. 하도 어루쓰니 어디서 까끄렁이가 숨었다가 손가락끝을 콕 찌른다. 새빨간 피가 한방울 뾰조롬히 솟아났다.
《아무것도 없느냐?》
　임금이 기다리기에 역증이 나서 묻기 바쁘게 어린 내시는 룡상밑에서 기여나와 피가 내돋은 손가락을 보였다.
　순간 왕은 자리에 풀썩 주저앉으며 《아차》하고 혀를 찼다.
　그러니 계관의 손등에 났던 상처는 쥐가 할퀸 자리가 아니였더란 말이지. 하늘이 기어이 그를 죽이려 그의 손등에 상처를 냈었구나. 하늘이 내 총명을 잠시 가리워 그를 죽이게 하였구나. 그러고보면 쥐가 세마리라던 그의 말이 옳을것 아닌가. 혹시 새끼밴 쥐라면?
　왕은 번쩍 정신이 들었다.
《네 이길로 아까 입시하였던 내관에게 가서 잡은 쥐의 배를 갈라 보고 몇마리인가를 빨리 와서 알리라구 일러라.》
　얼마후 내관이 숨차게 달려왔다.
《그래 어떻드냐?》
《전하, 쥐의 배안에 새끼가 있더이다.》
《몇마리더냐?》
《두마리라고 아뢰오.》
《아차 천하명복을 과인의 실수로 죽였구나.》
　왕은 한탄하여마지 않았다.
《네 빨리 당현으로 가서 계관을 죽이지 말라구 일러라. 어서.》
　왕은 허둥대며 내관을 재촉하였다.
　미구하여 당현고개로 말탄 내관이 먼지구름을 뽀양게 일쿠며 달려갔다.
　당현고개에 올라서니 계관이 머리를 풀고 앉았고 그옆에 형관이 서있는것이 보였다. 내관의 다급한 생각에는 금방 형관이 칼을 들어 목을 칠것 같아보였다. 초조해진 내관은 손을 휘두르며 목청껏 소리를 질렀다.

《그만두랍신다. 그만두랍신다.》
 형관이 그 소리에 머리를 돌려 고개마루를 바라보았다. 붉은 옷을 입은것으로 보아 대궐의 내시별감이 틀림없었다. 매우 다급한 소리를 지르며 손을 휘젓는품이 분명 무엇인가 재촉하는 모양이였다.
 에쿠, 임금이 계관의 목을 빨리 들여오지 않는다고 화가 천둥같이 난 모양이로구나. 그러지 않고야 내관이 저리 바쁜 소리를 지를 까닭이 있으랴. 귀신이고 뭐고 이러다가는 당장 내 목이 날아나겠다.
 형관은 무작정 칼을 뽑아 계관의 목을 내리쳤다.
《아차, 늦었구나.》
 내관은 말등에 풀썩 주저앉았다.
 뒤늦게야 사연을 안 형관도 《아뿔싸, 이를 어찌누》 하고 혀를 차며 더수기를 쳤다.
 룡상앞을 오락가락하며 안절부절하던 임금은 복명내관이 들어오자 다급히 물었다.
《그래 계관이 살았느냐?》
《소신이 그만 한발 늦었소이다. 소신이 당현에 올라서서 소리지르는것을 형관이 잘못 듣고 참을 해버렸사오니 모든것이 천수랄밖에 없사옵니다.》
 내관의 말에 임금은 의미심장하게 머리를 끄덕이였다. 천수라니 참으로 신통한 말이다. 결국 하늘이 죽인것이니 왕으로서는 마음에 꺼릴것이 없다는 말이다.
 전하는 말에 의하면 이때부터 당현을 《아차고개》라 불렀다 한다. 임금이 내관의 말을 들으며 아차 소리를 끊지 못했대서 붙인 이름이란다.
 그러니 아차고개는 허황한 점을 믿는 어리석은 사람들에 대한 징계랄가 약은자는 제꾀에 죽기 마련이라는 교훈이랄가. 아무튼 미신이 낳은 비극임에는 틀림없다.
 계관이 한평생 허황한 점으로 얼마나 많은 사람들을 속였을가부냐. 그러나 그들은 모름지기 제명을 다 살고 죽었으리라.
 계관은 흉한 죽음을 당한우에 후세에 수치스러운 이름을 남기게 되였으니 차라리 이름없이 묻힌것보다 못하지 않느냐. 그러니 사람은 정당히 살아야 할것이 아니랴.

성계고기

지금으로부터 600여년전이다. 개성 성균관부근 육고집에서 두사람이 싱갱이를 하고있었다. 베수건을 머리에 질끈 동이고 동가슴을 내놓은 사나이는 분명 육고주인이요 지게머리에 조기 두어꼬리를 달아매고 그와 마주선 사람은 나무 판 돈으로 고기근이나 사려고 온 손이라는것이 첫눈에 알린다. 나무군치고는 해사한 얼굴이 보매 얼마전까지 글이나 읽던 서생인 모양이다. 이즈음 고려왕조에 대한 절개를 지켜 리씨왕조의 벼슬은 하지 않는다고 초야에 묻힌 선비들이 많으니 그도 아마 그런 사람들중의 하나인가부다.

《여보게, 래일이 우리 선친 제사날일세. 선심쓰는셈치고 고기 한칼만 주게.》

비록 이편에서 사정은 하지만 빌붙는티라고는 조금도 없이 말투가 뻣뻣하다. 기왕에는 이름이 쟁쟁하던 집안이였는지도 모른다.

《글쎄 이런 딱한 일이 어디 있습니까. 이 고기는 두문동 생원댁 마침고기입니다. 누구 불기 터지는걸 보려구 그러십니까. 정 그러면 저 고기나 가져갑시오.》

《어느것 말인가. 아니, 저저야 성계고기가 아닌가. 아무려면 자네가 나더러 선친제상에 성계고길 놓으라고 한단말인가. 그만두게. 고기없이 제사를 지내면 지냈지. 어허, 세상인심이 이렇게도 변한단 말인가.》

나무군은 개연히 탄식하며 돌아서 나가려고 서둘렀다. 육고주인은 바빠맞아 나무군의 소매를 붙잡았다.

《가만, 저 좀 봅시오. 그럼 제가 경칠셈 칩지요. 이걸 가져갑시오. 원 성미두.》

주인은 투덜거리며 손을 재게 놀려 소고기를 한칼 베여내놓았다. 나무군은 고기를 받아들자 주인에게 진심으로 치사하였다.

《이거 정말 고맙네. 내가 방금 말을 과히했다구 어찌 생각 말게. 자네도 래일 저녁 제사음식 들러 오게그려.》

《그럽자요. 그럼 다녀갑시오.》

주인은 허리를 굽신하고나서 멀어저가는 나무군을 눈으로 바래며 중얼거렸다.
《아무렴. 그 성미에 성계고기야 제상에 놓을라구.》
아까부터 고기흥정을 하려고 조바심을 하다가 두사람의 싱갱이가 벌어지는바람에 무춤해 있던 늙은이가 그제야 한발작 나서며 물었다.
《여보슈, 성계고기라니 그게 대체 무슨 고기유?》
육고주인은 그것도 모르냐는 눈찌로 늙은이를 힐끔 치떠보더니 제편에서 되물었다.
《손은 대관절 어디 사우?》
《강원도 안변 사우.》
《안변 어디요?》
안변이라는 말에 주인은 별로히 귀맛이 당겨하였다.
《설봉산밑 토봉골이란데를 아우? 거기 사우.》
《그럼 거 옛날 무학대사님이 좌선하시던데가 아니요? 온, 그런걸 모르구 이거 안됐소.》
퉁명스럽던 주인의 말이 갑자기 사근사근해졌다.
《그렇다구들 합디다만 원체 나같이 부대기나 파먹는 무지렁이야 그런걸 어디 자상히 알아야지요.》
늙은이는 삭은 이발을 내보이며 헤식게 씩 웃었다. 고추상투가 건뎅거리였다.
《안변 사신다며 성계고길 모르다니, 허허, 그건 무학대사님한테 물어봐야 하는건데.》
《무학대사님한테요?》
어수룩해보이는 안변늙은이는 웃음을 채 거두지 못하고 다시 한번 눈을 훕떴다.
《무학대사님이 지은 이름이니 말이우.》
《오라. 그랬댔구만. 아니 그런데 도통한 대사님께서 어째 고기이름을 다 지었다우?》
늙은이는 고개를 기우뚱하며 모를 일이라는듯 주인을 뻔히 쳐다보았다.
《아따 알고싶은게 많아 자시고싶은것두 많겠소.》
육고주인은 고기는 살 생각을 않고 쓸데없이 꼬치꼬치 캐묻는것이 성가시여 그만 퀸둥이를 주듯 말하였다. 고치상투를 틀어올린 늙은이는 계면쩍은듯 망건밑을 긁죽거리며

《성계고기가 눅으면 그걸 한근 사려구 그러우.》하고 변명 비슷이 말하였다.
《옜수.》
육고주인은 얼른 고기를 베여 내주었다.
《아니 이건 돼지고기 아니우?!》
《누가 아니라우?》
《그럼 성계고기가 돼지고기란 말이우?》
《글쎄 그건 안변 가서 무학대사한테나 물어보라니까 그러우. 허허.》
육고주인은 촌늙은이가 놀라는 꼴이 재미있어 제풀에 껄껄 웃어제꼈다.
《온, 나는 또 무슨 별난 고기라구. 이왕이면 등심살루 주시우.》
어수룩해보이는 촌늙은이가 보기와는 달리 고기에는 무척 밝히는 모양이였다.
《그럽시다.》
육고주인은 그래도 안팔리던 고기를 사가는 늙은이가 밉지 않은지 한칼 더 베여주며 선선히 대답하였다. 늙은이는 육고를 나서면서도 무언가 석연치 않은듯 손에 든 고기를 미심쩍게 내려다보며 중얼거리였다.
《이게 성계고기라구. 세상에 별놈의 이름도 다 있다.》
무학대사라면 고려말 이름난 중이요, 그런 고명한 어른이 육붙이를 입에 댔을리 없건만 어찌하여 돼지고기에다 성계고기라는 별스러운 이름까지 붙였단 말인고. 암만해도 모를 일이다. 하필이면 또 성계라는 이름을 붙일건 무어란 말인가.
가만, 성계라니 그게 리씨왕조를 세운 태조 리성계의 이름이 아니라구? 원 이런 무엄할데라구야. 임금님의 함자는 함부로 부르지도 쓰지도 못하게 되여있거늘 그래 아무데다 마구 붙인단 말이여. 그럼 무학대사가 나라의 지존인 임금님을 무얼로 안셈이여. 아무리 시속을 떠난 스님이기로서니 지엄한 나라법을 모르쇠해도 분수가 있지.
무학대사라면 원래 태조 리성계와 인연이 깊은 사이였다.
무학이 안변 설봉산에 있는 암자에서 좌선할 때였다. 하루는 느닷없이 리성계가 찾아와 꿈풀이를 부탁하였다.

《여보 대사, 내가 무너진 집에 들어가 서까래 셋을 등에 지고 나오는 꿈을 꾸었으니 이게 무슨 조짐이요?》

리성계는 쏘는듯한 눈길로 무학의 얼굴을 뚫어지게 쳐다보았다. 리성계가 야심만만한 인물인줄은 무학도 이미 알고있는터였다. 그가 임금이 되리라는 소문도 떠도는지 오래다. 장차 왕씨는 망하고 나무아들이 임금이 되리라는 말이 파다하게 퍼졌으니 나무목밑에 아들자자를 쓰면 곧 오얏리자가 된다. 그러니 나무아들이란 바로 리씨를 가리키는것이요, 리씨란 다름아닌 리성계를 말하는것이 아닌가.

리성계가 말하는 꿈이야기도 그렇다. 옛날 어떤 사람이 등에 막대 셋을 걸머진 꿈을 꾸고 왕이 되였다고 한다. 그러니 그 꿈이야기인즉 《내가 왕이 될수 있겠소?》라는 물음이나 같은것이 아니냐. 웬걸 제가 진짜 그런 꿈을 꾸었으랴. 귀가 보배라 어디서 그런 말을 주어들었는가부다. 아니, 혹시 임금이 되려는 생각에 옴하다보니 그런 꿈을 정말로 꾸었는지도 모른다.

무학에게는 리성계의 속심이 뻔히 들여다보였다. 무학은 지그시 눈을 감았다.

《나더러 〈임금이 될 꿈이다〉고 말을 하게 해놓고는 내 이름을 팔아 몸값을 올려보자는 엉큼한 계책이렸다.》

무학이 보건대도 고려왕조가 무너질것은 불보듯 뻔한 일이였다. 그러니 리성계와 틀려서 좋을것은 없는 일. 에라 그까짓 말 몇마디가 아까우랴. 바라는대로 혀를 놀려주면 그만이 아니냐.

무학은 짐짓 놀라는 기색을 지으며 목소리를 낮추었다.

《공은 부디 그런 말을 함부로 입밖에 내지 마십시오. 공은 장차 임금이 될것이외다.》

무학의 말에 리성계의 눈이 금시 번쩍하였다.

《대사, 그게 정말이요?》

《낡은 집이 무너졌으니 새 나라가 설 징조요 무너진 집의 서까래 셋을 등에 졌으니 그게 바로 임금왕자가 아닙니까.》

《대사의 꿈풀이가 정녕 용하오. 그럼 문우에 허수아비가 달리고 온몸에 룡이 감긴것은 무슨 조짐이요?》

《그것도 대길할 조짐입니다. 문우에 허수아비가 달렸으니 사람마다 쳐다볼것이고 온몸에 룡이 휘감겼으니 그게 임금이 입는 곤룡포

를 말하는것이 아니겠습니까. 머지않아 대운이 트일것입니다.》

리성계는 득의하여 돌아갔다. 이때부터 리성계는 무학을 깊이 신임하였다. 리씨왕조가 선후 도읍을 한양에다 정한것도 무학이라 한다.

그러나 무학으로서는 리성계에 대한 불만이 없지는 않았을것이다. 부처를 독실히 믿는다는 리성계가 임금이 되자 불교를 억누르고 유교를 내세웠으니 말이다. 리성계는 고려의 국교인 불교를 그대로 두고서는 리씨왕조의 기반이 위태롭다는 타산으로부터 출발하여 불교를 배척하고 유교를 국시로 삼았다. 그리고 전국에 령을 내려 중들을 닥치는대로 잡아죽이게 하였다. 불가사리 전설도 이때에 생긴것이라 한다. 그러고보면 이것은 리성계다운 배신적인 소행이였다.

왕이 된 리성계는 득의양양하였다. 그러나 한가지 마음에 걸려 내려가지 않는것은 백성들이 자기를 임금으로 받들어주지 않는것이였다. 그래 고려의 옛신하들의 마음을 사고 민심을 돌려세워볼 양으로 리성계는 왕위에 오르자바람으로 개경에서 과거시험을 크게 벌려놓았다. 과거시험에 응시하여 합격하는 사람에게는 벼슬을 주리라고 온 나라에 반포하였다.

과거날이 되였다. 개경백성들에게 임금의 위의를 보여주리라 리성계는 우정 행차를 요란하게 차리고 과거장에 나왔다. 그런데 의외에도 과거시험장은 한산하기 그지없었다. 시험관들만 체신없이 어깨를 늘어뜨리고 서로 얼굴들만 쳐다볼뿐 응시자라고는 몇명밖에 보이지 않았다.

네놈이 주는 더러운 벼슬을 받을소냐, 뜻있는 선비들은 과거시험장에 오지부터 않았던것이다. 아니, 억지로 가잘가싶어 과거시험을 피해 달아나버리였다. 저멀리 고개길로 과거시험을 피해 흰옷들이 꾸역꾸역 밀려간다.

《괘씸한지고. 저놈들을 모조리 죽여버려라.》

리성계는 성이 독같이 났다. 선비들과 무인들이 모여사는 마을에 빙 둘러 섶나무를 쌓게 하였다.

《여봐라. 이제라도 과거시험에 응시하면 후한 벼슬을 주려니와 그예 나오지 않으면 불을 지르리라고 일러라.》

그러나 마을에 사는 일흔이 넘는 선비들과 무인들가운데 령을 듣고 나오는 사람이라고는 하나도 없었다.

《오냐 이놈들, 임금의 령이 무서우냐 불이 무서우냐. 네놈들이 안나오고 견디는가 보자. 무엇들 하느냐. 어서 불을 질러라.》

삽시에 마을은 이글대는 불길에 휩싸였다. 리성계는 눈을 부릅뜨고 마을을 살폈다. 불이 무서워 나오는놈이 있으면 앞으로 불러오리라. 살려주는대신 한번 놀리는것쯤이야 무방할테지.

《이놈, 임금보다 불이 무섭느냐?》

하건만 불속에서 뛰쳐나오는 사람이라고는 보이지 않았다. 살려달라는 비명소리조차 없었다. 이를 악물고 소리없이 죽어갔다. 죽어서 재가 되였다.

《오.》 리성계는 그만 신음하며 몸서리쳤다.

불에 타죽을지언정 더러운 벼슬을 받을소냐. 서리발같은 꾸짖음이 금시 귀에 들리는듯하고 칼날같은 눈길이 몸에 와 박히는것 같았다.

이런 일이 있은 뒤 리성계는 도읍을 한양으로 옮겼다. 개경사람들의 저주와 분노가 두려웠던것이다. 개경사람들이 불의의 방법으로 왕위를 빼앗은 리성계따위를 억년가도 임금으로 여길리 만무하다고 생각하였다.

한양에 도읍을 옮긴후 리성계는 새로 지은 경복궁에서 큰 잔치를 베풀었다. 룡상에 거룩하게 앉아 좌중을 휘둘려보았다. 이제는 한 나라의 임금이다. 온 나라가 그의 발밑에 꿇어엎디여 자기의 일거일동을 속을 조리며 쳐다보고있다. 웃음 한번으로 생색을 보일수도 있고 눈섭 한번 찡그리는것으로도 사람을 질겁케 할수 있다.

그러나 역시 임금노릇이란 까다롭고 부자유한것이였다. 말 한마디 퉁명스레 내뱉어도 간관들이 우하고 들고일어나 성덕에 루가 되오 옛성인의 가르침에 어긋나오 떠들어대니 그도 염증나는 일이지만 임금의 잘잘못을 쓰노라고 가는데마다 사관이 졸졸 따라다니니 그 역시 시끄러운 노릇이다. 더구나 질색인것은 아무것을 해도 싱겁고 멋적은 그것이다.

웃으라면 웃고 울라면 우는 허수아비들속에 있자니 도대체 재미는커녕 짜증이 날지경이다. 저마다 비위를 맞추려드니 이제는 그것이 사뭇 역겨웠다. 차라리 무장으로 이름이 쟁쟁하던 그 시절처럼 떠들썩한 부하들과 함께 말을 달리며 사냥한 메돼지를 통채로 엎어놓고 술사발을 돌리던 때가 그리웠다.
　리성계는 눈쌀이 절로 찌프려졌다. 임금의 앞이라고 땅바닥에 머리를 조아리며 엎디여있는 꼴이라니. 에익 못생긴것들, 이제 술을 한잔 내려주어도 《성은이 황감하여이다.》고 판에 박은 소리를 하겠지.
　속이 클클해난 리성계는 좌중을 둘러보다가 문득 무학에게서 눈을 멈추었다. 무학이만은 입에 발린 아첨을 하지 않으리라. 리성계는 그의 입에서 무슨 말이 나오는가 듣고싶었다.
　《무학이 이리 오라고 해라.》
　무학은 종종걸음으로 어전에 이르러 부복하였다.
　《무학이 어명대로 대령하였음을 아뢰오.》
　감히 얼굴을 들지 못하고 엎드린 무학을 보자 허거픈 웃음이 절로 나갔다. 언젠가는 마주앉아 파계중이 과부한테 장가들어 첫날밤 망신하던 이야기를 하여 배살이 켕기도록 웃기던 무학이다.
　가만히 엎드린 무학의 등어리에서 《여보, 이거 뭘 이러오?》 하는듯한 얼굴이 보이는듯하여 리성계는 부지중 실소를 하였다.
　《허허 허허.》
　그래도 무학은 잠잠히 엎드려만 있다.
　《무학이 그만 얼굴을 들고 일어나거라. 다들 듣거라. 오늘 저녁만은 임금과 신하간의 례절을 차릴것 없이 파탈하고 놀기로 하자.》
　《천은이 망극하여이다.》
　무학은 그제야 얼굴을 들었다. 짐작했던대로의 얼굴이였다.
　《에에. 어린애 장난같은 놀음은 그만둡시다.》 하는듯한 웃음이 무학의 얼굴에서 채 사라지지 않았다. 리성계는 다시 한번 껄껄 웃었다.
　《네 얼굴이 우습다.》
　《전하. 제 얼굴이 무에 그리 우습습니까?》
　《네 정녕 오늘 저녁은 파탈하고 놀렸다?》
　《분부대로 하옵지요.》
　《정녕?》
　《정녕이로소이다.》
　《그럼 내 웃는 리유를 들어보아라. 무학아, 네 얼굴이 어쩌면 그리 신통히 돼지같으냐?》

아무리 파격이라고 해도 임금은 임금이다. 임금의 입에서 갑자기 이런 말이 튀여나오니 부처님 가운데토막이라도 웃지 않고 뭉해있을수 없었다. 온 좌중이 일시에 웃음보따리를 터뜨렸다.
《하하하, 전하께서도 원.》
《허허허. 그러고보니 무학의 얼굴이 돼지 비슷하구려.》
무학도 리성계의 그 말에는 웃지 않을수 없었던지 그만 고개를 제끼며 껄껄 웃어댔다.
웃음이 한물 가라앉은 뒤다. 무학은 천연스레 허리를 굽신하더니 리성계를 바라보며 한마디 하였다.
《전하. 전하의 얼굴은 신통히 부처님같습니다.》
《엥이, 네 말이 싱겁다. 나는 너를 돼지라고 했는데 너는 나를 부처님이라고 개여올리니 어디 재미가 있느냐.》
리성계는 그만 흥심이 가라앉는듯 입맛을 쩍 다셨다. 무학의 눈에 비양의 불꽃이 벙끗하였다.
《아니올시다. 전하. 돼지눈으로 보면 부처도 돼지같아 보이고 부처눈으로 보면 돼지도 부처같아 보이는것이옵니다.》
《뭐, 뭐라고?!》
리성계의 말소리는 터져나오는 웃음속에 파묻혀버리였다.
《아하하하.》
《어허허허 그것참.》
《전하께서 돼지가 되셨습니다. 아하하하.》
《전하는 돼지고 하하, 자기는 바루 부처란 말이지 으아하하.》
리성계도 억지로 껄껄 너털웃음을 내놓았다. 자기가 한 말이 있는지라 임금의 체면에 아니 웃을수는 없었다. 그러나 얼굴은 모닥불을 들쏜듯하였다.
《무학이도 저럴진대 이 나라 백성들이 나를 무어라고 할가부냐. 내가 임금의 이름대신 돼지의 이름을 벌었구나.》
그후 무학은 오다긴다 소리없이 어디론가 자취를 감추어버렸다. 발없는 말이 천리를 간다고 누가 먼저 그렇게 불렀는지 그때부터 돼지고기를 성계고기라 부르기 시작하였다. 성계고기라. 여기에는 리성계를 미워한 개경사람들의 심리도 엿보인다.
력사는 언제나 공정한 법이다. 성계고기란 참으로 력사의 엄한 심판이 아니겠느냐.

육상궁의 터를 낮춘 정홍순

육상궁이라니 어떤 사람들은 임금이 사는 무슨 희한한 궁궐로 알 수도 있으리라.

그러나 실상은 대문만 덩그러니 크고 울긋불긋 단청만 요란할뿐 사람이라고는 살지 않는 집이다. 원채에는 밤나무로 만든 위패 하나가 댕그라니 놓여있을뿐이다.

하기야 인적이 전혀 없는 텅빈 집만은 아니여서 한쪽 조그마한 곁채에 사람이 거처하고는 있지만 그것도 아예 거기서 살림을 펴놓고 사는것은 아니다.

도대체 이런 집이 무슨 소용이여서 궁이라는 어마어마한 이름까지 붙였단말인가.

이는 다름아닌 리조 21대 왕인 영조의 친어머니인 숙빈 최씨의 신주를 위해둔곳이니 말하자면 귀신을 위해 지은 사당인셈이다.

원래 임금의 아버지는 임금이요 임금의 어머니는 왕비이니 왕이나 왕비가 죽으면 그 신주는 종묘에 들여놓기마련이다.

그러나 영조의 친어머니로 말하면 정식 왕비가 아니라 후궁이니 일반 사람으로 말하면 첩인셈이다. 게다가 그는 천하디 천한 녀종 출신이였다.

조선의 노비법이란 안팎곱사등이로 유명한 악법이여서 아버지가 종이여도 그 자식은 종이요, 어머니가 종이여도 그 자식은 종으로 되게 되여있다.

그러니 노비법에 의하면 가장 존귀하다는 임금도 결국은 노복일 밖에 없다. 지위는 한없이 높아 임금이지만 출신으로 보면 천한 종이다.

물론 임금은 지극히 존귀한곳에 있어 위계가 없으니 출신이요 뭐요 할것이 없지만 문벌개념이 머리속에 굳어진 조선봉건사회에서 그것이 은근한 문제로 아니될수는 없었다.

영조가 왕위에 오른 첫해에 량반의 서자 200여명이 적서차별을 철폐할데 대하여 상소를 올린것이라든지 영조 7년에 노비법이 개정

되여 아들은 아버지의 신분을 따르고 딸은 어머니의 신분을 따르도록 하게 된것도 그러한것의 반영이라 하겠다.

물론 가혹한 노비법을 반대하는 종들의 투쟁을 무마하기 위한것이기도 하였지만 다른편으로 보면 노비법의 개정으로 결국 영조의 신분을 법적으로 담보한것이라고도 할수 있다.

어쨌든 영조는 자기 어머니의 신분이 미천한탓으로 늘 가슴을 앓았다. 임금으로서도 그것은 어쩔수 없는 일이였다.

원래 영조의 어머니 최씨는 숙종의 왕비인 인현왕후의 나인이였다.

숙종이 한창 희빈 장씨에게 반하여 왕비인 인현왕후를 내쫓고 장씨를 그자리에 올려놓은 뒤다.

장씨는 얼굴이 아릿다운 그만큼 속은 독살스러운 녀인이였다. 사람의 간장을 녹여내는듯한 교태도 그 꼬부라진 마음을 가리우지 못하였다.

숙종은 착하고 음전하던 본 왕비인 민씨가 그리웠다.

그러나 왕의 체면에 갓 책봉한 장씨를 또 내쫓고 민씨를 다시 들여올수는 없는 일이였다.

어느날 밤 울적한 심사를 걷잡지 못하여 인현왕후가 거처하던 후원에 들어가보니 초당에 빨간 초불이 가물거렸다.

이 깊은 밤중에 웬 불이 켜있을고 의아쩍어 발소리를 죽여가며 가까이 가보니 한 나인이 정화수 한그릇을 정히 떠놓고 꿇어앉아 비는중이였다.

가만히 들어보니 인현왕후 민씨께서 하루빨리 다시 왕비로 책봉되게 해달라는 축원이였다.

숙종은 가슴이 뭉클하였다. 저 비는 소리를 누가 듣기라도 하면 당장 참혹한 죽음을 당할판이다. 저 나인은 죽는것이 무섭지 않은가.

숙종은 가만히 문을 열고 들어섰다.

《네가 누군네 한밤중에 감히 이런 요사스러운 축원을 하는고. 죽는것이 무섭지 않으냐?》

나인은 어깨를 떨며 새파랗게 질려 엎드렸다.

《전하께서 마음대로 처분하옵시오. 왕비마마를 섬기던 몸이오니 왕비마마를 위해 죽겠사옵니다.》

《내 이미 그를 내치여 보통사람으로 만들었거늘 네 어찌 감히 그를 왕비마마라고 한단 말이냐?》

《개도 자기를 길러준 주인을 배반하지 않는다 하옵거늘 하물며 사람이겠소이까.》

《오, 네 마음이 정녕 갸륵하다. 얼굴을 들어라.》

숙종의 말은 따뜻하였다.

숫저읍게 아미를 숙인 나인의 자태는 여름밤 달빛을 띠고 저혼자 피여난 꽃처럼 청초하였다.

숙종은 아직도 떨리는 나인의 어깨를 위로하듯 조용히 쓰다듬었다.

그때부터 숙종은 나인에게로 자주 다니기 시작했고 급기야는 나인의 몸에 태기가 생기게 되였다.

이것을 알게 된 장씨의 속은 질투로 발칵 뒤집혔다. 생각같아서는 임금의 총애를 앗아간 나인을 발기발기 찢어죽이고싶었다.

《오냐, 두고 보자, 네깟 천한년이 감히 왕비인 나와 겨루려들다니.》

장씨는 이를 갈았다.

나인 최씨를 당장 불러들였다.

《네가 주상전하의 총애를 입어 태기가 있다니 나라를 위해 그만다행이 없다. 귀한 몸을 함부로 해서는 안되겠기에 내가 후원 별당에 특별히 자리를 만들어놓았으니 그리 가있거라.》

왕비의 말이 떨어지기 무섭게 시위나인들이 우루루 달려들어 연약한 최씨의 손을 끌었다.

최씨를 후원 외딴곳에 가두어놓고는 그것만으로는 성차지 않아 독을 거꾸로 씌워놓았다.

최씨는 숨막히는 독속에 갇힌채 갈증에 시달려 거의 죽게 되였다.

얼마후에 이를 알게 된 숙종은 장씨의 잔학한 행동에 치를 떨었다. 이로부터 숙종은 장씨를 내쫓고 인현왕후를 다시 맞아들일 결심을 하게 되였다 한다.

인현왕후가 다시 대궐로 들어와 왕비로 책봉되고 나인 최씨는 왕자를 낳은것으로 하여 숙빈으로 되였다. 최씨의 소생이 바로 리조 21대왕인 영조였다.

장씨는 그예 사약을 내려 죽이고말았다.

영조가 비록 임금이 되기는 하였으나 어머니는 정식 왕비가 아니였으므로 죽은뒤 그의 신주를 종묘에 들여놓을수 없었다.

이것은 영조에게 있어서 커다란 수치였고 슬픔이였다. 그래서 결국 자기 어머니의 신주를 들여놓을 사당을 따로 짓고 그것을 육상궁이라 이름지었던것이다.

영조는 어머니의 신주를 들여놓을 육상궁을 종묘와 똑같이 짓고싶었다.

그래서 그는 호조판서 정홍순을 불렀다. 그에게 육상궁을 짓는 일을 맡기자는것이였다.

《경은 육상궁을 지으려는 과인의 뜻을 알고도 남으리라고 생각하오. 그러니 있는 정성을 다하여주기 바라오.》

영조의 말은 사뭇 은근하였다. 꼭 찍어 말은 안하지만 말뒤의 말을 알아달라는 뜻이였다.

《신이 어찌 정성을 다 기울이지 않겠소이까. 단지 그 규모를 어떻게 하올지…》

《규모를 어떻게 하다니, 종묘가 력대임금들의 신주를 모셔두는곳이니 임금의 친어머니의 신주를 모시는 궁의 규모가 어찌 되여야 하는지 경이 모른단말이요?》

《황송하오나 신의 생각에는…》

《그래 경의 생각에는 어떻단 말이요?》

영조는 노기어린 눈으로 홍순을 쏘아보았다. 자기속을 그중 잘 알아주려니 믿고 중대한 일을 맡길 작정을 하였는데 첫마디부터 알아먹지 못하니 부아가 끓어올랐던것이다.

홍순도 막상 입을 떼기는 하였으나 갑자기 무어라 말을 해야지 난감하였다.

임금이 무엇때문에 화를 내는지 짐작이 안가는것은 아니였다. 성미마른 임금의 비위를 더 건드렸다가 무슨 벼락을 맞을는지 몰랐다.

언젠가 눈치없는 한 신하가 임금에게 올리는 상소문에 녀종이라는 말을 쓴적이 있었다.

상소문을 읽는 승지의 목소리에 귀를 기울이고 앉았던 임금이 녀종이라는 말에 대뜸 눈섭을 곤두세웠다. 임금으로서는 가장 아픈곳을 찔리운셈이였다.
《무어라고? 고현지고, 그놈을 당장 잡아들여라.》
상소문을 쓴 신하는 무슨 영문인지 모르고 대궐뜰에 잡혀들어왔다.
《네가 이 되지 못한 글을 썼더냐?》
《그러하옵니다.》
《네 죄를 네가 모르겠느냐?》
《신은 실상 무슨 죄를 지었는지 모르겠습니다.》
임금은 무어라 할 말이 없었다. 녀종이라는 말을 왜 썼느냐고 따질수도 없는 노릇이였던것이다. 말문이 막힌 임금은 더욱 격노하여 펄펄 뛰였다.
《형리는 당장 저놈의 관디를 벗기고 볼기를 매우 쳐라.》
볼기를 치라는 말에 상소문을 쓴 신하는 눈이 휘둥그래졌다. 원래 관리에게는 아무리 죄를 지었다고 해도 규정된 형장은 칠지언정 볼기를 치는 법은 없다.
량반이 상놈의 죄를 다스릴적에나 볼기를 치는 법이다.
관리에게 볼기를 치는것은 형벌이라기보다 차라리 모욕이였다.
결국 영조는 자기 어머니를 모욕한 대가로 량반이 상놈에게 볼기를 치듯 상소문을 쓴 신하의 볼기를 쳐서 분풀이를 하였던것이다.
이 일이 있은 뒤로 임금에게 올리는 글에는 일체 녀종이라는 말을 쓰지 않았다 한다.
홍순은 자기도 지금 자칫 잘못 혀를 놀렸다가는 볼기를 맞을는지도 모른다는 생각에 등골이 오싹하였다.
《신이 소견이 없어 전하의 뜻을 미처 헤아리지 못하였습니다. 일체 종묘의 규모대로 하겠습니다.》
《정녕 그리하겠소?》
《신이 어찌 감히 전하를 속이겠습니까.》
《그럼 과인은 경만 믿겠소.》
임금의 목소리는 그제야 너누룩해졌다.
홍순은 잔등이 땀에 함씬 젖어 물러나왔다.
그러나 생각할수록 일처리가 난감하였다. 임금의 노여움을 면하려고 일체 종묘의 규모대로 하겠다고 대답은 하였으나 개인의 사당을 종묘와 같이 짓는다니 그것은 말도 되지 않는다.

법은 어디까지나 법인것이다. 아무리 임금의 어머니의 사당이라고 해도 나라의 종묘와 규모를 같이 만들수는 없는 노릇이였다.
 육상궁의 대문이 종묘와 똑같이 우뚝 솟으면 사헌부와 사간원의 젊은것들이 우하고 들고일어나 말썽을 부릴것은 뻔하였다.
 임금에게 아첨을 하느라고 금석같은 나라법을 어기였다고 규탄하면 자기로서는 할 말이 없는것이요, 임금도 자기를 두둔할 말이 없을것이다. 설사 억지손 센 임금이 사헌부와 사간원의 젊은것들을 움쩍 못하게 눌러놓는다손치더라도 일단 지조가 없는 소인이라는 평판을 받고보면 다시는 조정에 나설수 없게 된다.
 홍순은 그날부터 문을 달아매고 들어앉았다.
 며칠후다.
 육상궁의 터닦기가 끝나 막 주추를 놓으려는데 그동안 꼼짝안하던 홍순이 토목공사를 감독하는 관리들을 대동하고 나타났다.
 《이것 보게. 터닦기가 잘 안되였네. 더 깎아내여 평평하게 만들게.》
 《하관이 보기에는 터닦기가 이만하면 되였음직 하온데.》
 《자네 눈에는 저 두드러진데가 안보이나. 이게 어떤 역사인지는 자네도 모르지 않을텐데.》
 《황공합니다. 하관이 미처.》
 《저걸 다 깎아내게. 기왕이면 터가 든든하게 두어자 깎아내도록 하게.》
 《알겠습니다.》
 며칠후 터닦기가 끝나갈 지음에 홍순이 또 나타나 까박을 붙였다.
 《자네들이 무슨 일을 이렇게 하나?》
 토목공사를 감독하던 공조의 당하관이 영문을 몰라 눈이 휑하여가지고 허리를 굽신하였다.
 《황송하오이다.》
 《저편이 이편보다 높지 않은가. 저걸 그래 자네들이 못본단 말인가?》
 《눈대중으로 하다보니…》
 《아무리 눈대중이라도 그렇지 저편을 서너자쯤 깎아내야 하겠네.》

《서녀자를 말이오니까?》
당하관은 아연하여 입을 다물지 못하였다. 아무리 눈을 비비고 보아야 서녀자 차이까지는 될것 같지 않았다.
한두치라면 몰라도 서녀자라니 도대체 말이 되는가. 판서대감의 눈이 비뚤어도 이만저만 비뚤지 않은 모양이다.
《왜 내가 재보아야 자네가 믿을텐가?》
홍순은 금방 자를 들고 나설듯이 팔소매를 걸어붙였다.
급해맞은 당하관은
《소관이 일을 설치다보니 그렇게 되였습니다. 대감께서 그럴것까지야 있겠습니까.》하고 말렸다.
《그럼 그렇겠지. 사흘안으로 서녀자 깎아내게.》
사흘뒤에 나온 홍순은 이번에는 저편이 또 두어자 낮아졌다고 오만상을 찌프렸다.
《자네들이 내 말을 무얼로 아는셈인가? 터를 잘 고루어놓으라고 그렇게 단단히 일렀는데 이번에는 이편이 높아지지 않았나. 또 두어자 더 깎아내게.》
당하관이 무어라 변명할새도 없이 홍순은 옷소매를 떨치며 휑 가버리였다.
육상궁의 터는 결국 두어자 더 낮아지게 되였다. 이럭저럭하는 사이에 육상궁터가 처음보다 열두어자 가까이 낮아져 주위에 비하면 어방없이 움푹하였다.
세번째로 나온 홍순은 그제야 머리를 끄덕끄덕하더니
《그만하면 되였네.》라고 하였다.
터닦기에 그토록 까다롭던 판서대감이 막상 궁을 짓는데서는 한마디 잔소리도 없었다. 처음같아서는 타발많은 판서대감밑에서 어찌 역사를 하나싶어 걱정이 노랗던 당하관이 그제는 한시름 놓게 되였다.
육상궁을 다 지었다는 말을 들은 영조는 희색이 만면하였다.
《경이 수고한덕에 내가 이제는 한걱정 덜게 되였소. 과인의 말대로 하였겠지?》
《전하께서 행차하시여 보아주셨으면 합니다.》
《그러지 않아도 경과 함께 래일 나가볼 생각이요.》
이튿날 영조는 육상궁에 행차하였다.

행차가 멎자 련에서 내린 영조는 육상궁의 문부터 쳐다보았다.
날아갈듯 추녀를 쳐든것이라든가 화려한 단청은 종묘의것이나 다름없었다. 그런데 어째서인지 종묘의 문에 비하면 턱없이 낮아보였다.
개인의 사당이라고 그예 높이를 낮춘 모양이였다. 영조의 눈섭이 감사납게 쳐들리였다.
《괘씸한지고. 감히 임금을 속이다니. 종묘의 규모와 같이 하였다는 규탄을 들을가봐 두려웠던 모양이지. 그대 임금보다 사헌부 사간원의 젊은것들이 더 두렵드란 말이냐.》
영조는 그만 속이 벌컥 뒤집혔다. 아니꼬운 눈초리로 곁에 시립하고 서있는 홍순을 흘겨보았다.
홍순은 태연한 기색으로 두손을 마주쥔채 공손히 머리를 숙이고 있었다.
영조는 《으험》 하고 안나오는 기침을 억지로 톺아냈다. 심사가 뒤틀릴 때 하는 버릇이였다.
그래도 홍순은 눈섭 하나 까딱하지 않고 발부리만 내려다보고 서있었다. 영조는 태연한 홍순이 더욱 밉살스러웠다.
《네가 나를 속이다니, 종묘의 문보다 한치라도 낮아졌다만 봐라. 제가 임금을 속인 값을 톡톡히 치르고말지.》
영조는 속으로 옥벼르며 역증기 섞인 소리로 홍순을 불렀다.
《호조판서는 어디 있느냐?》
《여기 대령하였습니다.》
《이 문이 정녕 종묘의 문과 규모를 같이 했겠소?》
《그러합니다.》
《정녕?》
《정녕이올시다.》
영조는 분통이 터지는것을 참노라고 한참 사이를 두었다가 입을 열었다.
《그런데 어째서 종묘의 문보다 이리 낮아보이오? 경은 어째서 과인의 뜻을 어기였는고?》
억지로 노기를 참는 영조의 두볼이 푸들푸들 떨리였다. 홍순을 쏘아보는 눈길에서 불이 펄펄 이는듯하였다.
홍순은 땅에 엎드리였다.

《전하께서 신이 못미더우시면 관리를 보내여 종묘의 문을 재오게 하십시오.》
홍순은 옷소매에서 자를 꺼냈다.
《여봐라. 승지는 급히 가서 종묘의 문 규모를 재여가지고 오도록 하라.》
승지는 곧 떠나갔다.
영조는 승지가 돌아오기를 기다리며 초조한 마음으로 육상궁 문 앞을 오락가락하였다.
홍순이 자까지 내놓는것으로 보아서는 그의 말에 거짓이 없는듯 하였다. 또 그의 사람됨으로 보아도 거짓말을 할 위인은 아니였다.
홍순은 신의가 있는 사람이였다.
영조는 문득 홍순이 호조판서로 임명되여 랑관을 파면시키던 일이 생각났다.
어느날 호조랑청의 사임신청이 올라왔다.
그로 말하면 문벌도 좋고 일처리능력도 있어 앞으로 크게 쓰리라고 은근히 점찍어두고있는 인물이였다. 리조에서 호조의 랑관으로 세사람의 후보자를 추천해올린가운데서 그중 탐탁하다고 여겨져 자기가 골라 임명한터였다.
그런데 그가 사임신청을 올렸다니 영조로서는 뜻밖이였다. 더구나 사임신청의 내용을 보아도 이렇다할 근거가 없었다.
《신이 젊은 시절의 불찰로 장관에게 신의를 잃었으니 체면상 벼슬에 나갈수 없습니다.》라고 한것이 사임리유로 되면 되겠는지.
영조는 의아하여 정사모임에 참가한 홍순을 돌아보았다.
《호조판서, 이게 대체 어찌된 일이요?》
《신의 생각에는 랑관의 사임요청을 들어주는것이 합당할듯합니다.》
《요즘 세월에 그만 인재를 얻기도 쉽지 않을텐데.》
영조는 그만하면 알아들으라는듯이 넌지시 홍순을 보며 말하였다.
그러나 홍순은 요지부동으로 눈을 내리깐채 덤덤하였다.
성미급한 영조는 답답증이 나서 저으기 마뜩지 않은 어조로 물었다.

《그래 경은 랑관이 왜 사임신청을 냈는지 모르오?》
《갓모때문이라고 아뢰오.》
《갓모라니?》
뜻밖의 대답에 영조는 룡상에서 몸까지 움쭉하며 저도 모르게 되물었다.
《항간에서 비올 때 쓰는 갈대로 엮어만든 우장을 갓모라 하온데…》
《갓모가 대관절 어쨌단 말이요?》
홍순은 임금이 다우쳐 묻는 말에 대답이 궁한듯 잠시 갑자르다가 이윽하여 말문을 열었다.
《신이 젊었을적 일입니다. 신은 젊었을적부터 날씨가 궂을것 같으면 갓모를 둘씩 가지고 다녔습니다.》
영조는 홍순의 왕청같은 말에 마음이 초조해지는 한편 은근히 호기심이 동하였다.
《둘씩은 왜?》
《뜻밖의 일로 갓모가 못쓰게 되여도 그렇고 또 아는 사람을 만나면 혼자 쓰기 거북하니 빌려주어야 할것이 아닙니까.》
《짜장 그렇기는 하겠소. 그래서 그 거치장스러운 갓모를 둘씩 가지고 다녔겠소. 하하.》
임금은 홍순의 말이 우스워 금시 너털웃음을 터뜨렸다. 모임에 참가했던 높고낮은 관리들도 입을 가리며 소리없이 웃었다.
그러거나말거나 홍순은 태연하였다.
《그래 경은 지금도 갓모를 둘씩 가지고 다니오?》
《지금은 하인이 가지고 다닙니다.》
《음우지비라고 맑은 날에 비올 걱정을 미리 한다는 말은 들었으되 그대처럼 우장을 둘씩 갖추고 다닌다는 말은 처음 듣겠소. 그래서?》
영조는 홍순의 말이 재미스러워 뒤말을 재촉하였다.
《신이 어느날 전하께서 릉행차를 하신다기에 구경하려 동문밖에 나갔었습니다. 행차가 대궐로 돌아간뒤 구경군들이 흩어지려는참에 갑자기 대줄기같은 소낙비가 쏟아졌습니다. 다른 사람들은 흠빡 젖었지만 저는 갓모를 준비하고있던터라 걱정이 없었습니다.》
《그렇겠지.》

영조는 눈웃음을 지으며 다음말을 기다렸다.

《사람들이 비를 피하느라 남의 집 처마밑으로 뛰여드는판인데 한 선비만은 그대로 유유히 걸음을 옮기고있었습니다. 신이 생각컨대 뛰여도 젖고 안뛰여도 젖을바에는 남에게 황급한 꼴을 보이지 않으려는것이 분명하였습니다.》

《허, 그참 된 선비로고.》

《신은 그대로 보기가 민망하여 그에게 갓모 하나를 빌려주었습니다. 신의 집이 회동에 있어서 마을어귀에 이르러 빌려주었던 갓모를 돌려달라고 청하였더니 그 선비의 말이 아직 비가 멎지 않았으니 쓰고 갔다가 래일 돌려주겠다고 사정하였습니다. 그래 신의 집이 회동 몇번째라는것을 자상히 가르쳐주고 또 그의 거주성명을 알아두었습니다.》

《그건 왜?》

《다음날 갓모를 보내오지 않으면 신이 가서 찾아와야 할것이 아니오이까.》

《원 그럴리야 있을라구. 여하튼 경의 생각이 주밀하기는 하오.》

《이튿날 아무리 기다려도 그 선비가 찾아오지 않았습니다. 그래 신은 할수 없이 그 선비의 집을 찾아가 갓모를 찾아왔습니다.》

《그럼 그 선비가 랑관이란 말이요?》

《그렇사옵니다.》

《그게 대체 언제적 일이요?》

《스무해전 일이옵니다.》

《스무해전이라. 하하. 스무해전일을 잊지 않고있으니 경의 기억력도 무던하오. 그래 그 일때문에 랑관이 사임신청을 냈드란 말이요? 하하.》

《실은 신이 사임신청을 내게 하였습니다.》

《뭐라고? 갓모때문에 아까운 인재를 버린단말이요? 그까짓 일이 뭐라고. 경의 도량으로 그만 일도 포용하지 못한다니 심히 유감이요.》

영조는 저으기 기분이 상한듯 이마살을 도로 찌프렸다.

《신의 도량이 넓지 못한것은 사실이오나 랑관이 만약 신을 첫눈에 알아보았단들 사임신청까지 내게 할리야 있겠습니까. 스무해전 일이 비록 별찮은것이기는 하오나 만약 신의가 없는 자신을 깊이 자책하였드라면 신의 얼굴을 잊었을리가 있겠습니까. 그런데 신이 말해서야 겨우 기억하는 정도였으니 자신을 깊이 반성하지 않았다는것은 알만한 일입니다. 갓모 하나도 제때에 돌려주지 못하는 위인이 나라의 재물을 내고 들이는 호조의 일을 어찌 맡아볼수 있겠습니까. 만약 이 일로 하여 신의 도량이 좁다고 하시면 신의 벼슬을 파면시켜주기 바랍니다.》

홍순의 말에 영조는 더 할 말이 없었다.

결국 랑관을 교체시킬수밖에 없었다.

그때 일을 돌이켜보노라니 영조는 저으기 홍순을 보기가 새삼스레 부끄러워졌다.

육상궁 문앞에 엎드린채 처분을 기다리는 홍순을 일별하고 사위를 둘러보던 영조는 그만 《음?!》하고 입안에서 놀란 소리를 질렀다.

주변이 우뚝한데 비하여 육상궁 터가 움푹 낮은데 눈이 갔던것이다.

전번 육상궁 터를 잡으러 왔을 때는 분명 이렇지 않았다. 주변의 언덕진데를 가만히 여겨보니 깎아낸 자리가 력연히 알렸다.

아무리 터를 고르노라고 그랬대도 이렇게 턱을 깎아낼 필요는 없었을것이다. 틀림없이 육상궁터를 낮추느라고 우정 깎아낸것이 분명하였다.

영조는 속이 울컥하였다. 그러나 다음 순간 가만 생각해보니 홍순을 나무랄 머리가 없었다. 왜 깎아냈느냐고 따지면 그럴듯한 리유가 한두가지랴. 터를 고루노라고 그랬다던지 진흙땅이여서 지반이 마땅치 않아 그랬다던지 리유는 얼마든지 꾸며댈수 있을것이기때문이였다. 애당초 종묘와 규모를 같이 하라고만 했지 터를 깎아내지 말라는 지시야 없지 않았는가.

터를 저렇게 낮추었으니 문의 규모는 재보나마나 종묘와 같이 했을것은 뻔하였다.

영조는 취 한숨을 지었다. 어쨌든 규모는 종묘와 같이 했으니 소원은 풀린 셈이였다.

만일 육상궁터를 낮추지 않았더라면 사헌부와 사간원의 관리들이 들고일어나 말썽을 부릴것은 뻔한 일.

육상궁이 종묘와 같다고 시비하는것을 어찌 차마 들을것인가. 그것은 친어머니에 대한 더한 욕이 아니랴.
 터를 낮추어 낮게 보이게 한이상 자로 재여보고 나서서 시끄럽게 굴 사람은 없을것이니 어찌 보면 다행한 일이라 하겠다.
 결국 임금의 소원도 풀고 나라의 법도 지킨 셈이다.
 영조는 말없이 고개를 끄덕이였다.
《호조판서는 그만 일어나오.》
《종묘의 규모와 대비하여 신에 대한 의심을 풀기전에는 일어날수 없습니다.》
《내 이제는 문이 낮아보이는 리유를 알았으니 그만 일어나오. 그래 몇자나 낮추었소?》
 영조의 말은 저으기 잔잔하였다.
 홍순은 엎드린채 잠잠하였다. 임금이 자기 계책을 알아차린것이 뻔하였다.
《터를 고루노라니 자연 몇번 깎아내게 되였습니다.》
 홍순의 말은 이도저도 아닌 두리뭉실한것이였으나 그이상 더 바른 대답은 있을상싶지 않은것이였다.
《몇번이나?》
《세번이옵니다.》
《음, 경이 고생했겠소.》
《황송하옵니다.》
 홍순은 진정으로 말하며 머리를 조아렸다. 자기의 속마음을 알아주는 임금이 더없이 고마왔던것이다.
 얼마후 승지가 숨차게 달려왔다.
《전하, 분부대로 종묘의 문 규모를 재여왔습니다. 육상궁의 문을 이제 재여볼것입니까?》
《그만두오.》
 영조는 한마디 말을 남기고 아무 말없이 대궐로 돌아갔다.
 이튿날 조보에는 정홍순을 호조판서겸 례조판서로 임명한다는 소식이 났다.

호방한 림형수의 죽음

3년에 한번씩 나라에서는 식년이라고 하여 과거시험을 크게 벌리니 이때는 8도의 선비들이 서울로 구름같이 모여든다. 활을 메고 호기있게 말을 몰아 먼지를 일쿠며 가는것은 무과시험에 응시하러 가는 무사패들이요 벼루와 붓이 든 주머니를 차고 말우에 앉아서도 중얼중얼 글을 외우며 가는것은 문과시험에 응시하려는 선비 축들이다.

요즘 공주 금강나루 배사공은 과거보러 가는 선비들을 실어나르기에 바빴다.

점심참이 채 못되여 서울로 가는 선비 한패가 또 들이닥쳤다. 그런데 건너간 배가 한식경이 지나도록 돌아설줄을 모른다. 나루터에는 행인들이 하나둘 늘어나기 시작하였다.

《제기, 이러다간 점심전에 못건느겠군.》

주먹상투를 들어올린 중년의 사나이가 어깨에 메였던 보퉁이를 땅바닥에 메치듯 내려놓으며 투덜거렸다.

《아니, 건너편에서 무슨 일이 생긴게 아니우. 웬 사람들이 저리 많수?》

사기장수가 목을 빼들고 강건너를 바라보다가 누구에게라 없이 불안스레 말을 하였다.

《일은 무슨 일. 보나마나 되지 못한 량반행차 하나가 나서서 제가 먼저 건는다구 실랭이를 하겠지.》

《엥이. 우리두 이번에 건느기는 아예 코집이 앵돌아진가보우. 저 선비님네들을 다 태우고나면 어디 자리가 있을세 말이지.》

주먹상투는 서울 가는 선비패들을 힐끔 보며 역증을 냈다.

《아니 여보, 고을에서 사령들이 쓸어나오는걸보니 일이 나기는 난 모양이요.》

《홍 기찰군사라도 풀었나. 저게 웬놈의 벙거지들이여.》

모두 목을 빼들고 눈이 아프도록 바라보지만 원체 강폭이 어지간히 넓다보니 건너편에서 무슨 일이 벌어지는지 알 도리가 없었다.

한무리 사령이 나루배를 둘러싸고 수선대더니 뜻밖에도 읍내로부터 목사행차가 나왔다.
점잔을 빼며 딴전을 부리던 선비패들도 이제는 궁금하여 한마디씩 하였다.
《조정에서 누가 내려온게 아닌가?》
《아따, 이 사람아. 조정에서 내려왔으면 관아에 들릴게지 나루터로 오겠나.》
《그렇긴 하네만 여느 일이라면 목사가 나루터에까지 나올리 있겠나.》
《이거 답답해 견딜수 있나. 저놈의 사공 엎어놓고 볼기를 쳤으면 시원하겠다.》
선비들은 안이 달아 나중에는 애꿎은 사공을 별렀다.
선비들축에서 한사람만이 태연히 강변을 거닐다가 늘어진 어조로 견마잡이를 불렀다.
《이애 백석아.》
《네에.》
《이녀석, 너도 건너편 일이 궁금해 몸이 달았느냐?》
《이거야 어디 속이 타서 견딜수 있습니까.》
《허허. 그렇게 급한 마련이면 왜 외할머니속으로 빠져나오지 못했드냐. 이애, 행리에서 술이나 꺼내오너라. 저것 보아라. 먼 산에 비구름 걸리고 강물에 고기 뛰니 낚대 없는게 유감이다. 이 좋은 산천경개에 술 한잔 없이 되겠느냐. 허허》
선비의 호걸스러운 웃음소리에 나루터에서 기다리던 손들이 모두 그쪽으로 눈을 주었다.
선비는 옷자락을 훨훨 제끼더니 펑퍼짐한 돌우에 털썩 주저앉아 소매를 반쯤 썩썩 걷어올리였다. 행동거지가 고린 선비와는 달리 무척 활달하여 보는 사람들로 하여금 절로 웃음을 머금게 하였다.
《이애 무얼 꾸물거리느냐. 술잔이 없으면 저 사기장수한테 가서 사발 하나 얻어오려무나.》
견마잡이 총각이 사기장수한테 뿌르르 달려가더니 한참만에 얼굴이 수수떡이 되여가지고 빈손으로 돌아왔다. 보매 사기장수한테 단단히 퉁을 맞은것이 분명하였다.
《그래 안주더냐?》

《주는게 다 뭡니까. 재수없이 마수거리로 외상도 아니고 빌려달라는 사람 만났다구 화를 내며 펄펄 뛰는걸입쇼.》
《허허. 내가 애당초 장사군한테 너를 빈손으로 보낸게 잘못이다. 옛다, 이걸 가지고 가서 지게까지 통채로 다 사잔다고 해라.》
《아니, 통채로요!》
《그래라. 어서.》
견마잡이 총각은 눈이 떼꾼해있다가 독촉을 받고서야 터덜터덜 사기장수한테로 갔다.
이번에는 사발 한개가 아니라 사기짐을 통채로 지고 벙글거리며 돌아왔다.
《허허허, 이놈아 난 하나면 된다.》
선비는 사기짐에서 사발 한개를 내리우더니 술을 부었다. 총각은 사기짐을 진채 서서 어정쩡하여 물었다.
《아니, 그럼 이건 다 어쩝니까?》
선비는 술사발을 입에서 떼며 껄껄 웃었다.
《서울 가서 팔려무나. 네가 서울 가서 쇠천한푼 없이 어쩔셈이냐?》
《제가 사기짐을 지면 견마잡이는 누가 합니까?》
《자견마를 하지 무슨 걱정이냐. 하하》
선비는 또한번 걸걸한 목소리로 웃어제꼈다. 그리고는 빈 사발을 돌우에 내려놓으며 동행인듯한 선비들을 불렀다.
《자, 어서 이리들 오게. 눈 아프게 강건너만 보지 말구 물구경이나 하세.》
일행중에서는 그 선비가 으뜸인 모양으로 모두 강건너에서 눈길을 떼고 공연히 애를 쓰는것이 멋적은듯 쑥스럽게 웃으며 그에게로 몰려갔다.
《난데없이 이건 웬 사기짐이냐?》
이제까지 없던 사기짐을 불잡고 서있는 견마잡이를 보고 한 선비가 놀라서 물었다.
《백석이가 사기장수노릇을 하겠다데. 이애 백석아, 이 사람들에게 사발 한개씩 안주련?》
《거야 어려울갑쇼?》
견마잡이는 씩 웃으며 사기짐을 헐어 사발 하나씩을 돌려주었다.

선비가 돌아가며 술을 따라주는새에 견마잡이는 방금 있은 일을 손세를 써가며 말하였다.
선비들은 그 말에 박장을 하며 웃었다.
《하하하. 네가 횡재를 했구나. 여보게, 사발 한개 얻자구 사기집을 통채로 샀단 말인가. 과시 자네다운 일일세.》
《그러다간 자네 서울 가기전에 로자 떨어지겠네.》
《이렇게 비싼 잔으로 술을 마셔보기는 난생 처음인걸.》
서로 한마디씩 하며 술을 드노라니 자연 떠들썩해져 짜증이 나서 눈살을 찌프렸던 행인들의 얼굴이 어느새 풀어졌다.
《엥이, 엎어진김에 쉬여간다구 우리두 점심이나 하세.》
주먹상투가 사기장수의 어깨를 툭 치며 한마디 하였다.
《난 강을 건너서 할양으루 아무 마련두 없이 온걸.》
사기장수가 머리를 긁자 주먹상투는 별말을 다한다는듯 가볍게 나무랐다.
《십시일반이라니 여럿이 한술가락씩 모으면 밥 한그릇이 안될가 원.》
《그럼 내 얼핏 가서 탁주라도 한동이 받아오라나? 바루 저 언덕배기 집에서 술을 한다데.》
《거 좋지. 량반들 마시는데 상놈이라구 못마실가.》
나루터가 갑자기 활기를 띠고 여기저기서 웃음소리가 들리기 시작하였다. 탁주 한동이를 기울이고나니 기분이 좋아진 모양으로 주먹상투가 아래켠 선비들쪽을 바라보다가 한마디 하였다.
《봐허니 저 량반이 시원시원해서 좋군.》
《글쎄.》
사기장수가 계면쩍은듯 뜨아하여 대꾸하였다.
《글쎄가 다 뭔가. 이제 와서는 부끄러운 모양이지. 사발 한개가 그리 아깝드란 말인가. 사람두 원.》
주먹상투가 혀를 차자 사기장수가 불끈하였다.
《아까워 그랬나? 량반자세하는 꼴 보기 싫어 그랬지. 제기, 오늘 별망신을 다 하네.》
《그 돈 다시 주구 사기집 찾아오게.》
《그러다 생벼락 맞자구. 정 소원이면 자네가 가지 나는 왜 충동질인가. 흥.》

《젠장, 겁은 되우 많네. 도적질은 내가 하구 오라는 네가 져라는 셈인가?》
　주먹상투는 안갈것처럼 투덜거리더니 벌떡 일어섰다.
《그 돈 인주게.》
　주먹상투는 돈을 받아쥐자 징경징경 아래켠으로 내려갔다.
　사기장수는 엉거주춤 일어나 주먹상투의 뒤를 바라보았다. 입에 넣은 밥을 삼키지도 못하고 가슴을 조리며 바라보던 사기장수는 한참만에 주먹상투가 사기짐을 지고 올라오자 성급히 물었다.
《뭐라든가?》
《뭐라기는, 자네대신 마수거리루 사발 몇개 팔아주구 왔지. 옜네, 돈이나 받게.》
《난 자네가 호령깨나 듣는가 해서 속이 한줌만 했더랬지.》
《호령은 무슨 호령. 오히려 사기짐주인은 자기가 아니라 견마잡이라며 그저 웃기만 하데. 총각녀석 피춤에 돈을 찔러주구 무작정 사기짐을 지구 오려는데 글쎄 사발값이라며 막무가내로 이 돈을 주더라니.》
　사기장수는 무안을 타며 사기짐을 다시 챙기는참에 누군가 아래쪽에서 소리를 쳤다.
《배가 떴다.》
　아닌게 아니라 건너편에서 배가 건너오고있었다. 배안에 벙거지를 쓴 의금부의 라졸 몇이 보였다.
　행인들은 부랴부랴 점심 먹던 자리를 걷고 주섬주섬 배 탈 차비를 하였다. 사람들이 배대는곳으로 우루루 내려갔다.
　드디여 배가 기우뚱하더니 기슭에 닿았다. 배가 닿자 의금부의 라졸 두엇이 먼저 내리고 그뒤로 들것에 들린 사람이 내렸다.
　형장을 맞고 귀양가는 죄인이 분명하였다.
《저런, 사람을 저 모양으루 만들다니, 쯧쯧.》
　누군가 들것에 눈을 주며 혀를 끌끌 찼다.
《아니 저게 뉘라우?》
《글쎄 행색을 보니 벼슬아치가 분명한데 뉜지야 알수가 있소.》
《아하, 아까 그래서 고을행차가 있었군그래.》
　누군가 그제야 짐작이 가는듯 머리를 끄덕이며 큰소리로 말하였다.

《목사까지 나온걸 보면 대단한 벼슬인게지.》

사기짐을 샀던 선비가 사람들을 헤치고 나오다가 들것에 실려오는 죄인을 보고는 우뚝 걸음을 멈추었다.

라졸이 길을 트노라고 애를 쓰다가 좀체 뚫고 나갈수 없게 되자 버럭 역증을 냈다.

《여보, 길 좀 비키우.》

《가만 좀 있게.》

선비가 느닷없이 라졸을 붙잡아세우며 말하였다. 라졸은 선비의 틀진 말과 거동에 대번 기가 눌려 고분고분해졌다.

《저 죄인은 도대체 웬 사람인가?》

《리조정랑 홍섬이란이요.》

《홍섬?!》

선비는 놀라운듯 혀아래소리로 부르짖었다.

홍섬이라면 벼슬이 쟁쟁한 당대의 명사로 젊은 선비들의 추앙을 받는터이고 문장과 국량이 뛰여나 재사로 손꼽히는 사람이다. 문벌로 보아도 아버지 홍언필은 령의정을 지낸 사람이요, 어머니 송씨도 령의정 송철의 딸이니 결국 그는 령의정의 아들이면서 령의정의 외손인셈이다. 어릴적부터 담대하고 기개가 있어 소문이 났으니 장차 나라의 장성으로 되리라던 사람이였다.

어릴적에 그가 아버지를 따라 성묘하러 산에 갔을 때 일이라 한다.

한여름 복더위라 날이 무더워 그늘밑에서 낮잠을 한숨 자던차에 배가 선뜻하여 깨보니 팔뚝같은 뱀 한마리가 막 배를 타고 기여오르고있었다. 아버지 홍언필은 그 광경을 보고는 소리도 치지 못하고 어쩔바를 모르는데 어린 섬은 꼼짝 않고 누운채 태연히 배우를 지나가는 뱀을 지켜보고있었다.

뱀이 다 지나간 다음 언필이 아들에게

《섬아, 뱀이 무섭지 않더냐?》하고 물으니

《무섭긴 뭐가 무섭겠습니까. 뱀이란 놈이 저를 나무나 돌로 여기고 지나가는 판이니 제가 꼼짝않고있으면 저 갈데로 갈것이 아닙니까.》라고 대답하였다 한다.

나라의 장성으로 되리라던 사람이 이꼴로 되다니.

선비는 우두머니 서서 들것에 누운 죄인을 내려다보았다. 술진 눈섭이 꿈틀하더니 어글어글한 눈에 검은 그림자가 얼씬 비껴 가실줄을 모른다.
　죄인의 몰골은 참혹하였다. 맨상투바람의 머리가 흐트러져내려 얼굴을 가렸다. 어찌나 혹독한 형장을 맞았는지 살이 터져 넌들넌들하였다. 피가 말라붙은 상처자리는 보기에도 끔찍하였다. 사람이라기보다 차라리 마구 짓이겨놓은 고기덩이였다.
　《아.》
　문득 선비는 가슴이 무너져내리는듯한 한숨을 토하였다.
　《우린 갈 길이 바쁘우. 해전에 사십리를 더 가야 원집에라도 묵지.》
　뒤에서 내린 라졸이 볼멘 소리를 지르며 들것 멘 사람들을 재촉하였다.
　《가만 있거라. 아무리 바쁘기로서니 술 한잔 칠 겨를이야 없겠느냐. 백석아, 술 한사발 가져오너라.》
　선비는 술사발을 들고 죄인에게 다가갔다.
　죄인은 초면의 사람이 술을 친다는 말에 지그시 감았던 눈을 슬며시 뜨더니 들것우에 거북스레 일어나 앉았다.
　《초면에 인사불성이요. 헌데 뉘시오?》
　《초야의 이름없는 서생을 공이 어찌 아시겠소?》
　《그대가 어찌 나를 아시오?》
　《시골에까지 울려오는 공의 선성을 익히 들어온터이요. 이 지경이 된 공을 만날줄은 미처 몰랐소. 이게 어찌된 일이요?》
　《재주없는 몸이 헛된 이름을 얻은탓이요. 보매 과거시험을 보러 가는 길인가분데 부디 급제하기를 바라오.》
　죄인을 실은 들것은 점점 멀어져갔다.
　이제는 나루터에 선비와 견마잡이만 남았다.
　《여보게 총각, 안타려나?》
　사공은 선비가 이괴워 그에게는 직접 말을 못하고 총각에게 넌지시 독촉하였다.
　《답지유.》
　견마잡이는 일변 대답하며 일변 주인의 기색을 힐끔힐끔 살피였다.
　그러나 선비는 강변에 박힌듯 서서 멀어져가는 죄인만 바라보고 서있었다.
먼저 배에 오른 주먹상투와 사기장수가 자리를 내느라고 수선을 떨고 같이 가던 선비일행도 어서 배에 오르라고 야단이였다.
《여게, 어서 가세, 해 저물겠네.》
《저 사람이 갑자기 망두석이 되였나. 허허》
《어서 탑시우. 여기 자리가 있수.》
여럿이 재촉하는 소리에 선비는 무겁게 몸을 돌이키더니 의외의 말을 하였다.
《나는 안가려네. 자네들끼리 가게.》
선비일행이 놀란것은 말할것도 없고 배안의 다른 사람들도 뜻밖의 말에 입을 딱 벌렸다.
《안가다니, 자네 그게 맑은 정신으로 하는 소린가?》
《과거날이 림박하였는데 안가다니 무슨 소린가? 우린 자네만 믿구 나선 걸음인데.》
《그럼 예까지 와서 돌아선단 말인가, 실없는 롱담 말구 어서 오르게.》
나무라는 소리가 한꺼번에 쏟아져나왔다.
선비는 들은체도 않고 얼떨떨해 섰는 견마잡이를 독촉하여 길차비를 차리였다.
《아니 대관절 무슨 바람이 불어서 그러나?》
선비 하나가 배전에 나서며 역증이 나서 물었다.
《내 들으니 서울에 홍섬이란이가 당대의 유명한 선비라고 하데. 그런데 그가 저 지경이 되였으니 이게 사나이가 과거할 때이겠나. 나는 결단코 과거를 보지 않으려네.》
선비는 소매를 떨치고 오던 길로 되돌아섰다.
그 선비는 다름아닌 림형수였다.
림형수는 력사에 이름을 남긴 큰 인물도 아니요 그렇다고 학문이나 예술적재능으로 이름을 날린 재사도 아니다. 야사의 한귀퉁이에서 그의 이름을 두어번 찾아볼수 있는 인물에 불과하다.
그러나 때를 만났으면 우뚝 솟아났을 아까운 인재였음은 틀림없다.
홍문관의 설서요, 수찬이요 하는 학문관계의 벼슬에 오래 있었고 회령 판관으로 외직에 나갔을 때는 《오산가》를 지어 북방의 인물

풍속을 방불히 그렸다니 학문도 어지간했던 모양이다. 학문과 도덕으로 이름이 높은 퇴계 리황도 그를 인정한것만 보아도 그것은 알만한 일이다.

그렇다고 하여 그는 고루한 서생형의 문인은 아니였다. 차라리 구속을 모르는 자유분방한 사나이로 호협한 무관형이였다.

《퇴계집》의 글을 보면 그의 인품이 방불히 떠오른다.

《사수(림형수의 자)가 말하기를 〈큰눈이 내려 산을 잠뿍 덮거던 검은 초피 갖옷으로 온몸을 둘러싸고 허리에는 백우전 긴 화살을 띠고 어깨에는 천근짜리 각궁을 걸머멘채 철총마를 비껴타고 채찍을 휘두르며 깊은 골짝 사이길을 누벼 바람처럼 내달리네. 말발굽 밑에서 눈가루가 흩날리고 골짜기에서는 난데없는 바람이 일어 아름드리 나무들이 갈대처럼 휩쓸릴 때 큰 메돼지 한마리가 눈밑에 숨었다가 놀라서 튕겨나 갈팡질팡 달아나네. 대뜸 천근 각궁을 번쩍 들어 시위를 힘껏 당겼다가 펑 하고 백우전을 날리면 메돼지는 단번에 눈판에 딩굴며 나동그라지네그려. 그제는 말에서 훌쩍 뛰여 내려 칼을 뽑아 단번에 멱을 쿡 찌르지. 해묵은 떡갈나무를 찍어넘기고 화토불을 활활 피워놓은 다음 고기를 썩썩 베여 긴 꼬치에 꿰여 굽노라면 어느결에 반쯤 익어 기름이 지글지글 끓네그려. 나는 호상에 넌떡 걸터앉아 고기를 씹으며 은사발 한가득 따뜻한 술을 부어 주욱 들이키고나서 눈우에 건듯 들어눕네. 하늘을 쳐다보면 골짜기우의 구름은 어느덧 목화송이같은 눈으로 되여 펄펄 날리며 술기오른 얼굴을 시원히 식혀주니 이 아니 장쾌한 일인가.〉라고 하였다.

내가 그 말을 들으니 저도 모르게 가슴이 활 트이는듯하였다. 그 호걸스러운 기상이 눈에 삼삼하다.》

림형수가 벼슬에 나서던 때로 말하면 우리 나라에서 새로 정계에 진출한 중소봉건량반출신의 사림파세력과 조정의 권력을 쥔 오랜 훈구대신 세력간의 싸움이 절정을 이루었던 시기다. 이 싸움에서 신진세력인 사림들은 몇번이나 참혹한 화를 입었다. 그러나 사림들은 거듭되는 참변을 당하면서도 차츰 정계에 진출하여 나중에는 조정이 사림일색으로 되고말았다. 그러나 얼마 못가 사림들은 다시 동서로 나뉘여 선조때부터는 당파싸움이 시작되였다.

림형수는 명종 2년 1547년에 있은 정미년 벽서사건에 련루되여 죽었다.
 그의 기개는 가히 한나라를 덮을만 하였건만 세상에 용납되지 못하고 억울한 죽음을 당했으니 참으로 애석한 일이 아닐수 없다.
 금강나루에서 사나이가 세상에 나설 때가 아니라고 분연히 과거길을 단념하고 돌아갔던 그가 어찌하여 수년후에 다시 벼슬길에 나섰는지는 모를 일이다.
 류몽인의 《어우야담》을 보면 마치 고기가 향기로운 미끼를 못잊어하듯 공명과 리욕에 대한 미련때문이라고 평하였다.
 그러나 그것은 림형수의 사람됨을 잘 모르고 한 말이라 하겠다. 어찌 공명과 리욕때문이였으랴.
 호방한 그의 성미로 초야에 묻혀 지낼수는 없었을것 아니냐. 하늘중천을 자유롭게 날아옐 날개를 가지고 태여난 매가 어찌 스스로 조롱에 들랴. 살에 맞아 죽지가 꺾일줄 알면서도 한번 마음껏 창공을 날아본것이 아니냐. 아니 날아보려 한것이다.
 그의 죽음만 보아도 그런 심사를 가히 엿볼수 있을것이다.
 한낮이 기울무렵이다.
 림형수는 방금 낮잠을 한숨 늘어지게 자고 일어나앉았다. 귀양살이를 하는 죄인의 몸이였지만 근심스러운 기색이란 꼬물도 없이 마냥 태평이다.
 이즈음 고을에 들어가 조보를 얻어보니 조정안은 량재역참의 벽서사건으로 물끓듯 하는 모양이다.
 열세살짜리 어린 임금이 왕위에 앉았으니 조정정사는 그의 어머니인 문정왕후에게로 돌아가버렸다. 이런 때에 량재역참에 글이 한장 나붙었다.
 내용인즉 우에는 치마두른 녀인이 임금노릇을 하며 정사를 쥐락펴락하고 아래로는 간신들이 욱실거리니 나라가 망할 날이 멀지 않았다는것이였다.
 이 벽서바람에 2년전에 있은 을사사화에서 겨우 살아남은 사람들이 무리죽음을 당하게 되였다.
 형수는 자기도 무사치 못하리라는것을 짐작하였다. 조정에서 무슨 처분이 내리려는지 더 험한곳으로 귀양지를 옮기라고 할지 아니면 잡아올리라는 지시가 내릴지 여차직하면 죽이라는 임금의 령이 내릴런지도 몰랐다.

당자보다도 집안사람들이 마음이 조려 늘 문을 잡고 서서 동구길을 내려다보고있는판이였다. 그 눈치를 아는지 모르는지 림형수는 셈평좋게 코를 골며 낮잠만 잤다.

아무려면 대수냐. 그는 세상에 아무 미련도 없었다. 죽지 부러진 매가 죽기를 겁내랴.

그날도 산란한 마음을 걷잡으며 책을 보던 형수는 갑자기 사립문이 벌컥 열리는바람에 고개를 들었다. 백석이 황겁한 얼굴로 허둥지둥 달려들어오더니 밑도끝도 없이 부르짖었다.

《저기 옵니다!》

《오긴 누가 온단 말이냐?》

백석은 태연한 형수의 얼굴을 얼없이 쳐다보다가 침을 꿀꺽 삼키였다.

《웬 사람들이 라졸들을 앞세우구.》

형수는 벌써 조정에서 금부도사가 내려온줄 짐작하였다.

드디여 올것이 왔구나. 이제는 지루한 기다림도 끝이로다. 그런데 저녀석은 왜 저리 황겁한 얼굴인가. 그래 불안한 기다림속에 야금야금 죽어가느니 차라리 통쾌하게 한소리 내뿜고 탁 목숨을 끊어버리는것이 시원한 일인줄을 모른단 말인가. 어리석기두.

형수는 빙그레 웃었다.

《그랬으니 어쨌단 말이냐? 찾아온 손이야 만나야지. 수선을 떨게 없느니라.》

형수는 주섬주섬 옷을 주어입고 성큼 섬돌을 내려섰다. 형수가 막 마당에 나서려는참에 사립문안으로 라졸들이 들어서고 그뒤로 금부도사가 따라들어왔다.

금부도사는 갑자기 마당가운데서 싱글거리며 마주 나오는 형수와 딱 맞부딧치자 발이 땅에 들어붙은듯 우뚝 서버렸다.

그도 사람이다. 죄인을 죽이라는 모진 령을 받고 나오는 길이니 마음이 떨리지 않을수 없었다. 그런데 그 죄인이 싱글거리니 반가운 체지나 맞이하듯 나주 걸어나오니 사람이 돌이 아닌이상 굳어지지 않을수 없었다.

금부도사가 떨어지지 않는 입을 막 열려는데 형수가 먼저 반색을 하였다.

《아니, 이게 누구요? 하하하. 그대가 금부도사로 내려올줄은 몰

랐소그려.》
 과연 금부도사는 풋낯이나 있는 사람이였다.
 금부도사는 그만 얼결에 인사를 받았다.
 《림형, 그간 무고하우?》
 《죄인이 무고하면 조정의 탈이게? 요즘 조정에서는 법석 끓는가 분데 어찌 지내오? 귀양살이를 더하면 낮잠이 늘가봐 걱정이드니 이젠 그만 됐구려. 하하》
 금부도사는 껄껄거리는 형수를 보자 그만 아연하여 말이 나가지 않는지 대답을 못하고 머뭇거렸다.
 듣던바대로 과연 호방한 사나이였다. 이런 사람을 죽이다니 문득 죄스러운 생각이 드는것과 함께 조정의 처분을 어찌 알리요 하는 근심으로 가슴이 절로 무거워졌다.
 《그저 이럭저럭.》
 금부도사는 말끝을 흐리며 눈길을 피하였다.
 라졸들은 이제 죽을 사람이 껄껄거리는것은 보다 처음이여서 서로 멍하니 얼굴들만 쳐다볼뿐이였다.
 《저 사실은 제가 조정의 령을 가지고…》
 《그야 그렇겠지. 아무렴 금부도사가 죄인에게 문안하러 왔을가. 백석아, 자리 내오너라. 조정의 령을 맨땅에 엎드려 들을수야 있느냐.》
 옷소매를 툭툭 털어내리고 자리를 보아 꿇어엎드릴 차비를 하던 형수는 문득 무슨 생각이 났던지 금부도사를 쳐다보더니 그만 도로 허리를 폈다.
 《인사치례를 다한뒤 이제 새삼스레 무릎을 꿇고 격식을 차려 들을게 있소. 저게 조정에서 내려보낸 약이겠지?》
 형수는 라졸이 들고선 약사발을 가리키며 물었다.
 대개 죄인을 죽이는 방법에는 여러가지가 있으니 그중에서 가장 경한것이 사약이다. 사약이란 약을 내려준다는 뜻이다. 약이라고 하여 병을 고치는 약인것이 아니라 사람을 죽이는 독약이다. 사약이란 결국 독약을 내려 죄인이 스스로 마시고 죽게 하는 형벌이다.
 지금도 자꾸 남의 화를 돋구어주는것을 약사발을 올린다고 하니 아마 여기에서 나온 말이 아닌가싶다.

형수의 말에 금부도사는 말없이 고개만 끄떡하였다.
《고맙구려. 참형을 당하여 목이 잘리는가 했더니 시체나마 온전히 해주니 조정의 처분이 감사하우.》
비양인지 진정인지 가늠할수 없는 말이였다.
형수의 말에 그만 백석이 왈칵 울음을 내놓았다.
《나으리, 나으리께 무슨 죄가 있다구 이런 처분이 내린단 말입니까. 아이구.》
《이놈아, 동네 소란하다. 하잘것없는 인생이 가는데 배웅이 너무 요란하면 거북하지 않으냐. 아예 그럴것 없다.》
형수는 백석의 등을 어루머 어린애 달래듯하였다.
《백석아, 옛날 금강나루에서 마시던 술사발과 이 사발이 어느게 더 클상싶으냐?》
형수는 약사발을 끌어당기며 빙긋이 웃었다.
《비슷합죠. 으흐흑.》
백석이 목이 메여 대답하였다.
《사내녀석이 눈물도 헤프다. 그럼 잘 있거라.》
형수는 백석에게 고개를 한번 끄덕이고나서 자리에 꿇어엎디여 대궐을 향해 세번 절을 하였다.
《죄인의 시체를 온전히 해주시니 성은이 망극하여이다.》
그리고는 무릎을 단정히 꿇은채 두손으로 약사발을 받들어 입으로 가져갔다.
모두 약을 마시는 형수를 보지 않으려 슬며시 눈길을 돌렸다.
《잠간만, 나으리.》
백석이 다급한 소리를 지르더니 부엌으로 뿌르르 달려들어갔다. 모두 어리둥절해있는데 백석이 접시 하나를 들고 나와 형수에게 불쑥 내밀었다.
《이게 뭐냐?》
눈물범벅이 된 백석의 얼굴을 놀란 눈길로 보며 형수가 물었다.
《안주올시다.》
《안주?! 허허허.》
형수는 우스워 죽겠다는듯 고개를 제끼며 껄껄대더니 약사발을 도로 내려놓았다. 그리고는 백석의 수그린 이마를 주머으로 툭 쥐여박았다.

《이놈아, 네가 소견머리가 없는놈이다. 이게 뭐길래 안주를 먹는단 말이냐. 너도 벌주를 먹어보았겠지? 그래 벌주에 안주를 먹는 법이 있다더냐?》

《그래두.》

《그래두가 뭐냐. 상놈들이 주는 벌주에도 안주가 없거늘 하물며 나라님이 내리시는 독주에 안주가 될 말이냐, 망할녀석. 허허.》

형수는 또한번 어깨를 들썩거리며 너털웃음을 내뿜었다.

백석은 머주하여 머리를 긁으며 접시를 들고 물러났다.

형수는 약사발을 들고 마시려다가 무슨 생각이 났던지 금부도사를 보며 불쑥 청을 댔다.

《여보, 이왕 조정에서 나를 자결하도록 하였으니 약을 먹고 죽으나 목을 매고 죽으나 죽기는 마찬가지가 아니겠소. 내 차마 이 약은 마실수 없으니 목을 매게 해주우.》

금부도사는 형수의 말에 난감한 기색을 보였다. 그러나 죽는 사람의 마지막 부탁을 매정스레 잘라매기도 거북한 노릇이였다. 더구나 죄인이 한대중 약을 안먹는다고 입을 앙다물면 억지로 먹일수도 없는 일이였다. 그러다가 약사발을 엎지르기나 하면 다시 조정에 돌아가 욕을 뿌옇게 먹어가며 또 약을 가져와야 할것이니 그럴바에는 차라리 청을 들어주어 죄인에게 생색을 보이는 편이 나을것이였다.

《그럼 그렇게 하오.》

《내 그럼 집안에 들어가 구멍을 뚫고 그리로 목을 맨 줄을 내보낼테니 라졸들을 시켜 당기도록 해주우.》

《아무려나 하오그려.》

말이 떨어지자 형수는 벌떡 일어나 씨엉씨엉 마당을 가로질러 방안으로 들어갔다.

라졸들이 바람벽에 구멍을 뚫어놓자 그리로 끈 하나가 툭 튀여나왔다.

《줄이 나가네.》

라졸 하나가 부들부들 떨리는 손으로 그 끈을 쥐였다.

《쥐였나?》

《…》

《이젠 힘껏 당기게. 나는 죽네.》

안에서 림형수의 말소리가 끝나자 라졸은 끈을 어깨에 메고 가대기를 끌듯 정신없이 당겼다. 끈이 팽팽해졌다. 사람의 목을 맨 끈을 끌자니 우선 가슴이 화들화들 떨려 못견디겠다. 이마에 땀이 저절로 났다.

한참 당기고나서 라졸은 어깨에 메였던 끈을 땅에 내던지고 풀썩 주저앉았다. 후유 한숨이 절로 나갔다.

방안에서는 아무 동정도 없었다. 이제는 죄인이 죽은것이 분명하였다.

금부도사는 죽은 시체를 확인하려 방문고리를 조심스레 쥐였다. 시체를 보아야 한다고 생각하니 갑자기 무시무시한 생각이 들었던 것이다.

눈을 감고 방안에 들어서던 금부도사는 《에쿠!》 기겁한 소리를 지르며 기절초풍을 하여 문지방에 털썩 주저앉았다.

갑자기 방안에서 림형수의 껄껄대는 호탕한 웃음소리가 울려나왔던것이다. 림형수는 무엇인가 그러안고있던것을 방바닥에 동댕이치며 배를 그러안고 웃어댔다.

금부도사가 정신을 차려 자세히 보니 그것은 목침이였다. 목을 맬줄만 알았던 끈이 목침에 매여있었다.

《엉?! 아니.》

금부도사는 억이 막혀 말이 나가지 않았다. 그러니 라졸은 림형수와 한바탕 줄당기기를 한셈이였다.

《허허허, 어허허허.》

형수는 놀라는 금부도사의 꼴이 우습던지 몸을 흔들며 대구 웃어댔다.

창피를 당한 금부도사는 얼굴이 확 붉어졌다.

《아니, 이게 무슨 해괴한 행동이요. 조정의 지엄한 령을 희롱하다니.》

금부도사는 그만 발끈하였다.

불시에 림형수의 입에서 웃음이 뚝 끊어졌다.

《여보, 죽는 사람이 한번 실컷 웃기라도 해야지. 내가 평생에 롱을 즐겨 마지막으로 한번 장난을 해본거요. 이깟 약을 못먹어 그러겠소.》

형수는 선뜻 약사발을 당겨 단숨에 죽 마셔버렸다. 그리고는 사

133

발을 방바닥에 내려놓으며 마지막으로 중얼거렸다.
《망할녀석, 안주라고? 벌주에 안주는 무슨…》
말을 채 마치지 못하고 쓰러지는 형수의 입가에는 아직 웃음기가 남아 있었다.
아갑다. 림형수의 호방한 기개여.
허무한 죽음도 오히려 웃으며 맞았거던 나라를 위해 보람있는 죽음을 하게 하였더라면 기뻐서 춤을 추며 죽었을것 아니냐.
영걸의 재목으로 태여났건만 때를 못만나 허무히 죽고말았으니 뜻있는 사람들의 천고의 한으로 되였다.
력사란 어찌 영걸로 된 영걸들만 기억할가부냐.
영걸로 되지 못한 영걸들도 알아주어야 할것이 아니랴.

김수항의 안해

우리 나라 속담에 《누가 홍이야 항이야 하랴》는 말이 있다. 권세있는 사람에게 누가 감히 이렇다저렇다 하랴는 뜻이다.
이 말인즉 리조 19대 임금인 숙종때의 대신이였던 김수흥, 김수항 형제의 이름에서 비롯된것이다.
옛날에는 백성으로 자기 고을원의 이름자도 감히 부르지 못하는 법이였다. 그러니 하물며 권세가 나는 새도 떨군다는 김수흥, 김수항형제의 이름이야 더 말할것이 있으랴. 그런데로부터 속담까지 만들어졌으니 당년에 김수항형제의 권세가 얼마나 시퍼랬겠는가는 알만한 일이다.
전하는 말에 의하면 김수항은 뻬여나게 잘난 미장부인 반면에 그의 안해 라씨는 천하의 박색이였다 한다.
옛날에는 시집장가가는것을 본인들이 임의로 하는것이 아니였으니 부모가 정해주는대로 서로가 생판 모르는 사람끼리 만나기가 례상사였다.
수항은 충의지사로 유명한 김상헌의 손자이니 이른바 대대로 벼슬한 세록지신의 자제이다. 게다가 문장이 뛰여나 장래가 크게 촉망되는터였으니 신랑감으로서는 그야말로 크고 단 참외가 아닐수 없었다.

수항의 외모에 대하여 쓴 《리조실록》의 기록을 보면 《풍채가 뛰여나고 걸음걸이가 진중하였으며 조회때에는 기상이 점잖았으므로 온 조정의 눈을 끌었다.》라고 하였으니 한창시절에야 어떠하였으랴.

세모시 청포에 갖신을 가뜬히 받쳐신고 문밖을 나설 때면 동네부녀들이 저마끔 널뛰듯하는 가슴을 누르며 그의 인물을 한번이라도 보고싶어 담너머로 달같은 얼굴을 내밀군하였다.

딸가진 집들에서는 저마다 그를 사위로 삼고싶어 은근히 원심들을 썼다.

이즈음 수항의 집에 매파들이 뻔질나게 드나들더니 급기야는 혼사가 되였다는 소문이 나돌았다. 신부감인즉 라량좌의 누이동생이라 한다.

라량좌라면 조정의 이름있는 관리요 도덕과 문장으로 당대에 손꼽히는 재사이니 과연 합당한 혼처라고들 하였다.

혼사가 정해졌다는 말에 누구보다도 가슴을 울렁인 사람은 당자인 수항일것은 뻔한 일이다.

신부가 어떤 처녀일가. 아마 라량좌를 닮았으면 인물도 뛰여났을 테지. 문장으로 이름난 집안이니 신부의 식견도 그리 천박하지는 않으리라. 아니, 어쩌면 허란설헌처럼 시재가 뛰여났을런지도 모른다. 허란설헌의 남편인 김성립은 부인에게 지모가 굻려 상대가 못되였던고로 한생 부인의 은근한 한을 자아냈다지. 나의 문장으로 그럴 일이야 있으랴. 부부간 은근한 정회를 시로 나누면 긴 가을밤도 봄밤처럼 짧으렸다.

수항은 보지도 못한 신부의 모습을 눈앞에 그리며 단꿈을 꾸었다. 그 꿈속의 신부는 전설에서 나오는 무산선녀와 같은 녀인이요 결코 시속의 평범한 녀인은 아니였다.

이러구러 혼사날이 되였다.

혼인이란 인륜대사라 하여 례의범절이 여간 아니여서 온 집안이 법석 끓는것은 더 말할것도 없고 당사자는 까다로운 혼인절차에 지쳐빠져 그저 등신처럼 되여가지고 절하라면 절하고 일어나라면 일어나고 하는것이 고작이였다. 오죽했으면 첫날밤에 신부를 헛갈려 딴 집에 장가드는 일이 생겼으랴.

수항은 사모관대를 하고 은안백마에 올랐다. 견마잡이는 우정 말고삐를 길찍하게 축축 늘여끌며 가고 등롱군 두쌍이 등롱을 들고 말앞에서 걸음을 맞추어 걸어간다. 신랑이 탄 말 뒤로는 붉은 갓에 청도포를 입은 사람이 신부집에 전할 기러기를 안고 따르고 또 그 뒤에는 후배가 한쌍 따랐다.

신랑이 환하게 잘난데다 행차기구가 보통이 아니여서 길가는 사람마다 좋은 구경이 생겼다고 눈이 휘둥글하여 쳐다보며 한마디씩 하였다.

《저게 뉘집 혼인행차라우?》

《글쎄, 기구가 요란한걸 보니 보통집 혼인은 아닌가보우.》

행인들의 눈길은 자연 신랑에게로 쏠리기마련이다. 누군가 말탄 신랑을 바라보다가 자못 면식이 있는듯 반갑게 소리질렀다.

《아니 저 신랑이 그 인물 잘난 도령님 아니라구 늘 책을 끼구 사직골다리를 건너다니던.》

《오라, 이름이 김수항이라든가.》

《그런데 뉘집하고 혼사가 되였다우?》

《라씨댁이랍디다.》

수항은 말우에 올라앉아 한눈을 파는법 없이 점잖게 앉아있지만 귀로는 행인들이 중구난방으로 지껄이는 소리를 낱낱이 듣고있었다.

《라씨댁에 무슨 과년한 처녀가 있다구?》

《웨 그 인물 잘난 처녀가 있지.》

《하하하, 그 절색이라는 처녀 말인가? 짝이 너무 기울지 않겠나. 까마귀옆에 백로 세운격이겠네.》

《까마귀에 백로면 낫지.》

《쉬, 신랑이 듣는가부네.》

찧고 까불던 사람들이 그만 목을 움추리며 입을 다물었다.

수항은 인물 잘난 처녀라는 말에 귀가 솔깃하였다가 까마귀에 백로격이라는 말에 얼굴이 확 붉어졌다.

자기도 그만하면 인물이 잘났다는 말을 들어온터인데 신부에 대면 까마귀라니 신부가 과연 천하절색인것이 틀림없었다.

어떤 처녀일가. 얼마나 이쁘길래 저렇게 침없이 칭찬하는걸가.

수항은 마음이 건둥 떠서 언제 신부집에까지 왔는지 몰랐다.

신부집에 도착하니 대문앞에 병풍을 둘러치고 상을 즐비하게 차려놓았다. 병풍이며 상 갖춤새가 희한하여 수항은 어리둥절하였다. 누구의 손엔가 부축을 받아 말에서 내려 뒤에서 따라오던 사람에게서 기러기를 받았다.

기러기를 받들어 상앞에서 신부집에 전하고 안대청으로 들어가니 대청우에다 큰 상을 차려놓은것이 보였다. 송글송글 대추를 쌓아올리고 붉고 푸른 과일들을 각가지 그릇에다 고여놓은데다 폐백으로 드릴 비단이 갖추 쌓여있었다.

수항이 동편에 서자 신부가 수모에게 인도를 받아 나왔다. 수항은 가슴을 울렁이며 얼핏 눈을 들어 신부를 쳐다보았다. 칠보단장을 곱게 꾸민 신부는 새하얀 버선을 신은 외씨같은 발을 사뿐사뿐 옮겨디디며 얌전히 걸어오는데 고개를 푹 수그려 도무지 얼굴을 가려볼수가 없었다.

수항은 두방망이질을 하는 가슴을 겨우 누르며 신부와 세번 절을 나누는 례식을 마쳤다. 그러자 이번에는 수모가 붉은 실, 푸른 실을 늘인 술잔에다 술을 부어 신랑과 신부에게 오락가락 석잔을 권하였다.

《아유 어쩌면 저리 환할가. 달님이 시샘하겠네.》
《에그, 백로곁에 까마귀 세워놓은것 같으니 저걸 어쩌우 글쎄.》
《쉿, 누가 듣겠소. 괜히 경칠려구.》

들락날락 심부름을 하던 안팎의 사람들이 신랑신부를 보고는 한마디씩 한다. 수항은 절로 귀밑이 붉어졌다. 신부가 하도 눈부신데 비하여 자기 몰골은 너무나도 한심한 모양이였다. 수항은 아예 머리를 푹 수그리고 신부쪽은 볼념도 하지 못했다.

이윽하여 신부는 안방으로 들어가고 수항은 딴채로 가 이른바 관리벗김이라 하여 새옷을 갈아입었다. 그리고나서는 사랑으로 나가 비로소 큰상을 받았다.

신부집에서 저마끔 한잔씩 권하는바람에 한두잔 마시는 사이에 수항은 그만 잠뿍 취하였다. 아무럼 내가 신부보다 못나기는 했을망정 술에서야 축잡히랴 하는 생각에서 주는대로 넙적넙적 받아마시였던것이다.

《허. 신랑 술 마시는품이 사내싸군그래.》
《주량은 도량이라는 말이 있지 않소. 그러니 천하절색인 저런 신

부에게 장가들지.》
《하하. 이런 신랑 아니더면 이댁 규수가 어쩔번했노.》
《그러게 말이요. 천정연분이라더니 과시 헛말이 아닌줄을 내가 오늘은 믿게 되였소. 허허허》
좌중에 오가는 말치고 신랑신부를 꺼들지 않는것이 없었다. 하루동안에 벌써 신부가 천하절색이라는 말을 몇번이나 듣는지 모르겠다. 얼마나 아릿답길래 천하의 절색이라는걸가.
수항은 신부와 한자리에 들 밤이 두렵기까지 하였다.
젠장, 아무리 절색이란들 저도 사람이겠지. 오른쪽 어깨에서 달이 솟고 왼쪽 어깨에서 별이 솟을가. 이제는 신부의 절색이란 말에 은근히 심사가 꼬이기까지 하였다.
저녁이 되였다. 아직 남은 손들을 치르느라 안팎이 부산스러운 가운데 수항은 드디여 신방에 들었다.
수항이 취한 눈을 겨우 들어 살피니 아담한 방안에 화촉이 은은한 빛을 뿌리고 기구제물이 소박하고 정갈한것이 흡사 선경에 든듯 하였다.
벽에 걸린 한폭의 산수화조차 신부의 높은 기품을 말해주는듯싶어 수항은 버썩 정신을 차렸다. 첫날밤에 신부에게 단처를 보이면 일생 웃음거리가 되리라는 생각이 들었던것이다.
그래서 밤참이 들어온것도 례의에 어긋나지 않을 정도로 점잖이 저가락을 몇번 대고는 그대로 물리였다. 그리고는 애써 정신을 가다듬고 신부가 들어오기를 이제나저제나 기다렸다. 안타까움에 입안이 다 말라드는듯하였다.
이윽고 방문이 사르르 열리더니 신부가 들어왔다. 수항은 감히 고개를 들어 얼굴을 쳐다볼 엄두가 나지 않아 일어서 말없이 신부를 맞았다. 향긋한 분냄새가 가슴을 설레이게 하였다.
신부는 다소곳이 아미를 숙이고 자리에 얌전히 앉았다. 그제야 겨우 용기를 내여 신부를 쳐다보았다. 신부는 아릿다운 자태를 쉬이 보이지 않을양인지 고개를 수그린채 좀체 얼굴을 들줄 모른다.
수항은 무어라 말을 붙일 용기가 나지 않아 신부가 얼굴을 들기만을 기다리며 안타까운 눈길로 뚫어지게 바라보고만있었다. 수항의 눈길을 느꼈던지 한참만에야 신부가 살며시 얼굴을 들었다.
 순간 수항은 《엉?!》 외마디소리를 지르며 풍덩 자리에 물러앉고 말았다.
 신부의 얼굴이 뜻밖에도 너무나 박색이였던 까닭이다. 웬만큼만 못생겼더라면 엄격한 가정교훈을 받으며 자란 그가 이렇게 체신없이 놀라지는 않았을것이였다.
 신부는 지지리도 못생겼다. 기와골에 앉았던 호박도 신부에 대면 꽃이라 할만 하였다. 얽죽얽죽 얽은 얼굴은 서투른 도깨비가 한바탕 콩마당질을 한것 같았다. 코구멍이 횅하니 들여다보이게 쳐들린 코와 아래로 축 늘어진 입술은 그래도 나은편이라 하겠다. 눈은 마마치레를 하다가 그리 되였는지 눈까풀이 휘딱 우로 말려올라가 흰자위가 희뜩거리는품이 보기에 무서울지경이였다.
 수항은 가슴이 무너져내리는것 같았다. 저런 도깨비같은것과 일생을 보내야 한다고 생각하니 기가 막혔다.
 행인들이 말하던것이 헛말이 아니였다. 과연 까마귀에 백로격이였다. 단지 까마귀란 자기가 아니라 신부였던것이다.
 그런줄은 모르고 자기는 제생각에만 겨워 절색이란 말을 곧이 들었던것이다. 아니 절색이라면 저런 절색이 어디 있으랴.
 차라리 일생 장가를 못들면 말았지 저런 추물과 같이 살수는 없었다. 한자리에 들 생각만 해도 구역질이 날지경이였다.
 수항은 자리를 차고 일어났다.
 이때였다.
 《저 좀 보십시오.》
 신부가 얼핏 수항의 옷자락을 부여잡았다.
 생각같아서는 못들은체 뿌리치고 나가고싶었으나 수항은 점잖기로 소문난 집안에서 자라면서 례의도덕이 몸에 배인 선비였다. 사람이 부르는데 차마 그대로 나갈수는 없었다.
 그러나 속에서는 굴뚝같은것이 치밀었다.
 《제 주제에 누굴 붙들며, 행실도 고약한 계집이다.》
 수항은 맞갖지 않은 눈으로 신부를 내려다보며 외마디로 물었다.
 《왜 그러오?》
 신부는 수항의 옷자락을 붙잡은채 말없이 그의 얼굴을 올려다보앉다. 찬찬한 눈길이 이마며 눈섭, 눈으로 해서 코며 입술을 훑어 귀밑에까지 이르렀다가 다시 우로 올라간다. 눈도 깜빡하지 않고 자기 얼굴을 뻔히 쳐다보는 신부의 눈길이 저으기 거북하여 수항은 슬며시 고개를 돌렸다. 그래도 신부의 눈길은 수항에게서 떨어지지 않았다.

수항은 계면쩍은 한편 어처구니가 없었다.

《쳇, 계집이란것이 사내의 얼굴을 그렇게 얌치없이 뻔히 쳐다보는 법이 어디 있노.》

생각할수록 얼굴도 밉상이지만 행실 역시 개차반이였다.

수항은 참다못해 통명스레 말을 던졌다.

《할 말이 있으면 하오.》

말을 듣고나서는 나가겠다는 뜻이였다.

그래도 라씨는 잠자코 옷자락을 붙든채 점도록 수항의 얼굴만 쳐다보았다.

수항은 화가 났다. 아무리 배우지 못했기로서니 계집의 행실이 이리도 버릇이 없을수 있는가.

《왜 그렇게 보오?》

수항은 놓으라는 뜻으로 옷자락을 은근히 잡아채며 물었다.

그제는 신부의 손이 스르르 풀리였다. 수항을 쳐다보는 곱지 않은 눈에 문득 맑은 이슬이 함뿍 피여올랐다.

그것을 보는 수항의 가슴도 찌르르하였다. 불현듯 신부가 측은하게 여겨졌다.

《불쌍한것이로다.》

수항은 속으로 외우며 은근히 한숨을 쉬였다.

문득 신부의 입이 열렸다.

《서방님!》

어디서 그런 고운 목소리가 나왔을가. 은쟁반에 옥구슬을 굴리는 듯한 나지막한 목소리였다.

《서방님이 이제 나가시면 다시 뵈올길이 있겠습니까. 불미한 행실인줄 아오나 일후 저승에 가서라도 서방님을 못알아뵈올가 념려되여 낯을 익혀두노라 그런것이오니 용서하십시오.》

《저승에 가서 못알아볼가봐…》

얼없이 되뇌이며 수항은 그만 도로 자리에 털썩 주저앉고말았다.
짤막하나 참으로 많은 뜻이 담긴 말이였다.
수항은 신부의 인품에 머리가 숙어지는것을 어쩔수 없었다.
《미안하오.》
《저는 처음 혼처를 정했을 때 사퇴할 생각이였습니다만 서방님이 도량깊은 도덕군자라길래 외람되이 이 몸을 맡길 생각을 한것입니다. 그런데 서방님이 저의 추한 겉모양만 보시고 대뜸 사람을 버릴 생각을 하시니 서로 속기는 피차 마찬가지라 할것입니다.》
신부의 말은 바위짬을 흐르는 내물처럼 거침없으면서도 조용하였다.
《사람이 어찌 겉이 사람이겠습니까. 일후 조정에 나서시더라도 부디 마음을 사람으로 아시기를 바랍니다. 이제 제 할 말은 다 하였으니 마음대로 하십시오.》
신부는 말을 마치며 살며시 옷고름을 눈가로 가져갔다.
수항은 머리를 수그린채 일어설념을 못했다. 이윽하여 수항은 조용히 일어섰다.
신부도 따라일어나 옷섶을 여미며 수항을 바랠 차비를 하였다.
그러나 수항은 문으로 갈대신 초불앞으로 가서 조심스레 초불을 불어껐다.
수항내외는 금슬좋기로 소문이 났다. 아마도 얼굴보다 마음에 끌린 정이 더 깊은가부다.
현숙한 어머니에게 어찌 못난 아들이 있으랴. 아들 창집, 창협도 모두 정승으로 이름이 높았다.

사륙신이야기

의리가 없으면 사람이 아니다. 리속에 따라 이리 쏠리고 저리 쏠리며 대없이 산다면 그게 무슨 사람일가부냐. 사람이 사람으로 되는것은 아마도 의리를 아는 거기에 있는것이 아닐가.

불의앞에서 굽힐줄 모르고 의를 위해서라면 칼날우에도 서슴없이 올라서는것이 조선사람들의 대쪽같은 성미이다.

의리를 저버리고 비굴하게 사느니보담은 차라리 의를 위해 목숨을 내던짐이 얼마나 장부답고 떳떳한 일이냐.

옛력사를 뒤져보느라면 저도 모르게 강개한 생각이 치밀어 두주먹을 불끈 쥐게 하는 의기남아의 씩씩한 모습도 보이고 미운 생각에 읽던 책장을 탁 덮어치우고싶은 너절한 인간의 모습도 보인다.

력사는 수백년세월 각이한 인생의 발걸음들이 다져놓은 큰길과도 같은것이 아닐가. 누구는 길복판에 큰 자욱을 깊게 남기고 누구는 길섶에 희미한 자국을 남기고, 그래서 력사는 속이지 못한다는것이 아닐가.

력사는 후세의 심판이다. 장한 인간은 후세의 기억속에 길이 살아있는것이요, 너절한 인간은 죽어서도 후세의 저주와 조소를 받기 마련이다.

아마 그래서 수백년이 지난 오늘도 사륙신의 이야기를 하게 되는지도 모른다.

사륙신이란 죽은 여섯신하란 뜻이니 그는 바로 성삼문, 박팽년, 리개, 하위지, 류성원, 유응부를 가리켜 부르는 말이다.

나라를 지켜 싸운 애국명장도 아니고 민족사에 길이 남을 무슨 큰일을 한 사람도 아니언만 수백년 세월이 흐르도록 이들의 이름이 사람들의 기억속에 잊혀지지 않고있는것은 무슨 까닭일가.

어찌 보면 자기 임금을 위해 절개를 지켜 죽은 봉건충신일따름, 력대왕조를 죽 훑어보면 그런 사람이 한둘이 아니건만 그들의 이름은 겨우 옛글의 한귀퉁이에나 남아있을뿐이다.

유독 이들 여섯신하의 자취만은 길이 남아 대장부의 가슴에 비분강개한 뜻을 일으키는것은 도대체 웬 까닭이냐.

여섯신하의 전기를 읽어가노라면 《꺾이면 꺾였지 불의앞에 굽힐소냐!》하는 사나이의 절규가 금시 귀에 쟁쟁 들리는듯싶다.

초헌을 타고 높직이 앉아 《에라 물러께라 쉬—》 길잡는 소리에 눈을 반만 뜨고 조을 때에야 아무렴 자기를 충신이 아니노라고 할 신하가 있겠느냐.

막상 시퍼런 칼날이 목에 선뜩 닿고 독한 매가 터진 살우에 사정없이 내려질 때에는 내가 충신이요 나설 신하는 많지 않은 법, 하물며 《잘못했다고 한마디만 빌어라. 내 너를 모른다 하지 않으마》고 달래는 왕의 은근한 밀지(비밀리에 내리는 임금의 지시)가 있음에랴.

그래도 한대중《나는 당신의 신하가 아니요》라고 뻗댄 여섯신하였으니 과시 그들은 의기남아요 호방무쌍한 사나이라 하겠다.

지금으로부터 550여년전 늦은 봄날이다.

대궐안 후원에 이마적 활짝 피였던 복숭아꽃이 진지도 이제는 퍼그나 오래여 어느덧 파란 구슬알같은 열매가 오롱조롱 맺히였다. 집현전뜨락의 버드나무에서는 새로 둥지를 튼 까치가 꽁지를 들까불며 때없이 깍깍 울어댔다.

서산에 걸린 해가 무거워질무렵이다.

익선관에 강사포차림을 한 세종왕이 두팔에 어린 손자를 안고 궁정을 천천히 거닐고있었다.

희끗희끗한 채좋은 수염이 미풍에 날리였다. 이따금 걸음을 멈추고 잠자는 어린것을 들여다보는 왕의 눈가에 그윽한 웃음이 서렸다.

귀여운 손자를 안은 할아버지, 지금은 한나라의 왕이 아니라 잠자는 어린것의 얼굴에서 자기 모습을 찾아보는 다심한 늙은이일뿐이다.

저 가느다란 눈섭, 얌전하게 오똑 솟은 코마루, 선이 고운 입모습, 울뚝불뚝 사내다운데는 없고 그저 곱고 약해만 보이는 손자다.

잠결에 입술을 오무리며 웃는 모양을 보아도 위불없는 계집애다. 어쩌면 가느다란 붓으로 곱게만 그려놓은 그림처럼 팁팁하고 씩씩한 맛이라고는 전혀 없다.
세종은 휘 한숨을 내뿜었다.
신통히 제아버지인 세자를 닮았다.
자기가 죽으면 왕위를 물려받을 세자. 그늘밑에서 자란 상추잎같이 야드르르한것이 생김새나 성미나 사나이다운데라고는 찾아볼수 없는 그다. 그밑으로 일곱 아우가 있으니 욕심사납고 결패있는 둘째인 수양대군, 문장재사요 풍류남아인 셋째 안평대군, 그다음으로 림녕대군, 광평대군, 금성대군, 평원대군, 영응대군들이 주런이 있다.
리조 27대임금가운데서도 세종은 자손이 많기로 유명한 임금이다. 왕비에게서 난 아들만 꼽아도 여덟이요 그외 빈에게서 본 아들도 열이나 된다. 자그만치 아들이 열여덟에 딸이 넷이니 도합 자식이 스물둘이나 되였다.
가지많은 나무에 바람 잘 날 없다고 자손이 많다보니 걱정도 그만큼 많은 세종왕이였다. 그중에도 제일 큰 걱정은 맏아들인 세자가 늘 꼴꼴 앓는 천생약질인 반면에 둘째인 수양대군과 셋째인 안평대군이하 일곱 아들들이 모두 끌끌하여 손탁이 웬간히 세지 않고서는 잡다루기 힘든 그것이였다.
세종은 자기 체험을 통하여 임금의 자리란 어떤것인지 잘 알고도 남았다. 제대로 지켜나가면 그이상 높은 지위가 없는것이지만 까딱 잘못하여 밀려나기만 하면 영낙없이 죽는 목숨이다.
자기 역시 두 형님인 양녕대군과 효녕대군을 밀어놓고 왕위에 오른터이다.
하기야 그것은 권모술수의 능수요 아귀세기로 이름난 임금인 부왕 태종이 그렇게 한것이지만. 두 형이 동생에게 임금의 자리를 내주고도 뻐꾹소리 한마디 못한것은 아직 눈이 시퍼렇게 살아있는 부왕이 두려웠고 어찌 보면 그들자신이 모든 면에서 동생보다 한수 접힌다는것을 알고 구구로 굽어들어 사는것이 낫다고 생각한탓인지도 모른다.
그러나 세종의 아들들은 그와 달랐다.
맏이인 세자가 둘째나 셋째보다 오히려 퍽 못한편이니 자기가 죽은뒤 임금의 자리를 놓고 무슨 일이 벌어질는지 몰랐다.
다행히 세자가 아들을 보아 어느 정도 마음이 놓이기는 하지만 그것도 모를 일. 섬섬약질인 세자가 왕위에 올랐다 인차 죽으면 수양과 안평이 어린 조카의 손에서 옥새를 빼앗자고 들이덤빌는지 누가 알랴.

세종은 강보에 싸여 옴지락거리는 어린 손자를 측은히 내려다보며 부지중 또 가는 한숨을 휘 내쉬였다. 제발 이 어린것에게 무서운 풍파가 들이닥치지 말았으면.

세종은 여름날 매지구름처럼 짙어가는 불길한 생각을 털어버리려 절레절레 머리를 흔들었으나 연덩어리를 매단것처럼 무거운 가슴은 종시 가벼워지지 않았다.

어느새 유시(저녁 6시경)가 되였는지 집현전뜨락이 부산스럽더니 젊은 학사들이 삼삼오오 떼를 지어나왔다.

맨앞에서 몸집이 좋은 성삼문이 시원시원하게 활개를 저으며 걸어나오고 그뒤로 키작은 리개가 관복소매를 너푼거리며 종종걸음으로 따랐다.

훤칠한 이마에 약간 비뚜름 갓을 쓴 신숙주가 무슨 일로인지 열을 내여 말하며 박팽년, 서거정, 최항과 한패가 되여나왔다.

그들을 바라보는 세종왕의 눈가에 기꺼운 웃음이 피여올랐다. 세종이 그중 아끼는 젊은 신하들이였다.

삼문으로 말하면 맏이인 세자와 가장 절친한 사이였다.

어느날 삼문이 집현전에 숙직을 서게 되였다. 자정이 이슥하여 관대를 벗고 누웠노라니 갑자기 누군가 집현전으로 썩 들어서며

《근보(성삼문의 자) 있나?》 하고 소리쳐불렀다. 어딘가 낯익은 목소리였다.

《이 밤중에 누가 날 찾노?》

삼문은 급히 일어나 미처 관대를 할 사이도 없이 문을 빼금히 열고 내다보았다.

《누구요? 아니 저하(신하가 세자를 부르는 말)께서―》

삼문은 말을 채 맺지 못하였다. 세자가 한손에 책을 들고 달빛아래 서있는것이 보였던것이다. 삼문은 맨머리바람으로 달려나가 엎드리였다.

《음, 책을 보다가 모를것이 있어서― 근데 마침 근보가 집현전 숙직이라더군. 아, 일없네. 그런 차림이면 뭐라나. 누가 보지도 않는데, 오히려 내가 밤중에 찾아와 미안하지.》

마음 여린 세자는 제편에서 도리여 미안한 기색을 지었다.
그때부터 삼문은 숙직을 서면서 갓대를 끄르지 못하는터였다.
신숙주가 먼저 세종왕을 보고 하던 말을 중도에 삼키며 황급히 무릎을 꿇고 엎드리였다.
세종은 주련이 엎드린 집현전 학사들을 대견한 눈길로 더듬었다. 이들이야말로 장래 병약한 세자와 어린 손자를 떠받들 기둥들이 아니겠느냐싶어서였다.
《그만 일어들나거라. 과인이 요즘 경연(임금이 공부하는 모임)에 자주 나가지 못하여 그대들을 만나본지 퍼그나 오래된고로 이렇게 온것이니, 어서》
《황감하여이다. 오늘 뜻밖에 천안(임금의 얼굴)을 지척에서 뵈오니 감격무비로소이다. …》
타고난 외교가답게 같은 말을 해도 귀맛좋게 할줄 아는 신숙주의 말이다.
《황송하옵니다. 무엄한 청이오나 전하께옵서는 신들을 찾아주기보다 정사를 의논하는 자리에 불러주시와 나라와 백성을 복되게 하옵는것이 의당한 일인줄로 아뢰오.》
언제 보나 대바른 성삼문의 말.
《그대는 과인을 이렇게 만나는것이 반갑지 않단 말이렷다?》
놀리는것 같기도 하고 정말로 노기가 섞인것 같기도 한 세종의 말이였다.
리개의 좁은 어깨가 움쭉하더니 그의 입에서 담담한 목소리가 흘러나왔다.
《전하, 옛글에 바른말을 올리는 신하가 셋만 있으면 나라가 망하지 않는다고 하였사옵고 바른말을 들어줄줄 아는 임금이 어진 임금이라 하였사옵니다.》
《그러니 과인이 삼문의 말을 들어주면 어진 임금이 된단 말이렷다. 과인이 과연 실언을 하였구나. 허허.》
《임금은 웃음 한번 웃는것도 아껴야 한다고 하였은즉 전하의 처신이 무겁다 할수 없는줄로 아뢰오.》
박팽년의 묵직한 목소리에 세종은 웃음기를 지워버리며 깍듯한 기색을 지었다.
《알겠노라.》

잠시 침묵이 흘렀다.

임금은 어린 손자를 안은채 젊은 신하들을 둘러보는데 머리를 수그리고있는 신하들은 임금의 심중을 알수 없어 공연히 마음을 졸이고있었다.

《그대들은 과인이 장래를 의탁하고있는 사람들이다. 천시가 불운할 때에도 과인이 그대들을 믿어서 될가?》

신하들에게 묻는것인지 혼자말인지 가늠할수 없는 침중한 목소리였다.

《황송하오이다.》

모두들 입을 모아 대답하자 세종은 어린 손자를 다독이며 말을 이었다.

《경 등은 과인이 불행한 뒤에도 이 아이를 보호해야 할것이로다.》

《황송하옵신 분부를 삼가 받들겠나이다.》

삼문의 물기어린 목소리. 세종의 남모르는 근심을 알고 하는 말인지 아니면 단지 임금의 믿음에 감격하여 치사겸 하는 말인지 알 수 없었다.

《그대들은 부디 내 말을 저버리지 말라.》

세종은 조용히 발길을 돌려 편전으로 향하였다.

삼문을 비롯한 집현전 학사들은 멀어져가는 세종의 뒤모습을 이윽토록 바라보았다. 총명이 뛰여난 그들이였으니 세종의 말속에 담긴 은근한 걱정을 알았을것이요 마음속에 다짐도 있었을것이지만 아직은 막연한 불안일뿐 장차로 어떤 일이 닥칠런지는 누구도 몰랐다.

그로부터 얼마 안되여 세종왕은 병약한 아들과 어린 손자에 대한 근심을 놓지 못한채 세상을 뜨고말았다.

세종의 뒤를 이어 왕위에 오른 세자, 그가 바로 리조 5대왕 문종이였다.

가뜩이나 병약한 문종은 세종의 상사를 치르느라고 더욱 초췌해졌다.

옛날 거상 3년을 치른다는것은 건장한 사람으로서도 수월치 않은 일이였다.

3년상안에는 고기를 먹지 못하는것은 더 말할것도 없고 끼마다

147

멀건 미음을 마실뿐 장도 먹지 않는 법이였다. 날마다 곡을 하고 하루 세번 차례를 지내는외에도 큰 제사, 작은 제사가 꼬리를 무는 판이니 쇠꽂몽둥이로 만든 사람이 아닌담에야 무슨 수로 견디여내겠는가.

옛날 어느 한 효자가 부모를 장사지낸 뒤 무덤곁에서 3년을 지내고 돌아가니 자식들이 아버지를 알아보지 못하고 제어머니한테로 뛰여들어가며

《어머니, 삽짝문밖에 웬 로인이 서서 제이름을 부르니 고이하오이다.》고 하였단다. 안해가 뛰여나가보니 백발로인이란 바로 자기 남편이였다든가.

오죽했으면 옛날 어떤이는

《나는 효자아들 두기를 원치 않는다》고 했으랴. 효자라면 응당 례법대로 3년상을 치를것이고 그러다가는 죽기가 첩경이라 차라리 자기가 죽은뒤 거상을 잘못 치러 불효자라는 말을 듣더라도 자식이 일찍 죽는것은 원치 않는다는 말이다.

효성이 지극했던탓인지 아니면 본래 약질이여서 그랬는지 여하간에 문종은 두돌제사때 이른봄 찬바람을 맞으며 밤을 새운것이 빌미로 되여 그만 덜컥 병석에 눕고말았다.

그는 벌써 자기가 머지 않아 불귀의 객이 되리란것을 알고도 남았다. 자기가 죽고보면 나이어린 세자가 걱정이였다.

넓다란 침전 탕약냄새가 엷게 떠도는속에 초피이불을 반쯤 걸고 비스듬히 누운 문종의 파릿한 얼굴에 시름이 가득 실렸다.

조정에 인제가 없는것은 아니였다. 령의정은 충후장자로 소문난 황보인이고 좌의정은 출장입상(나가면 장수로 되고 들어오면 정승이라는 뜻)으로 북방의 범이라고 하는 김종서이다. 그는 지략에서도 으뜸이라는 말을 듣는터이다. 우의정 정분도 조정 정사에 막힘이 없어 림기응변에 능한 로숙한 사람이다.

그러나 그들은 모두 늙었으니 어린 세자를 오래 보좌할수 없을것은 뻔한 일, 그러고보면 한창나이에 야심만만한 아우들이 무슨 변을 일으킬는지 몰랐다.

아무래도 젊은 집현전 학사들에게 세자의 장래를 부탁하는것이 만전을 기하는 일일것이였다.

문종은 억지로 침상에서 몸을 일으켜 익선관차림을 하고 편전에

나갔다.

따스한 해빛이 쟁글쟁글 비치는 이른봄날. 문종은 대궐안에서 잔치를 베풀고 입직한 집현전 학사들을 불렀다.

세자시강원의 사부이며 우참찬인 정린지와 부제학 최만리를 비롯하여 늙은 신하들과 함께 성삼문, 신숙주, 박팽년, 최항, 하위지, 류성원 등 집현전의 젊은 학사들이 임금의 부름을 받고 들어왔다.

스무명나마 되는 젊은 학사들은 모두 이름이 쟁쟁한 명가자제들로서 일국에서 재사로 손꼽히는 사람들이였다. 오늘따라 별로히 그들이 대견해보이고 절로 정이 쏠리는것을 어쩔수 없었다.

그들은 신하라기보다 십여년동안 같이 공부하며 날마다 만나는 친구들이라 하는편이 더 옳을것이다. 그중에서도 가장 흥허물 없기는 성삼문, 신숙주들이다.

군신간의 엄격한 례의만 없다면 서로 옷자락을 헤치고 마주앉아 어깨를 두드려가며 권커니 작커니 술잔을 기울일 그들이였다.

임금이 뜻이 있어 베푸는 잔치여서 산해진미는 말할것도 없고 어사주의 향그러운 냄새에 목젖이 먼저 울어 벌써부터 흥그러운 기분이 떠돌았다.

《경 등이 과인을 받들어 수고가 많았기로 오늘 특별히 이자리를 마련한것이니 경 등은 한껏 즐겨 내 마음을 기쁘게 하라.》

《천은이 망극하여이다.》

《사부가 심곡을 기울인 덕에 세자의 학문이 날로 성취되여가니 과인의 마음이 흡족하오. 사부는 과인의 잔을 받고 앞으로도 세자를 잘 보좌해주기 바라오.》

세자시강원 사부 정린지에게 하는 임금의 말이였다.

린지는 갱핏한 얼굴에 사뭇 황송한 표정을 지으며 엎드려 두손으로 임금의 잔을 받았다.

《소신의 보잘것 없는 정성을 그토록 크게 알아주시니 황송하기 이를데 없사옵니다. 전하의 믿음을 죽어도 저버리지 않을것으로 아뢰오.》

《승전색은 세자에게 와서 이자리에 참석하도록 전하여라.》

문종은 문득 곁에 시립하고있는 내시를 돌아보며 일렀다.

미구하여 세자가 복건을 쓰고 홍포차림으로 들어왔다.

신하들은 모두 일어나 세자를 공손히 맞이하였다.

해말쑥한 살결에 총명이 내비치는듯한 명민한 눈이 반짝이는 얼굴, 복건을 쓰고 조용히 들어오는 얌전한 걸음걸이, 궁중의 까다로운 례식속에 씻기여나 천진스러운 맛이라고는 없는대신 깍듯하고 방정한 행동거지가 영낙없이 깎은 밤같은 선비였다.

세자가 부왕에게 문안인사를 마치자 문종은 세자에게

《동궁은 사부이하 여러 학사들에게 읍을 하여 공경하는 뜻을 보이라.》하고 분부하였다.

세자가 좌중에 공손히 읍을 하자 모두 황급히 엎드렸다.

문종은 세자를 앞에 앉히고 여러 신하들을 둘러보았다.

《경 등은 과인의 말을 들으라. 그대들은 대대로 나라의 록을 받는 오랜 집안의 출신들이고 선대임금으로부터 지우지은을 받은 신하들이다. 과인이 비록 덕이 없었으나 이미 수십년간 같이 공부를 한 정의가 있는지라 오늘 경 등에게 이 아이를—》

문득 말을 끊은 문종은 처연한 기색으로 앞에 앉은 세자를 바라보았다. 애끊는 정과 애달픔, 련민과 우수가 함뿍 실린 눈길이였다. 파란 피줄이 비치는 가느다란 손으로 더듬더듬 세자의 갸냘픈 어깨를 어루쓸었다.

《부왕마마, 그만 고정하옵소서.》

세자의 여린 목소리에는 어느덧 울음이 맺히였다.

《아니다. 너는 내 말을 명심하고 후일에도 이들을 모두 스승으로 섬겨라.》

《전하, 너무 심로하옵시면 옥체를 손상할가 하옵니다.》

《경 등의 마음은 과인이 알고 과인의 마음은 경 등이 알것이다. 오늘 경 등에게 이 아이를 부탁하는것이니 내가 불행한 뒤에도—》

문종은 목이 메여 말끝을 맺지 못하고 눈물을 감추려 고개를 돌리였다.

《전하, 아직 한창나이에 천세뒤의 일을 벌써 부탁하시니—》

성삼문의 목소리, 그 역시 눈물에 목이 메여 말을 맺지 못하였다.

《아니, 근보. 사람의 목숨은 하늘에 달린것이어늘 임의로 할수 없는것이 아닌가.》

신하에게가 아니라 친구에게 하는 하소연인듯.

《전하. 그러하오면 전하의 분부를 폐부에 새기겠사옵니다. 옥체를 보중하와 그만 고정하시옵소서.》
《경 등은 과인의 말을 저버리지 않겠는가?》
《하늘이 굽어보는터에 어찌 황송한 분부를 저버리겠소이까.》
문종의 말에 잔치에 참가한 여러 학사들은 비장한 목소리로 한결같이 대답하였다.
그제서야 그들은 오늘의 잔치가 무엇때문에 차려진것인지 깨달았다.
《과인은 경 등을 믿겠노라.》
문종의 목소리는 저으기 가벼워졌다. 안도의 빛이 떠도는 얼굴에 서글프나마 웃음이 비꼈다.
문종은 자기가 먼저 좌중에 한순배 돌리고나서 세자에게 사부이하 집현전 학사들에게 차례로 술을 부어 권하게 하였다.
술을 부어주는 임금과 세자의 마음도 자못 처량했거니와 술을 받는 신하들의 마음도 자연 비감해지지 않을수 없었다.
미구에 다시는 오지 못할 길을 갈 39살의 젊은 임금, 이제 고아로 댕그라니 남을 12살의 어린 세자.
참으로 세자는 나자부터 불행하였다.
원래 문종은 15살때 희빈 김씨를 맞아들였으나 금슬이 좋지 않아 도무지 희빈방에는 들어가는 일이 없었다. 하기야 어린 나이이니 그럴만도 하지만 하도 오래도록 자식을 보지 못하니 자연 대궐에서 숭숭거리는 말이 나지 않을수 없었다.
그러던차에 희빈 김씨는 문종의 랭담한 마음을 돌려세워볼양으로 상궁 박씨에게 부탁하여 살풀이굿을 한다, 원앙새를 태운 재를 국그릇에 친다 해괴한짓을 하다가 그만 쫓겨났다.
그후에 맞아들인 순빈 윤씨는 희빈만도 못하였다.
문종은 순빈보다 궁인 권씨에게 마음이 끌렸다. 이에 독신을 품은 순빈은 권씨에게 태기가 있다는 말을 듣자 심복 궁녀를 시켜 락태하는 약을 먹이려다가 일이 드러나 그역시 쫓겨나고말았다.
그후 권씨는 빈으로 책봉되여 경혜공주를 낳고 삼년후에 아들을 낳았으나 산후탈로 얼마후 세상을 떠나고말았다.
결국 세자는 나서 어머니의 젖꼭지조차 물어보지 못한채 남의 손에서 자랐다.

아무리 세자로 떠받들린다 해도 어미 없는 아이는 그대로 불쌍한 법이다. 부왕인 문종을 닮아 조용한 성품마저도 어찌 보면 어미없이 자라 그렇거니 생각되여 절로 동정이 가고 한나라의 임금으로 될 당당한 세자라기보다 불쌍한 어린것이라는 생각이 앞서는것은 인정상 어쩔수 없었다.

불쌍한 생각이 들어 인정이 쏠리고 인정이 가서 더욱 위해주고싶은 세자였다. 그것은 아마도 약한자를 도와주려는 의기심이 은연중 머리를 드는때문인지도 몰랐다.

짧은 봄날이 어느새 저물었다.

청아한 음악이 울리는 가운데 술이 벌써 몇순배 돌았다. 열어젖힌 영창문을 통해 제법 서늘한 밤기운이 흘러들무렵에는 늙은 신하들이 술에 못이겨 눈이 개개 풀렸다.

내시가 들어와 방장을 드르르 내리우자 그 소리에 정신을 차린 정린지가 흐트러진 관대를 어름어름 바로잡았다.

임금과 신하가 모여앉은 자리다보니 아무리 취해도 례의만은 잃을수 없어 모두 한껏 조심을 하느라고 하지만 취기는 어쩔수 없었다.

《자, 어서 한잔 더 드오.》

임금은 륙순이 가까운 정린지를 대접하여 은근한 말로 술을 권하였다.

《아아니 전하의 은총이 과분하여 더 받을수 없소이다.》

《사부는 이 한잔을 더 받고 먼저 일어나오.》

《그럼 황송함을 무릅쓰고 한잔만 더 받겠소이다.》

린지는 내시가 주는 술잔을 두손으로 받아 죽 들이키고는 그대로 엎드린채 취기어린 목소리로 말하였다.

《오늘 소신이 받은 전하의 후은을 갚을길 없사와 마음이 거북하오이다.》

《과인의 부탁을 부디 잊지 말아주오.》

《신의 눈에 흙이 들어간들 어찌 잊을리가 있겠소이까.》

《고맙소. 밤기운이 서늘하니 사부는 먼저 일어나오.》

《그럼 소신은 물러가오리다.》

《사부를 부축하여드려라.》

왕은 좌우의 내시에게 명하여 걸음발이 위태로운 린지를 부축해주게 하였다. 린지를 따라 나이 많은 신하들이 차례로 일어났다.
 삼문도 일어나려 몸을 움직이자 문종은 마치 허물없는 친구를 만류하듯
《근보는 좀더 앉아있지.》라고 은근히 눌러앉히였다.
 자리에서 일어나던 젊은 학사들이 삼문이 그대로 주저앉는것을 보고 그만 도로 자리를 고쳐앉았다.
《어 취한다.》
 삼문이 숙주를 돌아보며 싱긋 웃으며 하는 말이였다. 말은 취했다지만 정신은 말짱한 모양으로 목소리는 천연스러웠다.
《에에. 주호인 자네가 요만 술에 취하다니. 난 아직 안취했네.》
 정작 취하지 않았다는 숙주의 말이 꼬부라져나왔다.
 숙주의 모양을 보고 여느자리같았으면 서로 어깨를 쳐가며 웃으련만 조심스러운 임금의 앞이라 젊은 학사들은 마주보며 빙그레 웃을뿐이였다.
 그들을 바라보던 문종이 문득
《숙주가 안취했다니 세자가 한잔 더 부어주어라.》고 하였다.
 세자가 술을 붓는것을 본 숙주는 황급히
《아, 아니올시다.》하고 바쁜 소리를 하였다.
《그럼 삼문에게 한 말은 거짓이렷다?》
《그럴리야 있소오리까. 친구간에 신의가 첫째인데…》
《그럼 내게 한 말이 거짓말이로구나.》
《전하, 그럴리가…》
《그럼 삼문은 내 잔을 받고 숙주는 세자의 잔을 받으라.》
《황감하옵니다.》
 왕은 큰 사발에 술을 가득 쏟아부어 삼문에게 내려주었다.
 숙주는 취기오른 눈을 끔벅이며 세자가 내려주는 잔을 받아쥐고는 짐짓 울상을 하며
《전하, 전하의 술 권하는 술수에 소신이 그만 멋모르고 빠졌소이다.》라고 하였다.
《하하, 어서 마셔라.》
 삼문은 고개를 제끼며 사발의 술을 단숨에 주욱 들이키였다. 숙주도 마시였다.
《어 취한다.》

이번에는 진짜 취한 모양 숙주의 기탄없는 목소리.
《방금까지 안취했다던것이 한잔 술에 취한다니 숙주의 말이 거짓이로다. 경 등도 각기 한잔씩 벌주를 주는것이 어떠할고?》
《지당하신 분부오이다.》
혈기방장한 젊은 학사들이 취흥까지 겹쳐 들썩거리는 오금을 못참던판이라 저마다 임금의 분부를 내대여 벌주를 먹이느라 법석대는통에 자리가 자못 부산스러워졌다.
삼문이 보자니 숙주는 아예 곤드라질 모양이다.
《전하, 외람된 청이오나 숙주의 벌주는 신때문에 받게 된것이오니 신에게 그 죄를 돌려주옵소서.》
삼문의 씩씩한 목소리였다.
《오, 과연 경다운 청이로다. 우선 과인이 주는 벌주를 받고 좌중이 주는 벌주를 받으라.》
《전하의 처분을 달게 받사옵니다.》
삼문은 먼저 임금의 잔을 받은뒤 연거퍼 서너잔을 더 받아마시고도 끄떡없이 앉아배겼다.
《여보게, 자네 취하겠네.》
박팽년이 은근히 귀띔을 하며 눔싹하게 술을 부어 삼문에게 권하였다.
술잔을 받아쥐던 삼문이 불쑥 손을 내저으며
《자네 잔은 안받겠네.》 하고 밀어냈다.
《왜?》
《거짓이 담겼으니까.》
《거짓이 담기다니, 자네 정말 취했네그려.》
《전하앞에서 내게 벌주를 주겠다고 하고는 요렇게 골막히 부어주니 이게 거짓벌주 아닌가. 안받네.》
《실없는 소리 말게. 자네가 랑패할가봐 그러는거지.》
《랑패하면 하는거지. 장부일언이 중천금이라더니 요만 잔에도 못차는게 중천금일세그려. 어 그참.》
《팽년의 심지가 바르지 않구나. 임금을 속이려 하였으니 벌주를 받아야 하겠다.》
두사람의 싱갱이를 듣고있던 문종이 한마디 하자 삼문이 얼씨구나 하고 얼른 팽년의 잔을 밀어치고 술을 가득 부어 권하였다.

《자, 마시게. 자네 벌주는 내가 마시고 내 벌주는 자네가 마시고…》

이제는 삼문도 술에 못이겨 몸을 제대로 가누지 못하였다. 벌써 일여덟명의 학사들이 그자리에 쓰러져 코를 골고있었다.

왕은 내시를 불러 쓰러진 그들에게 베개를 베워주고 이불을 내다가 덮어주게 하였다. 마지막에 삼문과 팽년까지 끄떡끄떡 졸다가 그자리에 모로 누워버리자 왕은 문짝을 떼여 그들을 한사람씩 담아 집현전 직소에 날라다 눕히게 하였다.

왕은 어깨를 지지누르던 무거운 짐을 벗어놓은듯한 기분이였다. 오래동안 벙어리 랭가슴 앓듯하던 속깊은 고뇌를 오늘밤 신하들에게 터놓았고 전도유망한 젊은 학사들이 왕의 뜻을 받들어 죽기를 맹세코 세자를 끝까지 보호하겠노라고 하늘을 가리켜 다짐하였다. 설마 임금이자 친구인 자기의 뜻을 그들이 저버릴리야 있을라구.

《여봐라. 집현전 학사들에게 내 침전의 초피이불을 가져다 덮어주어라.》

《전하, 은총이 과하면 오히려 폐가 된다 하였사온데…》

《폐가 무슨 폐란 말이냐?》

《일후 이들보다 더 긴한 사람들에게 더 베풀 은총이 없겠으니 그게 폐가 아니겠사옵니까.》

《네 말이 옳기는 하다만 황천길이 바쁜터에 과인이 이제 더 은총을 베풀 일이 있겠느냐.》

《오늘밤이 무척 쌀쌀하온데 전하께서는 무엇을 덮으시겠사옵니까?》

《대궐에 이불이 동났다더냐? 어서 분부대로 시행해라.》

이튿날이였다. 해가 서발이나 뜬 뒤에야 삼문은 눈을 떴다. 모두들 아직 코를 골며 자고있었다. 삼문도 더 자볼양으로 돌아누우며 이불을 당기였다. 손맛에 이불깃이 별로히 보드라왔다. 정신을 차려 자세히 보니 윤기가 자르르 흐르는 초피이불이였다.

《아니, 임금께서 덮으시는 이불이 아닌가.》

삼문은 이불을 꽉 움켜쥐였다. 어제밤 임금이 부탁하던 말이 다시금 귀에 쟁쟁하고 처량한 기색이 눈에 삼삼 밟혀왔다.

《여보게들, 일어나게. 어서 일어들나라니.》

《웬 부산인가?》

《이걸 보게. 전하께서 어제밤 우리한테 오셨댔네. 이 이불을 보라구.》

《응?! 이게 뭔가.》

젊은 학사들은 그제야 간밤의 일을 짐작하고 눈을 훔쳤다.

임금의 후은에 감격한 성삼문, 신숙주, 최항, 박팽년, 류성원, 하위지들은 어제밤에 받은 부탁을 저버리지 않으리라 죽기로써 맹세하였다.

그로부터 몇달후인 5월 13일. 대궐후원의 복숭아가 한창 혀를 빼물고 자랄무렵이다.

임금의 병세가 심상치 않아 대궐안에서 숙직을 서던 령의정 황보인이하 대신들과 륙조의 장관 내의원 제주들이 부름을 받고 황황히 침전으로 들어갔다.

왕은 이미 오래 말할 기력이 없는듯 병탑우에 길게 누워 눈을 감고있었다.

령의정 황보인과 좌의정 김종서가 들어서자 왕은 겨우 눈을 뜨고 병탑결에 서서 울먹이는 어린 세자의 손을 잡고 뒤일을 부탁하였다.

《세자를 잘 보호해주오.》

삼정승은 눈물로써 왕의 유언을 받았다.

《전하의 분부를 목숨으로 시행하오리다. 탕약을 드시고 기력을 회복하시면 회춘을 바랄가 하오이다.》

임금은 이미 모든것이 끝났다는듯 머리를 스르르 돌리며 눈길로 누군가를 찾았다. 왕의 시선은 성삼문과 신숙주에게 멎었다. 잘 있으라는듯 마지막 정이 담긴 눈길을 보내는 그의 두눈에 한방울 이슬같은것이 맺혀 굴렀다.

《전하!》

왕은 삼문의 목메인 부르짖음을 들었는지 못들었는지 다시 눈을 감았다.

이어 왕의 숙부인 양녕대군을 위시로 수양대군을 비롯한 일곱대군이 들어와 곁에 꿇어앉았다. 수양대군은 왕의 머리맡에서 초조한 기색으로 임금을 불렀다.

그러나 왕은 기력이 쇠진하여 마지막 숨을 몰아쉬고있었다. 무엇인가 말하고싶은듯 안깐힘을 쓰건만 안타깝게도 말은 나오지 않았다. 간신히 손을 움직여 세자를 가리킬뿐이였다.

말소리는 들리지 않아도 어린 조카를 잘 돌보라는 **뜻은 누구**에게나 명백한것이였다. 대군들은 알았노라고 머리를 끄덕이며 《그만 진정하옵소서.》라고 하였다.

그 소리에 왕은 마지막 숨을 길게 내쉬고는 다시 눈을 감아버렸다. 이윽고 눈을 뜬 왕은 주위의 대군들을 둘러보며 무슨 말을 하려는듯 입술을 들먹이였으나 끝내 운명할 때까지 말을 못하고말았다.

누구에게 무슨 말을 하려 하였는지는 아무도 몰랐다. 그 말을 속에 묻어둔채 새파란 입술은 영영 닫기고말았다.

임금이 세상을 뜨면 세자가 새로 왕위에 오르기마련이여서 12살짜리 어린것이 옥새를 받고 룡상에 올랐다. 그가 바로 리조 6대왕 단종이였다.

아직은 참대말을 타고 잠자리나 쫓아다닐 12살 어린것이 정사라는것을 어찌 알랴. 그저 밑의 늙은 대신들이
《이러이러한 일은 이러이러하게 처리하는것이 어떠하올지?》 하면 그저
《그리하오.》라고 머리만 끄덕일뿐이다.

륙조에서 올라오는 글을 승지가 읽어올리려 하면 어린 왕은 애당초 듣지도 않고 대신들의 눈치만 살핀다.

어린 생각에도 왕의 체면에 끝까지 안들을수는 없어 억지로 지루함을 참고 앉아있다가 깜빡 졸기도 한다.

승지는 임금의 재가(결재)를 기다리는데 어린 임금은 룡상에서 갸웃이 머리를 기울이고 훌훌 가는 숨을 몰아쉬며 잠에 들었다. 그러나 누구도 기침소리 한번 내지 못한다. 어딜 감히.

궁냥이 깊으신 임금께서 결단을 내리기에 앞서 앞뒤를 신중히 재보는지 누가 알랴. 정사에 골몰한 임금을 놀래워 거룩한 생각을 깨뜨리다니 될 말이냐.

글읽던 목소리가 그치고 너무도 조용한바람에 제풀에 놀라 깨여난 어린 임금이 부끄러운듯 주위를 두리번거리며
《그게 어디서 올라온 글이요?》라고 묻는다.
《례조에서 이번 거상절차를 토의하여 올린 글로 아뢰오.》
《참 그렇지, 내가 그만 잊었소. 삼정승은 보았는가요?》

《이미 본것으로 아뢰오.》
《그럼 그대로 하오.》
임금은 계목에 승인한다는 뜻으로 윤자를 써서 내려준다. 결국 거상절차가 결정된셈이였다.
꼭두각씨 왕놀음이지만 그래도 선대의 오랜 신하들이 받들고있어 아직은 누구도 조정을 함부로 여기지 못하였다. 대궐안의 생활은 전처럼 조용히 흘러갔다.
이즈음 수양대군궁은 전에없이 수선스러웠다.
처음에는 권람이 개성 경덕궁지기로 있던 한명회와 같이 수양대군궁에 다니더니 얼마후부터는 활을 멘 무인들이 떼지어 드나들었다.
수양대군은 성안퓨의 활터에 나가 천냥만냥으로 노는 한량패들을 모으고 한편으로는 줄을 놓아 조정의 관리들을 하나씩 둘씩 제편으로 끌어당겼다. 어느날 밤늦게 정린지가 수양대군궁에서 나오는것을 보았다는 사람도 있었다.
들리는 말에 의하면 권람과 한명회가 수양대군의 책사로 묻어다니고 정린지 신숙주도 한패가 되여 대군의 사랑방에서 자주 쑥덕공론을 한다는것이다.
선대임금으로부터 남다른 대우를 받던 그들이 설마 일조에 탈바꿈을 하여 수양대군에게로 기울었으랴 하는 사람들이 많았다.
어느날 박팽년이 조용히 삼문을 찾아왔다.
《어서 들어오게. 무슨 바람이 불어서 내 집에 다 찾아왔나?》
《긴히 할 얘기가 있어 왔네.》
팽년은 자리를 정하고 앉자 미간을 찌프리고 한참 말없이 무엇인가 생각하는듯하더니 드디여 입을 열었다.
《내 말이 그르면 자네 이길루 의금부에 찾아가 역적고변을 하게.》
《그게 무슨 소린가?》
《내 말 듣게. 자네 요즘 수양대군궁의 말을 못들었나?》
그제는 삼문의 얼굴에서 웃음기가 사라졌다.
《수양대군궁에서 무인들을 모으고있다더군.》
《지금 수양대군궁에는 권람과 한명회가 모사격으로 들어앉아 일을 지휘하고있네.》
《권람이라니? 그가 양촌 권근의 손자라지? 과거에 세차례나

떨어져 아직 포의로 지낸다는 말은 들었네. 그 사람이 술수가 대단하다면서?》

《한명회도 권람에 못지 않은 사람일세. 그가 개성 경덕궁지기로 있으면서 살림이 군색하여 경덕궁 기와장까지 벗겨 팔아먹는판이지만 천냥판 만냥판으로 굴며 제법 도두노릇을 했다네.》

《나도 그 사람에 대한 소문은 들은법하네. 칠삭동이 병신으로 태여나 제어미가 낳자바람으로 질색하는걸 늙은 하녀가 솜에 싸서 아래목에 묻어두고 두달동안 길렀더니 사람꼴이 되였다지?》

《옳네. 머리끝이 뾰죽하고 사팔뜨기이지.》

《그깟 병신이 무슨 일을 칠랴구.》

《그저 만만히만 볼 사람이 아니네. 그 사람이 온 뒤로 활 잘 쏘는 한량패가 모두 수양대군의 손아귀에 들어갔네. 수양대군궁에서 날마다 활터에 음식을 실어보내도록 한게 바로 그 사람일세. 그 사람의 령롱한 수단에 빠져 서울장안 한량패들은 수양대군만이 저들을 알아준다고 팔을 뽐내며 들썩거리고있네.》

《그깟 무리들이 무에 그리 대단하다구.》

《아닐세. 이제는 조정의 관리들도 수양대군의 기세에 눌리워 머리를 숙이고 수양대군궁에 찾아다닌다네. 우참찬 정린지나 신숙주 같은 사람들까지도 말일세.》

《뭐라구?! 그게 참말인가? 그들이 어찌—》

삼문은 놀라운듯 눈을 홉떴다. 숨결이 거칠어졌다.

《얼마전에 내가 관청일로 퇴궐후에 정린지의 집에 갔었네. 오랜만에 만나 조용히 정회나 나누려는데 상노아이녀석이 눈이 휑해서 방문을 펄쩍 열더니 〈수양대군나으리께서 대감님을 뵙자구 오셨다는 전갈입니다.〉하구 호들갑을 떨겠지. 〈수양대군이 웨?〉내가 의아해 하니 린지도 고개를 비틀며 〈글쎄〉하구 뜨아한 소리를 하는게 자못 나를 꺼리는 눈치데. 막 자리를 피하려는데 대군이 벌써 들어오며 〈대감 있소?〉하니 언제 그런 거를이 있을세 말이지. 내군도 나를 보더니 무춤하더군. 자리를 정하고 앉은 다음 대군이 하는 말이 〈대감, 나하고 혼인을 맺지 않으려우?〉하겠지.》

《그에게 무슨 혼인할 자식이 있다구.》

《그게 다 중을 떠보느라구 하는 소리지. 린지도 그 속심을 넘겨 짚었던지 주춤주춤 망설이는 기색이데. 한참 갑자르다가 한다는 소리가 〈나으리께서 저같은 사람에게 혼인을 청하시니 어찌 거역하겠소이까. 무슨 분부든 그대로 거행하리다〉 하는게 아니겠나.〉

《저런 쓸개빠진. 그게 다 이제부터는 대군의 손발노릇을 하겠다는 다짐이 아닌가. 아, 선왕의 부탁을 그렇게 일조에 줴버리다니. 통분한 일일세. 사내로 태여나 그만한 속대도 없단말인가. 그 잘난 벼슬과 록봉이 그렇게도 아깝던가. 오호, 선왕께서 지인지감이 있으시다더니 그도 모를 일일세. 그래 자네는 그 꼴을 그냥 보고만 있었나?》

《속에 딴 보따리를 꿍쳐든게 뻔하지만 명색이 혼담인데 내가 중뿔나게 뭐라 간참한단 말인가.〈나으리께 미안하오나 보아하니 이 사람이 앉아있을 자리가 아닌듯하니 그만 일어나오〉하고 옷자락을 떨치고 일어섰네.》

《그러니 어찌든가?》

《린지는 얼굴이 벌개서 고개를 못들고 대군은 내게 눈을 흘기더군. 아, 바람이 불 때에야 센 나무를 안다더니…》

《그럼 이 일을 장차 어찌한단 말인고?》

《엥이 이꼴저꼴 다 귀찮에. 나는 그만 벼슬을 버리고 시골로 내려갈가부네.》

팽년은 휘유 한숨을 내쉬며 머리를 떨어뜨렸다.

삼문은 그 말에 눈이 커져 한참이나 팽년의 얼굴을 뚫어지게 쳐다보았다.

《몰랐네. 자네까지 그럴줄은. 정히 목숨이 아깝거던 가게나. 가겠다는 사람을 붙들어 힘이 될게 없으니. 나는 남겠네. 죽으면 의에 죽지 구차히 살고싶지는 않네.》

삼문은 침통한 목소리로 말을 맺었다. 그리고는 문밖을 향하여 심부름하는 계집애를 불렀다.

《게 누구 없느냐. 주안상 좀 차려내오라구 일러라.》

팽년은 의아한듯 삼문을 쳐다보며

《아스게, 갑자기 주안상이란건 또 무언가?》라고 말렸다.

《수십년 같이 지내던 지기가 가겠다니 작별술이야 있어야 하지 않겠나. 작별술이자 절교술인줄 알게.》

《절교술이라니 정신없는 소릴세.》

《자네같은 사람과 옷소매를 가르지 않으면 마음이 거북해서 내가

못사네. 의없는 사람을 내 심중에 두어둘수 없네.》
《근보!》
팽년은 눈물이 그렁하여 삼문을 바라보다가 풀썩 고개를 떨구며 주먹으로 방바닥을 쳤다.
《그럼 어쩐단말인가. 대군이 왕위를 넘보고 그러는줄은 자네도 알테지. 그 령롱한 수단에 조정이 놀아나는판일세. 일개 서생에 불과한 자네가 무슨 수로 대군과 맞서겠나. 아닐세. 지금은 군자가 세상에 나설 때가 아닐세. 역은 새는 나무를 가려서 앉고 현명한 선비는 임금을 가려서 섬긴다는 말이 있지 않나.》
《난들 이런 어지러운 세상에 벼슬살이가 좋아서 하겠나. 어진 선비가 나설 때가 못되는줄은 나도 아네. 그러나 차마 선왕의 부탁을 저버릴수 없어서—》
문득 삼문의 목소리가 흐려졌다. 비분강개한 눈물이 주르르 두볼을 타고 흘러내렸다. 팽년의 두눈에도 커다란 이슬방울이 맺혔다.
《근보! 세상 되여가는 꼴이 내 수로는 어찌할수 없고 그러다가는 할일없이 몸만 망치기 쉬웨. 바로잡는 수만 있으면 뼈를 바순대도 내 선뜻 나서겠네. 아…》
《사람이 살면 백년을 살텐가. 언제든 한번은 죽을 목숨인걸. 불의에 굽혀가며 살기는 싫으이. 사나이로 태여나 살면 당당히 사는게고 죽으면 장쾌하게 죽을뿐일세. 자. 어서 술이나 들게.》
《자네의 절교술을 내가 받아마시란 말인가?》
팽년은 자못 격한 목소리로 부르짖으며 금시 자리를 차고 일어날듯 몸을 움측거렸다.
삼문은 껄껄 웃으며 잔을 내밀었다.
《아따, 이사람아. 자네가 정히 갈것 같으면 벌써 갔지 내게로 왔겠나. 내 속도 떠불겸 하소연도 할겸 한 소린줄 내 잘 아네. 하하.》
《엥이 사람두. 허허.》
두사람은 술잔을 마주 들며 사나이 목소리로 너털웃음을 터뜨렸다. 서로의 가슴에 미덥고 뜨거운 정이 그들먹이 차올랐다. 이제 두사람은 죽어도 같이 죽을 사람이요 살아도 같이 살 사람이였다.
삼문이 먼저 술잔을 비우고나서 씩씩한 목소리로 말하였다.
《여보게, 대군이 아무리 거센체해도 한번 그 예기를 껶어놓고보면

권세를 붙좇는 무리들이 절로 떨어져나갈걸세. 그런담에야 제가 죽지 부러진 새나 한가지지.》

《한창 기가 뻗쳐 오금에 바람이 난 대군을 어떻게 예기질러놓는단 말인가?》

《선왕의 령구가 아직 혼전(임금의 령구를 안치해놓은 전각을 말함)에 있는터에 대군이 지금 궁가의 대문을 활짝 열어놓고 무뢰배들을 모아들여 밤낮 바둑을 둔다 말타고 활을 쏜다 풍악을 잡힌다 하니 이게 어디 신하로서 차마 할짓인가. 이길로 사헌부에 가서 대군을 규탄하는 상소를 올리도록 든장질을 해보세그려.》

《그참 수가 되였네. 사헌부의 상소가 들어간 기회에 대군궁에 사헌부 감찰을 보내여 궁가에 드나드는자들을 엄하게 단속하게 하자고 임금께 청하여 승낙을 물어내리면 그만일테지.》

《헌데 지금 좌의정 김종서는 룽공사에 가고 령의정 황보인과 우의정 정분만이 있으니 그게 탈일세. 원체 심지가 굳지 못하니 도리여 대군에게 예기질름을 당하기 십상이지.》

《따는 그렇네만 일을 꾸미는것은 사람이고 일이 되고 안되는것은 하늘에 달렸다지 않는가. 좌우간 손을 써보세.》

《그럼 사헌부는 내가 가만 있지 못하도록 쑤셔놓을테니 사간원은 자네가 맡게.》

《그러세.》

그로부터 며칠후 사헌부 대사헌 기전의 상소가 터졌다.

수양대군의 세력이 한창 뻗치여 조정안팎이 쉬쉬 하는판에 그를 맞대놓고 규탄하는 상소가 올라왔으니 여론이 한층 물끓듯하게 된것은 더 말할것도 없고 어느편에 붙어야 벼슬과 목숨을 부지하려나 골방에 들어앉아 속구구를 하고있던 사람들까지 이번 상소처리가 어찌 되는가 숨을 죽이고 바라보았다.

이번 상소에 수양대군의 기가 꺾이면 그만이지만 자칫하면 자는 범의 수염뽑기가 되기 쉬웠다.

상소문은 원래 승정원을 거쳐 임금에게 올라가게 되여있으나 아직은 새 임금이 일반 정사를 보지 않는 거상기간이라 결국은 의정부에 들어가게 되였다. 그러나 의정부에서 상소문을 받아보기전에 수양대군궁에 먼저 상소문 내용이 알려졌다. 바람세를 보고 돛달기에 이골이 난 도승지 강맹경이 어느결에 한통을 베껴 수양대군궁에

162

보냈던것이다.

《으음. 고현놈들!》

상소문을 보는 수양대군의 감때사나운 눈이 우로 치째졌다.

《나으리, 무슨 글이길래 그렇게 화를 내십니까!》

아까부터 수양대군의 심상치 않은 기색을 눈여겨 살피던 한명회가 궁금한듯 물었다. 사팔눈이라 수양대군을 면바로 본다는것이 꼭 어딘가 딴전을 살피는듯한 꼴이다. 좁다란 이마며 정수리가 세모꼴로 삐죽하게 솟은것이 보기에 잘망스럽고 빙충맞아보였으나 깊숙이 패인 눈확과 매섭게 생긴 입가의 주름은 어딘가 록록치 않은 인상을 주는 얼굴이였다.

《이것 좀 보게. 사헌부의 쥐새끼같은 무리들이 나를 그예 불경죄로 몰아 몽두를 씌우려드네그려.》

수양대군은 울기가 올라 붉어진 눈알을 들들 굴리며 한명회옆에 상소문을 적은 종이를 홱 내던졌다. 명회는 종이장을 받아쥐자 홀끔 수양대군의 기색을 살펴보더니 소리내여 읽기 시작하였다.

《흠흠. 요즘 나라의 기강이 해이되여 왕자대군들의 해괴한 행동이 분수를 넘었다. 흠, 그건 그렇고. 이게 문제라. 평시에 조용하던 궁가에 무슨 일이 그렇게 많아 출입하는 손이 수천이나 되오며 이크, 수천이라누먼. 무사 잡류의 무리들이 무엇을 턱 대고 어깨바람이 나서 궁가에 쓸어든단말이오니까. 허, 사헌부 녀석들이 어느새 시시콜콜히 알고있었구먼. 이건 또 무언가. 이제부터 조정에서는 왕자대군궁에 금군들을 보내여 출입하는자들을 엄격히 단속하고 심한 경우에는 사헌부 감찰을 보내여 잡류배들이 드나드는것을 금지시킴으로써 왕자대군들의 방자한 행동을 막을것이라. 흠흠, 잘못을 고치지 않고 여전히 불경한 행동을 제멋대로 하거든 국법에 따라 용서없이 다스리도록 하자. 하, 이것참 큰일입니다.》

《지금 의정부에 누가 있나?》

《좌의정은 릉공사에 가고 령의정 황보인과 우의정 정분만이 있는갑다.》

《그들이 어떻게 할것 같은가?》

《나으리께서 가만 계시면 이 기회에 기어이 죄를 들씌우려들테지요.》

《그럼 이 일을 어쩌면 좋은가? 사헌부의 상소가 시행되면 나는

몽두쓰고 짚둥우리에 앉아 귀양가는수밖에 없잖은가?》
　《그럴밖에 없지요.》
　《그것두 말이라구 하나? 내가 귀양다리신세가 되면 자네는 무사할상싶어 그런 배심좋은 소린가?》
　수양대군은 한명회의 말에 더럭 역증을 냈다. 한명회는 수양대군의 기를 더 돋굴양으로 한술 더 떴다.
　《조정에서는 기전의 말을 옳게 여기는 모양인즉 조만간 처결이 내릴것이외다. 사헌부의 상소가 어느 하나 그른데가 있습니까?》
　《그게 다 자네가 시켜서 한것인데 이제는 내가 그 덤터기를 뒤집어쓰게 되였으니 그 참 수가 되였네. 흥》
　수양대군은 어이가 없는지 코바람을 불며 홱 돌아섰다.
　명회는 우둘대는 대군을 바라보며 속으로 쓴웃음을 지었다.
　《네깟것이 왕이 되련다니. 네가 나를 쓰는게 아니라 내가 너를 리용하는게다. 이 미련둥아.》
　이제 더 화를 돋구어주다가는 도리여 명회자기에게 벼락불이 떨어지기가 쉬웠다.
　맹수란 성을 내게 해야 사나와지는 법이지만 지나치게 사나와지면 주인에게까지 덤벼드는 법이다.
　명회는 금시 사팔눈을 잔조름히 쪼프리며 은근한 목소리로 대군을 달레였다.
　《나으리께서 마음만 먹으면 그까짓 늙은 황보인따위의 기를 못꺾어놓겠습니까. 래일 령의정을 만나 임금의 지친을 의심하여 어린 임금곁에서 떼내자는것은 무슨 심보냐구 들이대보십시오. 그래도 안되면 임금에게 들어가 직접 말을 올리도록 하시지요. 아무리 임금이라두 삼촌의 말을 무작정 그르다구 할수야 없지 않겠습니까.》
　《글쎄 황보인은 그렇다치구 좌의정 김종서가 지금 조정에서 범노릇을 하는데 그가 호락호락 손아귀에 들겠나?》
　《좌의정이 룡공사에서 돌아오기전에 해얍지요. 이번에 나으리의 기세가 꺾이면 지금까지 일껀 해놓은 일이 수포로 돌아가고맙니다. 인심이란 조석으로 변한다지 않습니까. 우리한테 불였던 사람들도 뿔뿔이 달아나고말테니 일의 성패는 나으리의 마음한번 먹기에 달린것이외다.》

수양대군이 머리를 기웃거리며 마음을 질정하지 못하고있을 때 권람이 또 옆에서 버썩 추기였다.
《나으리 혼자 가기가 거북하면 아우되시는 안평과 함께 가시지요. 사헌부 상소에 대군들을 모조리 거들고있으니 그도 한창 불안해할것인즉 거절은 하지 않을것이외다.》
권람의 말에 수양대군은 머리를 끄덕이였다.
이튿날 수양대군은 안평대군과 함께 의정부로 갔다.
령의정 황보인과 우의정 정분은 의정부에 앉아 사헌부의 상소처리를 의논하고있다가 두 왕자가 오는것을 보고 섬돌밑에 내려와 맞아들였다.
《두분 대군께서 어떻게 오시오?》
황보인의 인사말에 수양대군은 대뜸 노기어린 목소리로 따지듯 물었다.
《오늘의 조정이 리씨조정이요 아니요?》
《그게 무슨 뜻밖의 말씀이시오?》
《리씨의 조정이 분명할새면 왕자대군들을 핍박하여 수족을 없어매려든단 말이요? 그래 임금의 지친들을 의심하여 궁가에 군사를 파하려 한다니 이것이 임금의 일가를 의심하는것이 아니고 무엇이요. 임금의 가까운 친척들에게 험터구를 씌워놓고 하자는 일이 도대체 무어요? 대감이 어디 말해보우.》
수양대군의 말은 거의 욕설에 가깝다.
호랑이 정승이라 불리우는 김종서가 자리에 있었더라면 벌써 구레나룻을 거슬러 세우고 이 조정이 임금의 조정이지 왕자대군의 조정은 아니라고 통통히 꾸짖어 수양대군이 입도 벙긋하지 못하게 했으련만 워낙 속대가 묽은 황보인은 대군의 서슬푸른 기상에 찔끔하여 말도 변변히 못하고말았다.
《사헌부에서 론의가 있었습니다만 우리가 어찌 감히 왕자께 체면 상할 일을 할리가 있겠습니까?》
황보인의 말에 힘이 부족한것을 느끼자 수양대군은 더 펄펄 뛰였다.
《그래 두분 대감께선 사헌부의 상소를 어떻게 처리할랴오?》
《글쎄외다. 젊은것들이 좀 과격하게 말을 했기로서니 죄를 줄수야 있겠소이까.》

《그럼 젊은것들은 임금의 일가를 모욕해도 좋단 말이구려?》

《그럴리야 있겠소만 바른 말을 했다고 사헌부의 관리들에게 죄를 주는것은 훌륭한 조정의 아름다운 일이 아닐가 하외다.》

《그럼 우리 왕자대군들에게 죄를 주구려. 대사헌 기건에게 죄를 주던가 우리 왕자대군들에게 죄를 주던가 흑백을 분명히 하기전에는 가만 있지 않을터이니 그리 알고 처리해주.》

수양대군은 다짐하듯 말끝을 맺으며 그루를 박았다.

당황한 령의정 황보인과 우의정 정분은

《알겠소이다.》

외마디 대답을 하고말았다.

이튿날 산릉공사에서 돌아온 좌의정 김종서는 전후수말을 듣고는 입이 썼으나 달리 어찌하는수가 없었다.

결국 온 조정이 술렁대는 가운데 대사헌 기건은 벼슬이 갈리여 연안부사로 밀리여나고말았다.

이때부터 눈치빠른 조정관리들이 내놓고 수양대군을 붙좇았다.

수양대군궁에 연줄을 놓느라고 활터에 다니는 한량패를 사랑에 불러들이기도 하고 렴치체면을 불구하고 아닌밤중에 대군궁의 문을 두드리는 사람도 있었다.

패기있는 젊은 관리들로 붐비던 집현전뜨락이 인제는 한산해졌다.

집현전의 젊은 학사들은 세상 되여가는 꼴이 보기 싫다고 하나둘 시골로 내려갔다.

집현전 대제학 정린지는 비록 수양대군에게 붙기는 하였으나 저으기 불안한 생각이 없지 않았다. 아직 조정에 선왕의 팔다리노릇을 하던 대신들이 눈이 시퍼렇게 살아있고 문관, 무관들중에는 수양대군의 귀맛좋은 달램에 호락호락 휘여들지 않을 꿋꿋한 사람들이 많다.

수양대군이 뜻을 이루어 임금의 자리에 오른다면 그도 부귀영화를 누리련만 아차 실수하여 미끄러지는 날이면 군기시앞에서 역적으로 목을 잘리기가 십상이다.

천명이 뉘게 있는지는 귀신이나 알 일이다. 멋모르고 서뿔리 덤비다가 자신은 물론 온 가문이 멸족의 화를 입을런지 누가 알랴. 더구나 요즘 자기를 보는 집현전 학사들의 눈찌가 곱지 않다.

필시 선왕의 유훈을 배반한 자기를 인간으로 치지 않는것이리

라. 린지 자기도 인간이다. 인간이니만치 선왕이 죽으며 남긴 부탁이 가슴에 못처럼 딱딱하게 배겨있어 이따금 안된 일인줄 알면서도 수양대군의 말에 맞장구를 칠 때면 저도 모르게 따끔따끔 아파난다.

조용한 때 혼자 가만 있느라면 세자를 부탁하던 문종의 파릿한 얼굴이 떠올라 부지중 머리카락이 쭈뼛해지고 등골로 식은 땀이 흘렀다.

《아, 내가 못할짓을 하는구나.》

린지는 그때마다 휘유 한숨을 내쉬고 절레절레 머리를 저었다. 이왕 벼슬길에 들어선이상 수양을 따르던가 아니면 의리를 지켜 어린 임금을 위해 죽던가 두 길중의 하나다.

린지는 살고싶었다. 살아서 부귀영화를 누리고싶었다.

인생이란 도박과도 같은것이다. 패쪽을 던져 맞히면 성공하는것이요 틀리면 시궁창에 빠지는수밖에 없다. 도박판에 무슨 량심이며 의리며 론할것이냐. 남이야 어찌 되든 내가 살고볼판이다. 량심이란 뭐 말라빠진것이냐. 그것때문에 하관말직에서 굴러다니며 대관들에게 마음에 없는 아첨을 한단 말이냐. 정승이 되여 나라의 권력을 쥐락펴락할 때에야 누가 나를 옳다긇다 시비할가부냐.

박팽년, 하위지, 성삼문이들은 세상을 모르는것들이다. 언젠가 린지는 팽년에게 보내는 하위지의 편지를 본적이 있었다.

　　사나이의 세상살이 지금이라 다를소냐
　　머리우 밝은 해는 옛처럼 분명커늘
　　도롱이를 빌리는 그 마음 내 알도다
　　달 뜨는 호수가에 그대 찾을 날 있으려니

듣자니 박팽년이 하위지의 속심을 알아볼양으로 그에게 도롱이를 빌리자고 종자에게 편지를 주어보냈단다.

비오는 날에 쓰는 도롱이를 맑은 날에 빌리잘턱이 없는것이요, 서울서 벼슬살이하는 사람이 도롱이를 쓸일도 없는것이다. 도롱이를 빌리라니 이는 분명 벼슬살이를 버리고 시골로 내려가겠다는 뜻이다.

하위지는 그 뜻을 알아채고 시 한수를 지어 자기도 같은 생각임을 넌지시 알린깃이다.

어지러운 세상을 뒤에 두고 초연히 떠나는것이 깨끗한 일인줄이야 누가 모르랴. 아무리 풍년이 들어도 때식걱정에 안해의 이마에는 주름 퍼일 날이 없을것이요, 겨울이 따뜻하다 해도 추위에 떠는 신세가 될것이니 그렇게야 어찌 살랴. 게다가 조정을 떠난 뒤 무슨 참소가 어느 길로 새여들어가 덜컥 사약을 내린다는 임금의 분부가 떨어지면 속절없이 죽을 판이니 그럴바에는 칼물고 뜀뛰기로 도박패쪽을 던져볼판이 아닌가.

그러나 어쨌든 린지 자기는 비렬한 배신자임에 틀림없다.

신하로서는 물론이요 인간으로서도 다른 사람의 믿음과 신의를 배반한다는것이 얼마나 너절한 일이냐. 길가는 사람이 죽으며 어린것을 부탁했다 하더라도 인정상 차마 죽이려들지 못할것이어늘 자기가 임금이라 섬기던 사람의 아들, 자기가 지금 임금이라 부르는 철없는 어린것을 해치려 뒤에서 꿍꿍이를 하는것이 옳은 일일수는 없었다.

린지는 누구인가 당장

《이 더러운놈!》 하고 자기의 덜미를 잡는것 같아 저도 모르게 부르르 몸을 떨었다.

이때 영창문밖에서 자박자박 신발 끄는 소리가 나더니 전갈하님으로 노상 문앞에서 도는 계집종이 얌전한 목소리로

《집현전 신학사나으리께서 오셨소이다.》고 알리였다.

《그래? 어서 안으로 듭시래라.》

린지는 반색을 하며 몸을 일으켰다.

숙주와 자기는 다같이 선참으로 수양대군궁에 발길을 한 처지이다.

수양대군의 은근한 부탁을 받고 자기가 숙주를 대군궁에 끌어들인터이지만 요즘 보자니 자기보다 숙주가 더 극성인것 같았다. 어찌보면 수양대군은 자기보다 숙주를 더 중히 여기는상싶었다. 이것은 린지의 가슴을 알싸하게 만들었다. 여차하면 수양대군이 성쌓고 남은 돌처럼 언제 알았더냐싶게 자기를 버릴수도 있는것이다. 그러면 린지 자기는 량쪽의 버림을 받을 판이다.

도대체 숙주는 무슨 배심으로 수양의 일에 극성스레 나서는지 모를 일이다.

옛말에 성공하면 제왕이요 패하면 역적이라고 하였는데 성공할지 패할지 누구도 모르는 일이 아닌가. 하물며 숙주는 젊은 집현전

학사로 세종과 문종에게서 남다른 후은을 받은 사람이 아닌가. 그도 사람인이상 지금 왕위에 있는 어린 임금에게 미안한 마음이 없을리없다.
《어서 들어오게. 범옹(숙주의 자)이 이거 어찌된 일인가.》
《지나가다 들렀소. 고린 선비님이 얼마나 속을 썩이는지 불양으로.》
숙주의 입에서는 물씬 술내가 풍겼다.
숙주는 문지방에 걸채여 하마트면 엎어질번하면서 무너지듯 방안에 들어와 앉았다.
《어 범옹이 오늘 과히 취했나보이.》
《내가? 취했소. 취하구말구. 그러나 술에 취한건 아니요. 모르겠소. 무엇에 취했는지.》
평소에는 벼슬도 벼슬이려니와 나이 차이도 있어서 례의를 깍듯이 차리던 숙주였다.
수양대군궁에 다니기 시작한 이후로 서로 마음이 통하여 각별히 지내는터이기는 하나 이처럼 파격으로 마주앉아보기는 이번이 처음이다.
《대장부가 술에 취하지 않았으면 뜻에 취했을테지. 허허.》
《뜻? 수양대군의 구린 밑을 씻어주는 주제에 뜻은 무슨 뜻, 뜻이란 대장부가 지니는것이외다. 대감이나 나같은것은 애당초 지닐 생각을 말아야지.》
《자네 망발이 지나칠세.》
《망발이요? 하하하. 대감이 뜻을 운운하는것이 진짜 망발이외다. 뜻이란 저 삼문이나 팽년이같은 사람들이 가지는거라우. 칼날우에 올려세워보우. 그들이 눈한번 깜짝하나. 그러나 나는 안되우. 대감도 안되고. 그래 제발 타줍시사 하는 초헌을 굳이 마다하고 오르지 말라는 사형수의 수레에 부득부득 오를수 있겠소? 얼굴에 회를 칠하고 두귀에 화살을 꽂은채 한바퀴 조리를 돌고나면 시큼한 탁주 한사발이 차례지겠소. 그걸 마시고나서 망나니 칼밑에 목을 들이밀면 마지막 북소리에 목이 툭 거적자리에 떨어지우. 금의옥식에 부드러워진 몸뚱이가 토막토막 잘리워 소금에 절여져 꺼멓게 썩은채 함안에 담겨서는 팔도에 조리돌림을 당할테지. 나중에 너덜너덜 문드러진 몸뚱이가 제각각 여기저기 무덤도 없이 묻힐테니 에

이 될번도 안한 소리. 대감이나 내나 그러기에는 너무나 약은 사람이란 말이외다. 바람따라 돛을 달지 바람을 거슬러 가잘리 있소. 하하하.》

《무슨 대역부도죄를 지었길래 그런 끔찍한 형을 받는단 말인가?》

《그래 우리가 하는 일이 대역부도죄가 아니란 말이요? 선왕의 유훈을 저버리고 어린 임금을 내몰자는게 대역부도가 아니란 말이요? 대역부도죄인인 우리가 득세하면 삼문의 패가 도리여 역적으로 몰릴게 아니요. 그러면 우린 군기시앞 새남터에 나가서 그들이 목잘리는걸 척 구경하게 되겠지. 어 그참 볼만하렸다.》

《불길한 소리 그만두게. 요즘 듣자니 쓸만한 사람들이 벼슬을 버리고 시골로 간다구들 하는데—》

《그럽디다. 아마 세상 되여가는 꼴이 벼슬자리에 그대로 있다가는 몸을 망칠것 같으니 초야에 숨어버리는것이겠지. 아, 나는 그리도 못하고—》

숙주는 이제까지 기탄없이 기염을 토하던것과는 정반대로 머리를 푹 떨구며 구들고래가 무너져앉을듯 무거운 한숨을 내쉬였다. 급기야 그의 눈에서는 굵다란 눈물이 듣거니 맺히거니 하였다.

《범옹이 오늘은 웬일인가? 신기가 매우 좋지 않았네그려.》

《아, 이래야 하우? 사람이 이리 못나게 살아 무엇하우? 나는 그른줄 알면서도 버리지 못하고 옳은줄 알면서도 따르지 못하니 아, 이 숙주는 소인일시 분명하오.》

아마 숙주도 피로운 모양이다. 배신에 대한 수치감이 지꿎게 그의 마음을 야금야금 먹어들어가 저런 역설을 하게 하는지도 몰랐다.

《그래 범옹은 이제 어쩔 세음인가?》

《나도 집현전을 떠나려우.》

《그게 무슨 말인가?》

《천하만사란 차면 기울고 성하면 쇠하는 법이외다. 집현전이 두 왕대에 한껏 성했으니 이제는 쇠운이 들 때가 되였소.》

《쇠운이 들다니 대중없는 소릴세.》

정린지는 집현전에 쇠운이 든다는 말에 가슴이 섬찍했다. 집현전에 쇠운이 든다면 대제학인 자기의 운수가 꺼벅꺼벅해진다는 말이 아닌가.

《집현전이 한창 성할 때 뜨락 버드나무에 희한한 새들이 집을 짓지 않았소이까. 그런데 선왕이 세상을 뜨자 그 새들이 가고 다시 오지 않으니 이도 심상치 않은 조짐이고 버드나무도 전갈지 않으니 집현전이 오래 갈리 있소. 천명이요. 천명이라고 생각하는수밖에 없소. 그래야 이 마음도 한결 편하고.》

《천명이라. 암 천명일테지.》

린지는 숙주의 말을 산울림처럼 받아 외우며 뉘엿뉘엿 져가는 저녁해를 하염없이 바라보았다.

두사람은 그 말에서 무슨 위안이나 찾은듯하였다.

수양대군이 아무리 일을 감쪽같이 하느라고 해도 소문은 아니 날 수가 없었다. 궁가의 문을 활짝 열어젖혀 온갖 잡류들이 기탄없이 드나들며 후원에서 말달리기와 활쏘기가 매일처럼 벌어지니 하루에 밥쌀만 해도 수십섬씩 들고 소를 십여마리씩 잡아메치는 판이다. 그통에 각 전방의 하인들은 대군의 궁가로 짐을 메여나르느라고 졸경을 치르었다.

한달에 피륙만도 수백필씩 들여가니 그 많은것들을 무엇에 쓰는지 몰랐다.

수양대군궁의 일이 한입 건느고 두입 건너 어린 임금의 귀에까지 들어갔다. 어린 임금은 자기의 친누이인 경혜공주의 남편 영양위를 불러 수양대군궁의 일을 알아보도록 하였다.

영양위는 자기의 심복 문객 몇사람을 한량으로 꾸며 대군궁에 들여보냈다. 막상 대군궁에 들어가기는 했으나 벌의 집같이 겹겹한 궁안에 접객하는 처소가 어찌나 많은지 하루에도 몇사람이 드나들며 누구누구가 오는지 도무지 알아낼 길이 없었다.

다만 활터에서 모두들 수군대는 말이 불일간에 수양대군이 령의정으로 된다는것이였다.

원래 왕자는 애당초 조정의 벼슬을 못하는 법이다.

대군이 령의정으로 된다는것은 그저 스쳐지날 말이 아니였다.

《이것 큰 일이다. 대군이 어떻게 령의정으로 되누. 필시 불일지변이 터질 모양이다.》

영양위는 두루 생각던 끝에 그래도 믿을만한것은 좌의정 김종서라고 여겨져 그에게 사람을 보내여 알렸다.

영양위의 탐보를 들은 김종서는 전장에서 늙은 장수의 예감으로 일이 심상치 않음을 깨닫고 대궐경계를 엄밀히 하였다.

령의정 황보인은 설마하고있었지만 김종서는 이를 허수히 여기지 않았다.

대궐에는 내시 김연, 한숭의 무리를 시켜 수양대군의 행동을 감시하게 하고 밖으로는 병조판서 민신, 리조판서 조극관과 손을 잡고 여차직하면 수양대군을 제껴버릴 대책을 빈틈없이 꾸며놓았다.

이 일을 꾸밀 때 우참찬 정린지는 애당초 부르지도 않았다. 그가 이미전부터 수양대군에게 붙은줄은 종서도 알았기때문이였다.

그런데 모임에 참가했던 좌참찬 리양이 그런 눈치를 모르고 그만 린지에게 그 말을 루설해버리였다.

린지는 아닌보살을 하였지만 가슴이 덜컥 내려앉았다. 이제는 온 조정이 자기를 수양대군편으로 몰아붙이고있는셈이니 자기는 좋든 싫든 그 길을 따르는수밖에 없었다. 린지는 급히 도승지 강맹경을 시켜 대군에게 이 일을 알리게 하였다.

저녁무렵 활쏘는 한량패들로 붐비던 후원이 저으기 한산해졌다.

수양대군이 권람과 함께 사랑으로 들어가려는데 도승지 강맹경이 급한 걸음으로 수양대군궁에 들어왔다.

《나으리께서 어디 계시냐?》

《방금 활터에서 들어오시여 사랑채로 가는가 봅니다.》

웬 한량이 가리키는대로 사랑채를 돌아서니 수양대군이 보였다.

《나으리께 문안 드리오.》

《아니 강공이 무슨 일로…》

수양대군은 놀라며 맹경의 소매를 붙들었다.

《조용히 여쭐 말씀이 있어서…》

《어서 말을 하우.》

《좌의정 김종서가 나으리를 해치려 하는가 봅디다.》

《원, 그럴리야 있소. 그가 내게 무슨 원협이 있어 나를 해치려든단 말이요.》

《사실은 우참찬 정린지가 이 말을 나으리께 전하라기에…》

《우참찬 정린지가? 그래 무슨 말이요?》

《좌상 김공이 며칠전에 병조판서 민신과 리조판서 조극관을 만나 나으리가 역적모의를 하는 기미가 보이거든 제꺽 임금에게 고하고 없애치울 계책을 꾸몄다 합디다.》

《내가 역적모의를 한다구? 이런 천하에.》

수양대군은 두눈을 붉히며 펄펄 뛰였다.

맹경은 량수거지를 한채 어쩔줄 몰라 수양대군의 얼굴을 뻔히 쳐다보다가 겨우 입을 뗐다.

《미안한 말씀을 올려 죄송합니다.》

《괜찮네. 원 천하에 이런 괘씸할 일이 있나?》

《그만 고정하십시오. 공연한 험구들이지 나으리께서 설마 그럴리야 있겠습니까?》

그 말에 수양대군은 획 돌아서며 맹경의 얼굴을 처음 보는 사람처럼 찬찬히 뜯어보았다. 뱀의 눈처럼 싸늘한 눈길이였다. 인정이라고는 도무지 비치지 않는 그 눈길앞에서 강맹경은 온몸의 피가 식어드는것만 같았다.

수양대군은 천천히 손을 내밀어 맹경의 팔소매를 쥐여당기며 석쉼한 목소리로 속삭이듯 물었다.

《그래, 그럴리 없다는거겠지?》

《그렇소이다.》

《그게 정말이면 어찌겠나?》

맹경은 너무도 뜻밖의 일이라 멍하니 대군을 쳐다보았다.

방금까지 하늘이 얕다고 펄펄 뛰던 그가 지금은 언제 그랬느냐싶게 담담한 표정이 되여 맹경을 뚫어지게 쳐다보고있었다. 담담한 표정속에 번쩍이는 눈만이 독기를 내뿜는것이 더욱 무서웠다.

맹경은 자기 운명이 이자리에서 결정된다는것을 알았다.

《어서 말해보게. 정말이면 어쩔셈인가?》

《제가 이미 나으리께 왔은즉 새삼스레 물으실것 있겠소이까.》

《고맙네. 내 그 수고를 잊지 않겠네.》

수양대군은 의미심장한 말을 남기고 안으로 들어가버렸다. 안에서는 한명회, 권람이 문지방에 기대여서서 두사람이 주고받는 말을 다 들은 모양으로 수양대군이 들어서자바람으로 의논조로 물었다.

《그래 이제는 어쩔 작정입니까?》

《무에 어쩐단 말인가.》

《지금 사세가 위급하니 이대로 일을 미루다가는 도리여 화를 당하기가 쉽습니다.》

《군사에서는 빠른것을 귀히 여긴다 하니 속히 조처하도록 하시지요.》

두사람의 말에 수양대군은 머리를 끄덕이였다.
《지금 조정에서는 김종서가 범노릇을 하고있으니 그를 먼저 제껴버리지 않고서는 안될줄 아네.》
《옳은 말씀입니다. 김종서를 제껴버리고 황보인이하 몇몇을 없애버리면 조정은 우리것으로 될것입니다.》
《그걸 어떻게 하느냐 하는건데…》
《역적을 친다는 핑게로 무사를 풀어 궁성을 둘러싸고 처들어가 처치하는것이 첫째 수요, 밤중에 몇사람을 시켜 집으로 짓처들어가 죽여버리는것이 둘째 수지요.》
《아무려나 빨리 하는게 상수입넨다. 병가에서는 신속한것이 제일이니 오는 10월 10일로 날자를 정하는것이 좋을것 같습니다.》
《웨 하필 10월 10일로 하누?》
《그날이 바루 경혜공주 생일이니 임금이 영양위궁으로 거둥할게 아니요. 지금 대궐은 종서가 경계를 엄중히 하고있는터여서 어쩔수 없소. 영양위궁에 거둥한 기회를 타서 김종서와 몇몇 대신을 없애버린 다음 임금을 손안에 넣으면 우리 일은 무난히 될듯싶소.》
《그것참 신통한 수일세. 그럼 10월 10일로 약속을 정하세.》
수양대군은 눈을 번쩍이며 일어섰다.
이날부터 수양대군궁은 더한층 술렁대였다.
이마적부터 드나들던 한량패들이 이제는 아예 대군궁에 붙박혀 성밖 활터에는 머리조차 내밀지 않는것이 우선 눈에 띄이게 나타나는 일이요, 선비축들이 모이는 사랑방에 밤늦도록 불이 꺼지지 않는것도 수상쩍은 일이였다.
무사패들이 어깨를 으쓱대며 이제야 때가 왔노라고 큰소리를 치며 전에 없이 수선을 피우고있건만 누구하나 단속하는 사람이 없었다.
오히려 이따금 한명회가 무사패에 섞여 돌아가며 어깨바람을 은근히 부추기는 판이였다.
《암, 군사란 10년을 길러 하루아침 쓰자는것일세. 임자네들이 주인나으리의 후은에 보답할 날이 머지 않았으니 탕개를 늦추지 말게.》
《그야 더 이를 말씀이요.》
《도대체 우리 무사들을 길러 어디에 쓴다는말이요?》
《압다, 이사람 그건 알아 무엇하나? 칼 휘두르는 일에 필요하지.》
《그야 누가 모른다나? 대관절 태평세월에 칼 휘두를 일이 무엔

가 말이지.》
 무사들이 중구난방으로 지껄이다가 그 말에는 모두 무춤하여 명회의 뾰족한 입을 쳐다본다.
《이 사람들아, 웨 그리들 소견머리가 없나. 지금 어리신 임금께서 우에 계시니 무슨 일이 어디서 터질런지 누가 안다나. 듣자니 왕자대군들가운데도 잡류잡객들을 모아들인다 술객들을 불러들인다 그늘진 일이 많다니 그게 위태한 일이 아닌가. 하루아침에 불의지변이 생기면 자네들이 주인나으리를 도와 무너지는 나라를 일으켜세우면 그게 대장부 한세상에 나서 보람있는 일이 아닌가.》
《하긴 안평대군 궁가에 잡객들이 많이 모여들어 밤낮 뚱땅거린다데.》
《금성대군은 술객들을 불러들여 잡술을 한다며?》
《엥이 그깟 글줄이나 안답시구 우릴 개돼지로 아는 문인놈들을 모두 없애치웠으면 속시원하겠다.》
《그러게 말일세. 그믐날밤에 밤순찰을 나갔다가 허름한 선비 하나를 단속했다가 하마트면 볼기맞을번했네그려. 아 글쎄 그녀석이 안평대군궁의 문객일줄이야. 되려 내게 인사를 모른다구 통통히 호령하며 펄펄뛰니— 코구멍이 둘일세망정이지 귀구녕이 막혀 죽겠네.》
 무사들이 모두 분이 뻗쳐 법석 떠들었다.
 그러자 촉기빠른 명회가 제꺽 나서며 제곬으로 말머리를 돌렸다.
《인제 수양대군 나으리가 나서면 그깟것돌이 무에겠나. 그저 우리 나으리만이 무사들을 중히 알아준다니.》
《누가 아니라우. 좌의정 김종서두 우리 무사들덕에 북방 오랑캐를 치구 이름을 날렸는데 그도 이젠 정승이 되니까 우릴 쓴외 보듯 하질 않소.》
《수양대군나으리를 위해서야 목숨인들 아까울것 있소.》
《그럼 이제 큰 일이 벌어질테니 마음을 단단히들 가지게.》
《알았소. 그것만은 념려마우.》
 고지식힌 무사들이 당상 수양대군을 위해 싸움판에라도 나설것처럼 욱욱하였다.
 그러나 모아든 수백명 무사들 가운데는 혹 께름한 생각에 머리를 기웃거리는 사람도 많았다.
 이해 시월 열흘날을 수양대군 못지 않게 안타까이 기다린 사람은 어린 임금이였다.

　엄숙한 대궐안에서 하루종일 늙은 내시들의 잔소리를 들으며 점 잖은 강관(임금에게 학문을 강론하는 관리)들과 마주 앉아있기란 따분하기 그지없는 일이였다.

　지금은 늦은 가을, 고추잠자리들이 이제는 추워 날지를 못할것이다. 그것들을 잡아다 침실에 두었으면 얼마나 재미스러울가.

　그런 일을 하다가 내시들에게 들키면 창피한 노릇이다. 임금으로서 할 장난이 아니라고 잔소리를 늘어놓으면 어쩐다? 옳지, 차마 그 죽어가는 모양을 볼수 없어 그랬노라고 대답하자. 그러면 만물을 사랑하는 어진 임금의 자애지심을 극구 찬양할테지. 그것참 재미있겠어.

　어린 임금은 자기옆에 붙어있는 뚱한 늙은 내시를 흘낏 훔쳐보았다. 그가 눈물을 글썽이며 칭송의 말을 올리는 모양이 떠오르자 금시 웃음이 터져나와 그만 킥 소리를 내여 웃고말았다.

　《아차, 또 잔소리를 듣겠구나.》
　어린 임금은 당황하여 앞에 앉은 강관을 흘긋 바라보았다. 그러나 강관은 웃음소리를 못들은 모양인지 그냥 책을 읽어내려간다.

　《다행이다. 못들었구나.》
　어린 왕은 속으로 가만히 호 한숨을 내쉬였다.

　《아, 빨리 이 지루한 낮강론이 끝났으면… 래일이 누님의 생일이지. 래일은 영양위궁에 갈테다. 조정대신들도 누님 생일잔치에 가는것이야 못막을테지. 누님과 단둘이서 지내면 얼마나 좋을가. 생일잔치에 내시들과 조정관리들을 못들어오게 해야지. 매부와 무슨 재미있는 놀이를 한다? 술레잡이도 할수 있어. 하긴 그건 어린애놀이지. 후원에서 연띄우기를 해볼가? 뜀박질을 하는것도 괜찮은데…》

　《전하, 이제는 전하께옵서 구두를 떼서 읽으시기 바랍니다.》
　달콤한 생각에 잠겼던 어린 왕은 강관의 말에 깜짝 놀랐다.
　《응? 뭐라고? 어느 대목이요?》
　《방금 소신이 읽은 대목이올소이다.》
　왕은 허둥지둥 책장을 들쳐보았으나 어느 대목을 읽었던지 알수가 없었다. 그냥 얼굴이 빨개져

《음 읽겠소. 구두를 떼서 읽어야 하오?》 하고 더듬기만 하였다.

《전하의 총명이 뛰여나 학문을 닦지 않아도 절로 덕이 성취되울 줄은 소신이 모르는바 아니오나 옛성인의 가르침에 도의 마음은 오직 은미하고 오직 위태롭다 하였사옵니다. 오직 은미하고 오직 위태롭다 함은 자칫하면 옳바른 도의 마음을 잃을수 있다 함인즉 조금이라도 방심하면 사욕이 침습하여 방종하게 됨을 면하기 어렵사옵니다. 나라의 온갖 정사는 임금의 마음에서부터 나오는것인즉 옳바른 도의 마음을 잃으면 그에 따라 나라의 정사도 어지러워질것이오니 전하의 마음가짐이 얼마나 중요한것이오니까.

그런데 전하께서 성인의 학문을 강론하는중에 거북한 웃음을 불식간에 내놓으시니 비록 소신이 무능하와 그러하오신줄은 아오나 군신간의 체모에 손상이 가는 일이라 소신이 이대로 강관의 자리에 있을수 없사옵니다. 부디 신의 벼슬을 파면시켜 무능한자의 경계로 되게 하여주시기를 바라나이다.》

강관의 말이 길어질수록 어린 왕의 얼굴은 다홍빛으로 물들었다.

《내 웃음소리를 듣고도 모른체했댔구나. 내숭스러운 늙은이같으니. 앵이, 뭐라구 대답하누?》

왕은 얼굴이 붉어진채 책장을 뒤적이며 고개를 들지 못한다.

《소신의 벼슬을 갈아주시와 군신간의 체모를 보존케 하여주옵소서.》

늙은 강관의 말은 재촉이나 다름없다. 급기야 어린 왕의 얼굴이 노염에 달아올랐다. 아무리 그래도 자기는 임금이다. 더없이 존귀하다는 임금이 마음대로 웃지도 못한단말인가.

《경의 생각이 정녕 그러할진대 과인도 굳이 막지 않으려오. 과인이 어린 나이로 막중한 자리에 오르다보니 자연 생각이 많아 학문에 전심하지 못하는적이 있소. 더구나 래일은 한분밖에 없는 누님의 생일이라 돌아가신 선왕의 생각이 간절하여 불식간에 뜻밖의 소리를 내였소. 그런데 경은 그것을 웃음소리라 하니 군신간의 정의가 통하면 이런 일이 있을수 있겠소?》

《소신이 늙어 귀가 어둡다보니 그만 하늘같은 위엄을 범한것으로 아뢰오.》

강관의 이마에는 어느덧 땀방울이 맺히였다.

《과인이 설사 잘못 웃었다기로시니 그래 군신간의 체모를 가지고

자기 임금을 핍박하듯해야 옳소? 임금이 나이 어리다고 신하가 기탄이 없는것은 무슨 죄라 해야 하오?》

《소신의 어리석은 소견에는 불경죄에 해당하다고 아뢰오.》

《불경죄인은 어떻게 하오?》

《참형에 처하는것으로 아옵니다.》

《경이 대대로 나라의 록을 먹은 가문의 오랜 신하로 나의 심복지인이거늘 부디 충성스런 마음을 변치 말길 바라오.》

《황송하오이다.》

어린 임금은 아까와는 딴판으로 위엄이 당당하다. 통상에 도사리고 앉은 품이 한나라의 임금이 분명하였다.

올찬 음성에는 노기를 누르는 어른스러운 힘이 있어 듣는 사람으로 하여금 속이 뜨끔하게 하였다. 한번 위엄을 보이고 나중에 슬쩍 어루능치는 양이 훌훌한 어린 임금으로만 볼것이 아니였다.

늙은 내시와 강관은 위엄이 당당한 어린 임금을 새삼스러운 눈으로 보며 속으로 혀를 내둘렀다.

《래일은 영양위궁으로 행차할것이니 그리 알고 거행하라. 그러나 이는 사사로운 인정상 차마 아니갈수 없어 하는 걸음이니 될수록 간단히 꾸미도록 하라.》

어린 왕은 맺고끊듯 명령하고는 통상에서 일어나 안으로 들어갔다. 이번에는 조정관리들중 누구하나 가타부타 말을 못하였다.

이튿날아침 임금의 행차가 영양위궁으로 떴다는 기별이 들어오자 수양대군궁이 급작스레 끓었다. 들리는 말에 의하면 오늘 삼정승이 관청에 모여 잡인을 금하고 무슨 공론을 하였다는데 병조판서 민신이 순군을 엄격히 단속한다는것이다.

사랑방에 모여앉았던 사람들의 얼굴이 까맣게 죽어 수양대군의 얼굴만 쳐다보았다.

《일이 시작도 떼기전에 소문부터 났으니 어쩌면 좋소.》

누군가 의논조로 말꼭지를 떼자 또 누군가 기다렸다는듯이

《군사들이 와서 궁을 에워싸고 수양대군궁에 출입하는 사람들을 단속한다는 말이 도는갑다.》고 한다.

그 말에 수양대군이 벌떡 일어서며

《너희들이 그렇게 겁이 날것 같으면 어서 관청에 가서 고발하여라. 대장부가 세상에 나서 뜻을 품었으면 죽기를 각오해야지 아녀

자들 행실을 한단말이냐. 내가 서대문밖을 나가 호랑이를 잡을터이니 나를 따를 사람은 따르고 갈 사람은 가거라.》하고 소리를 질렀다.

서대문밖 호랑이란 좌의정 김종서를 가리킨것이다. 그만 넘어뜨리면 조정은 기둥없는 집이나 마찬가지다.

평소에 수양대군을 위해서는 목을 딴대도 서슴없이 나설것 같던 무사들이 정작 일이 터지니 슬금슬금 꽁무니를 빼려들었다.

수양대군은 십여명 든든한 사람들을 추려내여 몇사람은 별배복색으로 꾸미고 몇은 시위를 따르게 하여 서대문밖으로 향하였다.

이때 김종서집에서는 방금 저녁상을 물리였다. 넓은 사랑방에서는 문객들이 한담을 하고있었다.

세상이 뒤숭숭하니 자연 이야기가 조정의 일로 돌아가고 조정의 일을 말하니 수양대군이 말밥에 오르기마련이여서 저마다 대중없는 소리들을 한마디씩 하는판에 대문밖이 술렁거리더니

《수양대군이 오셨소.》하는 소리가 들렸다.

김종서는 안사랑에서 방금 숟가락을 놓고 앉았던참이였다. 급히 일어나 관복을 입는중에 의문이 샘솟듯한다.

《이 저녁에 수양대군이 무엇하러 내 집에 오누? 병을 칭탁하고 만나지 않는것이 옳을것 같은데. 만나면 제가 어쩔라구.》

마음을 질정하지 못하는 판에 아들 승규가 좇아 들어오며

《수양대군이 웨 왔답디까?》라고 물었다.

《글쎄 그 속을 누가 알겠느냐.》

《나가지 않는것이 좋을가보외다.》

《그러면 축잡히기 쉬웨. 저희가 감히 나를 어찌할라구. 네가 내 곁에 있으면 저들도 서뿔리 손대지 못할게다. 네가 힘이 장사라는 걸 저들이 모를리 없으니까. 대관절 나가보자.》

종서는 썩썩하게 대답하며 큰사랑으로 나갔다.

시월 열흘이다 초서녁 커가는 달이 어스름히 비치는 마당가운데 엄장큰 수양대군이 사모를 쓰고 뒤짐을 진채 서있는것이 보였다. 대군의 뒤에 서넛의 그림자가 어른거리는데 병장기를 쥐였는지 손을 등뒤로 감추고 서성거리는 꼴이였다.

수인사를 마치고 사랑으로 들어갈것을 청하자 수양은 굳이 사양하며

《잠간 물어볼 말씀이 있어 이렇게 늦은 때에 미안한 걸음을 하였소.》라고 하였다.
《아무튼 대신과 대군이 마당에 서서 말을 하는것이 체모에 안된 일이외다. 내 집이 루추하여 청하기는 거북하오나 잠시 들어가는게 어떠시오?》
《뭐 그럴것까지는 없소.》
수양대군은 대답할 말을 못찾고 머밋거리였다.
오늘저녁 기어이 종서를 없애버릴 작정을 하고 찾아온 그였다. 이제 그가 한손을 쳐들어 신호만 하면 뒤에 있는 무지막지한 무사패들이 철퇴를 들고 종서에게 달려들판이다.
범같은 종서를 그대로 앉혀두고는 조정을 손아귀에 집어넣을수 없거니와 오히려 그자신이 위태하다는것을 수양은 잘 알았다. 늙었다고는 하지만 아직은 왕년에 북방의 오랑캐를 호령하던 장수의 씩씩한 기상이 그대로 살아있는 종서였다.
수양은 자기와 마주서있는 종서의 당당한 모습을 보며 적수일망정 씩씩한 사나이의 기품에 저으기 탄복하지 않을수 없었다.
《과연 사나이로다. 내가 선의를 가지고 온것이 아님을 저도 알터인데 어쩌면 이 마당에서 저리 태연할고. 저 사람이 내편이 되여주었으면— 재목이 아깝구나. 아서라, 내 사람이 될 그가 아닌터에 내 무슨 생각을—》
《자 어서 안으로 들어가십시다.》
종서는 말없이 섰는 수양을 바라보며 다시한번 청하였다.
《아니요.》
수양은 종서의 말에 펄쩍 정신을 차렸다.
이왕 내친 걸음이니 중도에 돌아설수는 없는 그였다.
방안에 들어가면 손을 쓰기가 어려울것이니 이 마당에서 해치워야 한다.
그런데 종서의 옆에 힘이 항우장사라는 아들 승규가 붙어있으니 야단이다. 어떻게든 승규를 떼버려야 하였다.
문객 두엇이 종서옆에 붙어있기는 하지만 승규만 떼버리면 별로 힘들것이 없을듯하였다.
수양대군은 문득 한 꾀를 생각하고 손을 머리뒤로 올려 사모를 만지작거리다가 사모뿔을 뚝 분질렀다.

《이런 제기, 사모뿔이 부러졌구나.》

수양은 아차 실수한 모양으로 혀를 채며 부러진 사모뿔을 종서앞에 내들었다.

《그거 안되였소그려.》

《대감 집에 사모뿔이 하나 없겠소? 이런 꼴을 하고야 나설수 있어야지.》

《어디 제 사모뿔이 맞나봅시다.》

종서가 자기 사모뿔을 빼여 수양대군에게 주었다.

《아니 이건 작아서 맞지 않는구려. 대감, 어디 집에 없나 한번 찾아봐주.》

《허, 이런.》

자기집에 찾아온 손님이 갑자기 난처한 일에 부닥쳤으니 주인이 모르쇠할수 없었다.

종서는 아들 승규를 바라보며

《이애 얼른 집에 들어가 사모뿔 하나 찾아오너라.》하고 일렀다.

승규는 내키지 않는듯 뜨아한 낯빛으로 종서를 바라보았다. 별일 없겠느냐는 눈치였다.

종서는 대군의 행동이 수상쩍었으나 《저도 대장부려니 설마 속임수야 쓸라구》하는 생각이 들어 그냥 머리를 끄덕이며 일없다는 시늉을 하였다.

승규가 안으로 들어가자 수양대군은 옳지 되였다고 속으로 무릎을 쳤다.

《대감 이 편지를 좀 부탁하우.》

수양대군은 품에서 편지 하나를 꺼내여 종서에게 내밀었다. 종서가 편지를 받아들고 달빛에 비치여보는 때다.

수양은 그가 머리를 숙이자 오른손을 번쩍 들었다. 그러자 뒤에서 신호만 기다리고있던 무사패들이 철퇴를 내들고 달려들며 무작정 종서의 정수리를 바라고 내리쳤다.

순간이다.

《이놈!》하는 정한 호령소리가 나며 종서의 손이 내려오는 철퇴를 맞받아 움켜잡았다.

여늬 사람 같으면 무지한 철퇴에 머리가 바스라졌겠건만 전장에서 산전수전을 다 겪은 로장이라 눈결에 번개치듯 내려오는 철퇴를 보고 제꺽 손으로 막았던것이다.
《이게 무슨 짓이냐?》
종서의 다기찬 호령에 달려들던 무사들이 주춤했다. 그러나 나이는 속일수 없었다.
젊은것이 힘껏 나꾸채는바람에 종서는 몸을 휘끈하며 철퇴를 놓아버렸다.
다음순간 무사는 철퇴로 종서의 덜미를 쳤다.
종서는 눈을 부릅떴다.
시퍼런 불이 이는 눈으로 수양을 쏘아보았다.
《대군이 대신을 살해할 음모를 꾸미오?》
종서는 한마디 부르짖고 그대로 쓰러졌다.
《이놈들아!》
방에 들어갔던 승규가 이때야 달려나오며 벽력같이 소리질렀다. 어느결엔가 그의 두손이 번쩍 하더니 철퇴를 들었던놈이 마당 한구석에 휘뿌리여 나동그라졌다. 또 한놈이 그의 발길에 채워 정갱이가 부러진듯 아이구 소리를 지르며 주저앉았다.
장사로 이름난 그가 죽기를 한하고 날뛰니 그 서슬이 무서웠다. 그러나 아무리 장사라도 병장기를 든 여럿을 당하기는 어려웠다.
두놈을 대적하는 동안 다른놈들이 칼을 빼들고 종서의 목을 겨누었다. 순간 승규는 앗 소리를 지르며 자기몸으로 아버지를 덮었다. 무지한 칼이 번쩍이였다. 승규는 선지피를 뿜으며 쓰러졌다.
잠간사이에 벌어진 일이였다.
악악 하는 소리에 사랑방이 들레더니 《도적이야.》하는 소리가 났다.
《가자!》
수양은 사랑의 문객들이 쓸어나오기전에 무리를 끌고 황황히 내뺐다.
이제는 영양위궁으로 가서 임금을 손에 넣고 조정을 호령하면 그만이다.
수양대군은 이미 약속한 순군청의 군사들을 끌고 영양위궁으로 달려갔다.

《상감께 아뢸 말씀이 있으니 급히 문을 열라.》
대군의 목소리에는 살기가 뻗쳤다.
어린 임금은 졸지에 당한 일이라 어찌할바를 몰랐다.
《궁밖에 온 군사들은 웬 군사들이냐?》
《순군청의 군사들이라 하옵니다.》
《누가 거느리고 왔다더냐?》
《수양대군이 거느리고 왔다고 아뢰오.》
《수양대군이? 숙부께서 왜?》
수양대군이라면 질색하는 어린 임금은 벌써부터 목소리가 떨려나왔다. 미처 대답이 나오기도전에 영창문밖에서 《아뢰오.》 하는 소리가 울린다.
어린 왕이 내다보니 영창문밖에 수양대군이 갑옷차림에 칼을 차고 엎드리였다.
《숙부께서 무슨 일로 이 밤중에?》
간신히 묻는 왕의 얼굴은 파랗게 질렸다.
《나라의 운수가 불행하여 역적들의 음모가 있삽기로 먼저 그 괴수들의 목을 버히고 그 사유를 감히 아뢰나이다.》
《역적이라니 그게 누구요?》
왕의 목소리는 겁에 질렸다.
《안평대군 유와 령의정 황보인, 좌의정 김종서, 우의정 정분으로 아뢰오.》
《아니, 그럼 삼정승들이 다 역적이란 말이요?》
《그러하옵니다. 황보인, 김종서, 정분의 무리들이 안평대군을 임금으로 올려세울 음모를 꾸미고 오늘 군사를 일으켜 영양위궁을 범하려 하옵기에 신이 부득이 먼저 손을 쓴것이옵니다.》
《선왕으로부터 탁고의 명을 받은 그들이 설마…》
《지금은 한시각이 급하오니 빨리 결단을 내리시기 바랍니다.》
《그들이 무슨 일로 과인을 배반한단 말이요? 아무래도 모를 일이요. 혹시 숙부께서 잘못 아신게 아니요?》
불현듯 어린 왕은 위의를 차리며 수양대군을 면바로 쳐다보았다.
《하늘이 굽어보고있는터에 신이 어찌 감히 그런 거짓말을 하오리까?》

《그럼 이 일을 어떻게 하오? 아, 좌정승이 과인을 배반하다니, 과인이 그토록 믿던 좌정승이, 과인이 섭섭히 해준것이 무엇이길래? 아, 이 일을 어떻게 하오?》

왕은 금방 울상이 되여 자리에서 일어났다.

공연히 곤룡포소매를 쥐였다 놓았다 하며 서성대는양은 흡사 길을 잃고 갈팡질팡하는 어린것이였다. 어린 왕은 서러웠다. 자기가 그토록 믿어오던 좌의정이였다.

부왕이 세상을 떠나며

《경이 세자를 잘 돌보아주오.》라고 부탁하였을 때 종서는 머리를 조아리며 하늘을 가리켜 맹세하지 않았던가.

황보인, 정분도 그렇다. 자기를 쳐다보던 그들의 눈길이 얼마나 따뜻하였던가.

자기도 그들을 정승이라는 대하기 어려운 신하로서가 아니라 마음좋은 늙은이들처럼 믿고 의지해왔다.

대바르고 불의에 굽힐줄 모른다던 좌의정이 아니였던가.

령의정 황보인은 점잖기로 유명하고 우의정 정분도 청렴정직하기로 소문났었다. 그런데 그들이 역적음모를 꾸몄다니… 아니, 모를 일이다. 어쩌면 이 모든것이 무함일는지도 모른다.

언젠가 좌의정에게서 수양대군궁에 무사들이 모여든다는 말을 들은적이 있다. 그러고보면 삼정승들을 모두 역적으로 지목하는 수양대군이 도리여 의심스럽지 않은가. 디굴디굴 구으는 저 눈알은 보기만 해도 끔찍하다. 저런 눈을 가진 그가 무슨 일인들 못하랴.

어린 왕은 수양대군의 눈을 바라보며 몸서리를 쳤다.

붉어진 눈알을 번쩍이며 왕의 거동을 초조히 살피던 수양대군이 버럭 어성을 높여 꾸짖듯 말하였다.

《나라의 존망에 관계되는 일이라 시각을 지체할수 없으니 빨리 결단을 내리소서.》

《이 일을 어떻게 하면 좋겠소?》

당황해난 왕은 누구에게라 없이 물었다.

《역적들을 명소패로 부르시면 신에게 자연 조처할 도리가 있는줄로 아뢰오.》

지금 영양위궁을 둘러싸고있는것은 수양대군의 무사패들이다. 수양대군의 턱짓에 따라 사람 죽이기를 파리 잡듯할 무지막지한자들이니 늙은 황보인이나 정분따위들을 해치우는것은 제주머니의 물건 꺼내듯 할것이였다.
 어떻게든 왕을 얼러 명소패로 조정관리들을 영양위궁으로 불러들이기만 하면 그다음의 일은 식은죽 먹기였다.
 문간에는 한명회와 권람이 지옥의 사자처럼 죽일 사람과 살릴 사람의 명부를 들고 서있을것이다.
 《그럼 그리하오.》
 역적음모라는 어마어마한 일을 졸지에 당한 어린 왕은 그저 수양대군의 말을 따를밖에 없었다.
 수양대군이 옳지 되였구나 하고 일어서려는데
 《전하 아스십시오.》하는 목메인 소리가 울렸다. 옆에서 시중을 들던 늙은 내시 김연이 왕앞에 엎드리였다.
 《이게 무슨짓이냐? 어서 일어나거라.》
 왕은 애써 위엄을 갖추노라고 하지만 겁에 질린 목소리는 가볍게 떨려나왔다. 그러는 왕을 쳐다보는 늙은 내시의 눈에서 눈물이 주르르 흘러내렸다.
 《전하, 선대임금으로부터 중한 부탁을 받은 삼정승이 억하심정으로 반역을 도모하오리까. 그들도 사람의 성정을 가지고있은즉 결단코 그러할리가 없사오이다. 오늘 수양대군의 말은 전혀 믿을것이 못되는것인줄 아옵니다. 나라의 기둥을 뽑아버리면 장차 조정이 어떻게 되오리까. 충신들이 다 없어지고보면 전하의 한몸조차 보중할길 없사오니 부디 생각을 돌리시옵소서.》
 김연은 피를 토하듯 부르짖었다.
 《응?!》
 수양대군은 왕앞에 엎드린 내시를 무섭게 노려보며 벌떡 일어섰다.
 《고현놈, 네가 감히 그따위 말로 나를 모해하려드는구나.》
 수양의 격노한 목소리가 대청을 드렁 울리였다. 그러나 김연은 수양의 호령을 들은둥만둥 왕앞에 엎드린채 까딱하지 않았다.
 그러지 않아도 수양대군의 말을 미타하게 여기던 왕은 내시의 말에 그만 휙 돌아섰다. 수양을 바라보는 눈에도 의심이 잔뜩 실렸다.
 수양대군은 등골로 땀이 흘렀다.

《전하, 저 요망한 늙은것이 나라의 존망을 놓고 무엄한 입을 마구 놀리니 그 죄가 만번 죽여도 남사오리다. 너 이놈, 네놈이 역적들과 한동아리인줄을 내가 모르는줄 아느냐.》

수양대군은 칼자루를 잡으며 발을 탕 굴렀다. 그 무서운 서슬에 왕은 낯빛이 파랗게 질렸으나 김연은 오히려 태연하였다.

《전하, 지금 령의정 황보인이 역적이라 하는 말은 정녕 당치않은 무함이옵니다. 선왕으로부터 남다른 후은을 입사와 자나깨나 나라에 충성할 생각밖에 없는줄은 소신이 목숨을 걸고 보증하겠소이다. 좌의정은 세종대왕께서 생존하실 때부터 나라를 위해 죽음도 두려워하지 않은 충신이온데 그가 일조에 역적이 되다니 천부당만부당한 말이옵니다. 그가 북방의 오랑캐들을 쳐부시고 나라지경을 정해놓은 공적은 력사에 빛나는것이어늘 무삼일로 하늘의 해를 쏘아떨구려는 불의의짓을 하오리까. 전하께서는 충신들을 없애려는 소인들의 참소를 물리치시와 나라의 기둥들을 잃지 마옵소서.》

말을 마친 김연은 대청바닥에 머리를 조아렸다. 그의 이마에서는 피가 흘렀다.

수양대군은 벌써 칼을 뽑아들었다. 분기가 치밀어 칼을 쥔 손이 우들우들 떨었다.

《이놈, 네놈이 감히 나를 잡으려들다니 이 칼이 무섭지 않으냐. 전하, 이놈은 역적의 심복이 틀림없으니 살려두면 장차 나라의 화근이 될것이오이다. 신에게 내주시면 한칼에 베여버리오리다. 이 쥐새끼같은 내시놈아. 당장 이리 내려오지 못할가.》

수양대군은 시퍼런 칼끝으로 김연의 등을 겨누었다.

김연은 숙였던 머리를 번쩍 들어 수양대군을 쏘아보았다.

《여보, 나으리, 나으리가 아무리 나라님의 숙부이기로서니 감히 임금앞에서 칼을 빼여든단 말이요? 그게 역적을 치는 충신의 행실이요? 어서 빨리 물러가 죄를 기다리오. 그러기전에는 내가 살아서는 임금결을 떠나지 않을테니 그리 아시오. 칼이 무서워 이 늙은것이 할 말을 못하겠소. 어서 칼을 거두고 물러가오.》

《무어라구?! 네가 아직 입이 살아서 지껄이는구나. 이리 나오지 못할테냐.》

《여보, 내 임금이 여기 계신터에 나으리가 오란다고 내가 갈상싶소? 나으리나 어서 물러가오.》

《으음, 이놈!》
수양대군은 두어걸음 훌쩍 뛰여 대청에 올라서자바람으로 칼을 휘둘렀다.
《악!》하는 비명소리와 함께 김연의 목이 대청에 구을며 선지피를 뿜었다.
《애그머니!》
임금의 곁에 있던 경혜공주와 나인들이 기겁을 하며 주저앉았다.
《이게 무슨짓이요?》
내시 한숭이 한발작 앞으로 나서며 두팔로 수양을 막아나섰다.
수양은 살기가 뻗쳐 피가 진 눈으로 한숭을 노려보았다.
《신하로서 칼을 빼들고 올라오다니 나으리가 너무 무엄하오. 임금의 내시를 마음대로 죽이는 나으리가 무슨짓인들 못하겠소.》
《으음, 네놈도.》
《여보 나으리, 나는 나으리가 역적인줄로 아오.》
《뭐라구?! 너도 저것처럼 되고싶으냐.》
수양대군은 피가 뚝뚝 흐르는 칼을 천천히 공중으로 쳐들었다.
한숭은 피에 젖은 김연의 시체를 물끄러미 내려다보더니 조용히 한숨을 쉬며 중얼거렸다.
《여보, 조금만 기다리우. 나도 같이 가려우.》
그리고는 수양대군을 똑바로 쳐다보며 또박또박 씹어 말하였다.
《마음대로 하오만 내 뜻을 빼앗을 생각일랑은 마오. 전하, 부디 옥체를 보중하옵소서.》
한숭은 수양대군을 일별하고 돌아서서 임금앞에 엎드려 하직인사를 하였다. 그가 일어나자마자 수양대군의 칼이 획 내려졌다. 칼은 한숭의 목에서 뚝 멎었다.
《이놈, 이래도—》
곁에서 보던 사람들이 모두 악소리를 지르며 눈을 감았다. 한숭도 선뜻한 칼날이 목에 닿자 저도 모르게 진저리를 쳤다.
《하하하. 이놈아, 그래 어떠냐?》
수양대군의 껄껄대는 모양을 보는 한숭의 눈에서 불이 벙끗 일었다.
《자고로 충신은 죽일지언정 욕을 보이지는 않는 법이요. 나으리

는 그것도 모르시오?》

《네놈이 아직 되지못한 주둥이를 놀릴셈이냐?》

《여보, 내가 이제 죽으면 돌아가신 선왕에게 이 말씀을 다 아뢸 테니 그리나 아시오. 선왕의 충신을 죽이려는 나으리의 마음도 편치는 않을가보외다.》

어쩌면 담담한 말, 죽음을 앞에 둔 사람의 말이라기는 믿기 어려웠다. 그 담담한 말이 수양대군에게는 비수처럼 가슴에 박혀왔다.

《아—아 이놈아!》

수양대군은 자기가 먼저 칼에 찔리기라도 한듯 비명같은 소리를 내지르며 한숭을 내리쳤다.

한숭은 푹 거꾸러졌다. 무거운 침묵이 뚜껑처럼 방안을 꽉 내리 눌렀다. 무서운 살기만이 눈에 보이지 않는 사슬로 사람들의 사족을 꼼짝 못하게 얽어맨듯 모두 몸서리를 치며 굳어졌다.

수양대군의 살기찬 눈이 왕에게로 옮겨갔다. 그러자 늙은 궁녀가 어린 왕을 감싸며 비명을 올렸다.

《나으리, 이게 무슨짓이오?》

《…》

수양대군은 말없이 칼끝으로 궁녀의 등가슴을 겨누었다. 왕을 감싼 궁녀의 뒤등이 칼끝앞에서 부들부들 떨렸다. 칼끝은 점점 등에 가까워졌다. 한치, 두치, 이제 칼 쥔 손을 쑥 내지르면 선지피가 확 내뿜기고 나른해진 몸뚱아리가 천천히 주저앉으며 마루에서 경련을 일으키며 딩굴것이다.

죽이는 사람이나 죽으려는 사람이나 소리치는 법을 잊은듯 입귀만 씰룩일뿐이였다. 사람들은 얼혼이 빠진듯 우두커니 서서 수양의 칼끝만 바라보고있었다. 모두 악 소리가 절로 나오는것을 참고있었다. 바스락소리만 나도 수양의 칼이 쑥 궁녀의 뒤등에 박힐것만 같았다. 가슴이 꽝꽝하게 얼어드는 순간이였다.

어린 왕은 종내 무서움을 참지 못하고 와 울음을 터뜨리며 수양대군의 칼 쥔 손에 매달렸다.

《숙부, 날 살려주오.》

살기가 가득찼던 방안에 겁에 질린 어린 왕의 목소리가 울리자 모두 꿈에서 소스라쳐 깨여난것처럼 부르르 몸을 떨었다. 어린것의 울음소리는 이 세상에 사람의 피를 흘리게 하는 권력외에도 그 어떤 인간적인것이 있다는것을 깨우쳐주는듯하였다.
 수양대군은 잠시 넋을 잃은듯 팔에 매달려 우는 조카를 멍하니 내려다보았다. 이제까지는 자기가 앗으려는 임금의 자리에 앉았던 왕이지만 지금은 그저 겁에 질린 어린 조카일따름이였다.
 수양대군은 저도 모르게 부르르 몸서리를 치며 피묻은 칼을 바라보았다.
 정녕 이리 해야만 할 일이였던가. 아니하고는 안될 일이였던가. 아니해도 될 일이였으면 내 웨 시작했누. 아아. 종서, 김연, 한숭, 적수일망정 모두 장한 사람들이다. 수양대군은 속으로 탄식하였다.
 칼날앞에서 설설 기는 꼴을 보았더면 역겨워 다시 생각지 않을것이언만 그들은 과연 장부답게 떳떳이 죽었다. 장부답게 죽음앞에서 씩씩하였으니 그들은 사나이 이름을 남길것이여던 그를 죽인 자신을 두고는 장차 무어라 할고.
 수양대군의 와살스런 마음에서는 서글픔 비슷한 회오의 연기가 모락모락 피여올랐다.
 그러나 이제는 내친 걸음이다. 중도에 돌아설수 없는, 그로서는 마지막까지 이 길을 걸을수밖에 없었다.
 《요망한 내시놈이 역적을 두호하는것이 괘씸하여 목을 벤것이오니 전하께서는 과히 놀라지 마옵소서. 오늘밤 신에게 명소패를 내주시와 역적들을 불러들여 처치하게 해주시기 바랍니다.》
 《아무려나 숙부님 생각대로 하오.》
 겁에 질린 왕은 한마디 대답을 하고는 누이인 경혜공주의 손에 이끌려 안으로 들어가버렸다.
 수양대군은 긴숨을 내쉬였다. 일이 뜻대로 되였다는 안도의 한숨인지 아니면 죄없는 사람들을 무수히 죽여야 할 자신의 일이 한심해서인지는 그자신도 몰랐다.
 수양대군은 승지를 시켜 명소패를 내다가 조정관리들을 부르게 하였다. 아닌밤중에 선전관들이 명소패를 받아들고 부리나케 떠났다.
 맨처음 영양위궁에 이른것은 좌찬성 리양이였다. 무슨 일에나 공정하고 근엄하기로 이름난 로재상 리양은 밤중에 명소패를 받고 아무 의심도 없이 영양위궁으로 달려왔다. 대문앞에 이르니 군사들이 막아나서며 호령하였다.
《수종하인은 떼랍시는 분부요.》
《너희들은 물러서거라.》
 고지식한 그는 하인들을 떼여놓고 뚜벅뚜벅 문간으로 걸어들어갔다. 대문안에 들어서자
《의정부 좌찬성 리양이요.》하고 소리높이 웨친다. 중문안에 서있는 한명회가 들으라는 소리였다. 한명회는 죽일 사람과 살릴 사람의 명부를 펴들고있었다. 그가 손을 한번 들었다 내리면 들어오는 사람은 죽는판이였다.
 리양이 수상쩍은 생각이 들어 걸음을 멈칫하는데 언제 신호가 왔는지 컴컴한 문간 그늘밑에 숨었던 무사들이 달아나와 다짜고짜 무거운 철퇴로 그의 덜미를 쳤다. 《억!》하는 비명과 함께 리양은 푹 앞으로 꼬꾸라졌다.
 삽시간에 문간안은 피에 젖었다.
《의정부 우참찬 정린지.》
 이번에는 한명회가 손을 가로저었다. 살리라는 신호였던것이다.
 정린지는 땅바닥에 고인 피를 밟지 않으려고 발을 사뿐사뿐 저겨디디며 안으로 들어갔다.
《집현전 교리 신숙주.》
 숙주도 명회가 손을 가로젓는통에 무사히 살아 안으로 들어왔다. 대문에 들어선 숙주는 코를 울컥 찌르는 피비린 냄새에 몸이 으쓱하였다.
《수양대군에게 붙지 않았더면 내 피도 이 문간에 흘렸을것을.》하는 생각이 머리를 스치며 《다행이다.》는 한숨이 절로 나갔다.
 중문안에 들어서던 숙주는 명회와 눈이 마주쳤다. 두사람은 얕은 눈웃음으로 인사를 대신하였다. 한사람은 《내가 너를 살려주었다.》하는 득의의 웃음이요, 또 한사람은 《내가 그러게 미리 머리숙이지 않았소.》하는 어줍은 웃음이였다.
 령의정 황보인은 자다가 선전관이 전하는 명소패를 받고 황황히 관복을 갈아입고 나섰다. 이 밤중에 임금이 영양위궁에서 부르는것으로 보아 필시 무슨 중대사가 있을것이다. 그는 서둘러 관복을 입은 다음 초헌을 타고 영양위궁에 이르렀다.
 궁문밖에 옹게중게 모여섰던 군사들이 초헌을 보자 들레였다.

늙은 정승은 채좋은 수염을 쓰다듬으며 가을달을 쳐다보았다. 어째 이리 마음이 불안하누.
 대문앞에 이르자 파수를 서던 군사들이 내달아 앞을 막았다.
《하인을 떼랍신 분부요.》
《대신행차에 하인을 떼라는 너희놈들이 온전한 정신들이냐?》
황보인의 집종이 대가집 하인답게 배를 내밀며 되알진 소리로 호령을 하였다.
《이눔아. 떼라면 뗐지 무슨 잔말이냐.》
《막된놈이 창을 쥐였다구 함부루 호령질이로구나. 이놈아. 불기 터지는게 소원이거던 더 소리를 질러라. 두억시니같은녀석.》
《이자식 욕지거리하는품이 되려 제가 초헌을 탄것 같베그려.》
와자지껄 떠드는 꼴을 가만히 내려다보던 황보인이 어험 하고 기척을 내였다.
《웨들 이리 떠드느냐?》
《대감마님, 이런 어처구니없는 녀석들을 좀 봅시오. 대신행차에 대문간에서 수종하인을 떼라니 이런 지각없는놈들이 파수랍시구, 원.》
《이애, 수선떨지 말아. 그래 너희가 지금 누구의 령을 받구 이 궁을 지키느냐?》
황보인의 점잖은 말에 군사들이 쩔끔하여 미처 대답을 못하였다. 안에서 패장인듯한 장교 하나가 나오더니 자못 뻣뻣한 말투로 대답을 하였다.
《우리가 지금 수양대군의 령으루 이 궁을 지키고있소이다.》
《수양대군?》
황보인은 급기야 가슴이 철렁하였다. 근간에 수양대군이 령의정 벼슬을 하게 된다고 쉬쉬 한다는 말은 그도 이미 들은터이다. 임금이 계신 이 궁을 수양대군의 군사들이 지키고있다면 일은 불보듯 뻔했다. 령의정인 자기앞에서 파수군사들이 기탄없이 구는 꼴을 보면 일은 벌써 케가 틀렸다.
《늦었구나. 수양대군이 설마 하고 믿었던 내가 잘못이다. 좌의정은 지금 무얼하고있누? 오—덧없는 인생이 여기서 끝나는가보다. 아, 선왕의 부탁을 어찌할고, 지하에 가서 무슨 낯으로 선왕을 뵈올고.》

황보인은 부지중 긴 한숨을 내뿜었다.
《이놈들, 떠들것 없다.》
그는 느릿느릿 초헌에서 내렸다. 늙은이답게 무거운 걸음을 한발 내짚다말고 따라온 하인들에게 차근차근 일렀다.
《너희들은 랑패를 보지 말고 이길로 빨리 집으로 돌아들 가거라. 내 평생에 허물될 일을 한적이 없으니 마음이 편하단다구 일러라.》
《대감마님, 그게 무슨 말씀인갑쇼?》
《그저 그리 전하면 다 아느니라.》
황보인은 말을 마치자 뒤도 돌아보지 않고 대문안으로 들어섰다. 컴컴한 문안에 장정들이 웅게중게 서있는것이 눈에 띄였다.
한놈이 철편을 쳐들고 와락 대들다가 그만 그의 태연한 눈빛에 기가 질렸던지 우뚝 멈춰섰다. 다른녀석들도 그바람에 무춤하였다.
황보인은 죽음을 피할수 없다는것을 알았다. 이왕 죽을바에는 떳떳이 죽어야 할것이였다.
《여봐라, 령의정 황보인이 여기 왔다구 일러라.》
그의 목소리는 늙은이답지 않게 쩌렁쩌렁하였다.
그 말에 굳어졌던 무리들이 와락 덤벼들었다. 우악스럽게 생긴 한놈이 선손을 쓰자 뒤따라 철편이며 칼이며가 비발치듯 늙은 대신의 몸우에 떨어졌다.
하루밤사이에 조정은 수양대군의 세상으로 휘딱 바뀌였다. 삼정승이하 륙조와 삼사의 장관은 물론 8도의 감사와 고을원에 이르기까지 모두 수양대군의 문객들과 한명회의 패거리가 아니면 정린지의 무리들이 차지하였다.
아침이 되자 수양대군은 당장 령의정 겸 리조판서, 병조판서 내외 병마도통사로 임명되였다. 나라의 권력은 홈빡 그의 손아귀에 들어가고말았다.
수양대군의 천거로 좌의정이 된 린지는 그의 말이라면 소금섬을 물로 끌라고 해도 마다하지 못할 형편이였다. 이제는 허수아비로 된 왕같은것은 그의 안중에 있을리 없었다. 수양대군의 눈에만 들면 그만이였다. 어떻게 하면 그의 비위를 맞출가 궁리하던 정린지는 그날로 왕에게 수양대군을 표창하자는 길다란 상소문을 올였다.
　선왕이 살아있을 때는 세자시강원의 관리로 서연 (세자가 공부하는 모임)에 들어와 입만 벌리면 의리요 충절이요 하던 그였다. 그러던 린지가 하루아침사이에 탈바꿈을 하고 나서서 수양대군의 공로를 표창하자고 떠벌이니 어린 왕으로서도 기가 찰 일이였다. 생각같아서는 린지의 뻔뻔스러운 낯에 침을 뱉고
　《저놈을 당장 끌어내여라.》하고 호령하고싶었다.
　그러나 이제는 꼭두각시모양으로 줄을 당기는대로 움직여야 하는 고달픈 처지다. 하는수 없이 왕은 쓰거운듯
　《좌의정의 말이 참으로 가상하오. 과인은 좌의정이 이같은 충신일줄 몰랐소. 어서 그리 하오.》하고 내쏘았다.
　린지는 그만 얼굴이 지지벌개진채 왕앞에서 물러났다.
　그런데 일은 그것으로 그치지 않았다. 수양대군의 공로를 표창하는 책훈문을 누가 짓는것이 마땅하겠는가를 의논하던끝에 좌찬성 허후가 짓는것이 좋겠다는 의견이 나왔다.
　여늬 일이라면 수양대군이 이래라저래라 했으련만 체면으로 보아 제일에 제가 나설수는 없었다. 결국 좌의정이라는 직책도 직책이려니와 일의 꼭지를 뗀 사람이 다름아닌 린지인지라 어차피 일끝을 맺는것도 린지가 맡아나설수밖에 없었다.
　그러나 그것은 낯 간지러운 일이 아닐수 없었다. 하루밤사이에 조정대신들을 모조리 도륙내고 권력을 쥐기는 하였으나 살아남은 사람들가운데는 아직 수양대군의 손발노릇을 하는것을 수치로 여기는 사람들도 적지 않았다. 이런판에 수양대군의 책훈문을 짓는다는 것은 내가 수양의 부하요 하고 이마빡에 써붙이고 나서는것이나 다름이 없었다.
　명색이 좌의정으로 자기가 수양대군의 손발이노라고 뻐젓이 밝히기란 그리 달갑지 않은 일이였다.
　아직 피비린내가 가시지 않은 대정에 간밤에 살아남은 의정부외 삼사의 관리들이 모여앉았다. 모두 얼굴들이 파랗게 질려가지고 공연히 수선거리였다. 잠 못잔 얼굴들이 부석부석하였다. 겁에 질린 눈길들이 자연 린지에게로 쏠렸다.
　《상감께서 수양대군의 이번 공로를 표창하라는 특지를 내리셨으니 책훈문을 지어야 할텐데—조정의 공론이 모두 좌찬성 허후대감

에게 이 일을 맡기는것이 마땅하겠다고 하외다. 대감의 의향은 어며시오?》

정린지의 말이 끝나기 바쁘게 허후는 가래를 톺아올리며 눈이 치째질듯 린지를 흘겨보았다. 채수염을 쓰다듬는 손이 분을 참느라고 후들후들 떨렸다. 금시 대청바닥을 치며 벌떡 일어나

《이놈, 허튼 수작 말아!》하고 호통을 칠 기상이였다.

좌중은 숨을 죽이고 마음을 졸이며 허후를 쳐다보았다.

《짓고싶은 사람이나 지으라고 하오.》

허후는 한마디 내뱉고는 고개를 외로 틀며 휙 돌아앉았다. 사람들은 모두 저사람이 저러다 무슨 경을 치려누 하고 침을 삼키였다.

린지는 면구한듯 얼굴이 수수떡이 되여가지고 헛기침을 하였다.

《그래 못짓겠다는 말씀이요?》

《난 그따위 글은 못짓겠소.》

《그따위 글이라니? 대감 말씀이 너무하오.》

《무엇이 너무하단 말이냐?》

마침내 허후는 참고참던 분을 터뜨리며 자리를 차고 벌떡 일어났다.

간밤에 명소패를 받고 영양위궁에 들어온 허후는 조정의 대관들이 중문안에서 맞아죽는것을 보고 불꽃같은 의분이 치미는것을 겨우 참고있었다.

《저놈들이 나는 왜 죽이지 않누?》하는 생각에 마음이 싱숭생숭하였다.

허후는 자기가 수양대군덕에 살아난줄은 감감 모르고있었다.

당초에 명나라에 보낼 사신을 임명할 때였다. 수양대군은 이 기회에 제몸값을 높여볼양으로 기어코 명나라에 사신으로 다녀올 작정을 하였다.

그런데 조정의 공론이 안평대군에게로 쏠리는듯하여 몸이 바짝 달았다. 억지떼를 써서라도 임명되려고 사신으로 가기를 자청하여 나서기까지 하였으나 좌의정 김종서가 안된다고 딱 잡아떼였다.

사신으로 가기는 북두칠성이 앵돌아졌나부다고 조바심을 하는차에 좌참찬으로 있던 허후가 나서며 종서의 말에 주를 달았다.

《지금 선왕의 령구가 빈전에 계신 때에 종친(임금의 친척)의 어

른이 되시는 수양대군이 나라를 떠나는것은 안될 말씀인줄 아옵니다. 지금 나라에 어수선한 일이 많은터에 어리신 임금을 도울 기둥이 잠시라도 없어서야 되겠소이까. 수양대군이 사신으로 더없이 마땅하기는 하오나 이번만은 안될줄로 아뢰오.》

허후의 말에 수양대군의 마음이 조금 너누룩해졌다. 실상 그의 말은 좌의정 김종서의 의견에 찬성하여 수양대군을 보내지 말자고 한것이였으나 수양은 사신으로서는 더없이 마땅하다는 말에 귀가 번쩍 띄여 그가 자기에게 마음을 기울이고있는줄로 알았던것이다.

허후의 온건한 말에 좌중의 기색이 풀리자 눈치역은 정린지가 슬쩍 나서며 허후의 말을 뒤받았다.

《수양대군이 사신으로 더없이 마땅하다는것이 조정의 공론이오이다. 종친의 어른되시는 대군이 나라를 뜨는것이 안된 일이기는 하지만 기일이 얼마 오래지 아니하고 또 조정에 원로대신들이 있으니 나라일은 그닥 걱정할것이 없다고 보오이다. 신은 수양대군을 사신으로 보내는것이 옳은줄로 아뢰오.》

일은 정린지의 말대로 되여 수양대군은 소원대로 명나라에 사신으로 다녀오게 되였다. 결국 허후의 말이 린지에게 다리를 놓아준 셈이 되였다. 수양대군은 이때부터 허후를 자기 사람으로 내심 점찍고있었다.

거사를 앞두고 죽일 사람과 살릴 사람들의 명부를 작성할 때에 한명회는 허후를 죽일 대상에 넣었다. 명부를 훑어보던 수양대군은 죽일 사람의 명부에서 허후의 이름을 보자 그만 손을 내저었다.

《아스게, 허후는 죽여서 안되네. 이 사람이 전부터 내게 마음을 기울이고있는줄은 내가 아네.》

한명회는 사팔눈을 쪼프리며 뾰죽한 머리를 옆으로 기우뚱하였다.

《아니울시나. 이 사람은 대가 있어 나으리의 사람이 아니될것이외다.》

한명회의 말에 수양대군은 심통이 터진듯 눈쌀을 찌프리며

《임자 말대루면 속대없는 록록한 위인들만 내 사람으로 된단 말인가?》 하고 역증을 냈다.

《뭐 그렇기야 하겠소이까. 허후의 사람됨이 강직하여 쉬이 굽어들지 않으리란 말씀이지요.》

《리속을 불좇는 무리보다야 그런 사람이 더 미더웁지. 설사 지금은 내 사람이 아니라도 제가 내게서 은혜를 입고보면 내게로 오지 않을라구.》

《압다. 그럼 살립시다.》

이렇게 되여 허후의 이름이 죽일 사람의 명부에서 살릴 사람의 명부로 옮겨졌던것이다. 그러나 허후로서는 살아남은것이 오히려 치욕이였다.

《조정의 충의있는 사람들은 모두 죽이면서 나만은 쏙 빼놓았으니 이놈들이 나를 무얼로 아는셈인가. 이 허후를 제놈들의 패당으로 만들자는 심보가 아닌가. 더럽다. 내가 네놈들과 어깨를 나란히 하고 한조정에 설듯싶으냐. 죽을 때면 죽는것이지 이 허후가 구차히 살지는 않는다. 이놈들.》

허후는 독을 먹고 벼르는참이였다. 책훈문을 지으라는 정린지의 말은 그만 화약에 불을 달아놓는격이였다. 그는 불덩이같이 이글대는 눈으로 린지를 쏘아보았다.

《나더러 책훈문을 지으라니 너희놈들이 나를 어떻게 아는셈이냐. 이 늙은것이 목숨을 아끼여 그따위 책훈문을 지을줄 알았더냐. 내 원체 그따위 더러운 글을 짓는 법은 배우지 못했느니라. 흥. 책훈문이라니, 도대체 무슨 공로가 있다구 책훈문을 짓는단 말이냐. 충의지사들을 살륙한것이 그래 너희놈들의 공로이냐. 오냐. 정 소원이면 내 너희놈들의 죄책문을 지어주마. 어서 붓을 가져오너라.》

허후는 숱많은 은빛눈섭을 곤두세우며 호령하였다. 서리발같은 꾸짖음에 린지의 얼굴이 까맣게 죽었다. 허후의 서늘한 기상에 수양대군도 기가 질렸다.

《대감이 망녕이요. 어서 앉으시오.》

한명회가 발끈하여 허후의 옷소매를 끌어잡아당기였다.

《놓아라, 내가 죽고싶어 망녕이 난줄을 이제야 알았느냐.》

허후는 휙 팔을 뿌리쳤다. 그 서슬에 후두둑 실밥 터지는 소리가 났다. 허후는 너덜거리는 팔소매를 와락 쥐여뜯어 바닥에 동댕이쳤다.

《더러운 손을 감히 어디에 대느냐?》

명회는 악에 받쳐 사팔눈이 꼿꼿하여졌다.

《대감이 대관절 무얼 믿고 이리 뻣뻣하오?》

《무얼 믿느냐구? 살아서는 초가삼간을 믿고 죽어서는 후세의 공정한 론의를 믿는다. 그래 너는 무얼 믿구 날뛰는거냐.》

명회의 얼굴에 독살이 내돋았다. 생각같아서는 당장에 때려죽이고싶었으나 명색이 조정관리들의 모임이라 참는수밖에 없었다.

허후는 눈을 부릅뜨고 수양대군을 쏘아보았다. 그의 눈에서는 불이 펄펄 일었다.

《여보 나으리. 내가 나으리의 책훈문이나 지을 사람같아 보이오? 늙은것이 얼마를 더 살겠다구 후세에 간신의 이름을 산단 말이요. 아니될 말씀이요. 그래 김종서, 황보인이 무슨 역적이요? 정녕 그 사람들이 역적일새면 국법에 따라 정당히 신문을 하여 죄상을 밝히는것이 옳지 그래 일국의 대신들을 저따위 무뢰배들을 시켜 함부루 죽인단 말씀이요? 나으리가 무뢰배들을 휘동하여 가지고 밤중에 임금을 가두고 대신들을 학살하였으니 천하후세에 그 오명을 어찌 씻으려하오? 나으리가 령의정을 하고싶으면 마음대로 하오만 나는 나으리를 위해 책훈문까지 지을수는 없소.》

수양대군은 허후의 쏘아보는 눈길을 피하여 슬며시 고개를 돌렸다. 할 말이 없었다.

《대감은 세상형편을 모르시니 가만 계시오.》

《오냐. 나는 이 일에 참견을 아니하고 골방에 누워있을터이다. 책훈문을 짓든 죄책문을 짓든 너희들 마음대로 하여라만 죽일 차례에는 나를 빼놓지 말아라.》

허후는 소매 떨어진 관복을 너풀거리며 곧장 골방으로 들어갔다.

수양대군은 입맛이 썼다. 애당초 책훈문을 허후에게 씌우자고 한것부터가 잘못이였다. 명망이 높은 허후에게 씌워 수양대군의 공로를 진짜로 믿게 하자던노릇이 그만 자는 범의 수염을 건드린셈이 되여 망신만 톡톡히 당하고말았다.

그러나 허후 한사람이 안쓴다고 내뻗쳐서 그만둘 수양대군이 아니였다. 책훈문을 짓는 일은 종시 집현전으로 돌아가고 지은 책훈문은 임금의 어보가 찍히여 온 나라에 반포되였다.

허후는 다음날로 거제도로 귀양을 갔다가 그예 죽음을 당하고말았다.

이제는 조정에 거칠것이 없었다. 그러나 수양대군의 욕심은 나라
의 권력을 거머쥐는것으로 그치지 않았다. 기어이 임금의 자리에
오르고야 직성이 풀릴 그였다. 지금은 임금이 어려 손아귀에 쥐고
허깨비 놀리듯하고있지만 그가 장성하여 정사를 친히 잡는 날에는
무슨 변이 날는지 모를 일이였다.

지금 그의 세력에 눌려서 온 나라가 입에 자갈을 물고있지만
뒤에서는 자기를 죽일놈이라고 욕하고있는줄은 수양대군자신도 잘
알고있다. 아차하면 이번에는 자기가 김종서, 황보인처럼 역적으로
몰리울판이였다.

살자면 임금의 자리를 타고앉는수밖에 없었다. 그것은 정린지,
신숙주의 경우에도 그러하였다. 실상 수양대군을 왕의 자리에 앉히
지 못해 안달아하는것은 당사자인 수양보다도 정린지, 신숙주라고
해야 옳을것이였다.

지금은 수양대군의 세상이여서 그들이 활개를 치지만 일단 세상
이 뒤집히면 누구보다도 먼저 멸족의 화를 당할것이기때문이였다.

수양대군이 조정을 손아귀에 넣은지 어느덧 두해가 지나갔다. 이
러구러 세월을 보내다가는 어느 모퉁이에서 무슨 일이 불거질는지
알수 없는 일이였다. 수양대군이 임금의 자리를 노리는것은 뻔한
일이건만 이즈막에 와서는 제법 아닌보살을 하니 더욱 속이 타는
일이였다. 혹시 린지 자기가 앞장서주기를 바라는것이 아닐가. 그
렇다면 더 주저할것이 무엇이냐. 린지는 독한 마음을 먹었다.

올해년은 뮤달리 가물었다. 씨불임을 하지 못한 밭가숭이 땅들이
탈대로 타서 먼지가 풀썩풀썩 일었다.

왕은 한여름의 더위를 피해 경회루에 올라 가까이 도는 신하들을
불러 농사형편을 물으며 가물걱정을 하고있었다.

좌의정 정린지가 급히 면대를 청한다는바람에 왕은 귀찮은듯 얼
굴을 찌프렸다.

황보인, 김종서가 죽은 뒤로 정린지는 매일 임금이 공부하는 경연
에 들어와 경서를 강론하군하였다. 옛성인의 가르침은 어떠하오,
옛글에는 이렇게 씌여있소 하며 잔소리를 늘어놓는 린지의 목소리
에 왕은 싫증이 났다.

린지가 제말처럼 참말로 옛성인의 가르침을 받든다면 임금을 속
이고 어진이를 죽이는짓을 차마 했을건가. 하나부터 열까지가 모두

입에 발린 소리이라 생각하니 늘여뽑는 그 목소리부터가 밉상이다. 린지가 늘어놓는 잔소리가 이제는 진저리가 날만큼 싫었다.

《좌의정이 무슨 일로 나를 만나잔다더냐?》

《급히 아뢸 말씀이 있다고 하오이다.》

《이리 올라오라고 해라.》

왕은 이제 또 골치아픈 소리를 듣게 되겠거니 생각하며 오만상을 찌프렸다.

오늘따라 린지의 거동이 별로 조심스러운것이 눈에 띄였다. 얼굴기색도 전에 없이 표표하였다. 어린 왕은 갑자기 가슴이 두근거리기 시작하였다.

《그래 무슨 일이요?》

《조용히 아뢸 말씀이 있으니 잠시 좌우를 물리쳐주시기 바랍니다.》

《좌우는 잠시 물러가도록 하라.》

린지는 내시와 궁녀들이 모두 물러가기를 기다려 입을 뗐다.

《전하, 아뢰옵기 황송하오나…》

린지는 다음말을 잇지 못하고 갑자르기만 하였다. 말부리를 어떻게 헐어야 할지 생각이 떠오르지 않았던것이다. 아무리 어린 왕이라고 해도 신하로서 임금에게 왕위에서 물러나라고 하기는 어려운 일이였다. 공명과 리욕에 눈이 어두운 린지로서도 차마 입이 떨어지지 않았다.

《어서 말을 하오.》

《황송하오이다. 문종대왕께서 세상을 떠나신이후로 군국대사가 어지러워 역적들이 사방에서 일어나고 나라의 형세가 위태롭게 된것은 전하께서도 통촉하시는바이옵니다. 전하의 총명이 뛰여나시여 어린 나이로 나라의 만가지 정사를 실수없이 처리해나가고있사오나 지금의 형세로 보아 불의의 변고가 없으리라 담보하기는 어렵사옵니다. 이제 영특한 임금이 나서시여 나라를 다스리지 않는다면 리씨왕조가 뒤집힐런지 누가 아오리까. 그러니 종실중에 그중 명망이 높으신 수양대군에게 왕위를 넘겨주시고…》

《뭐라구?!》

왕은 자리에서 벌떡 일어나며 빌을 탕 굴렀다. 아무리 쥐여지내는 왕이라도 그 말만은 참고 들을수 없었던것이다. 속으로는 염증이 날망정 날마다 경연에 들어와 학문을 가르치는 스승이라 깍듯이 공경하던 왕이였으나 지금은 례절을 차릴 겨를이 없었다. 노염이 북받친 왕은 손으로 린지를 가리키며 통통히 호령하였다.

《역적은 3족을 멸하는 법이어늘 국법이 두렵지 않단 말이냐. 좌의정의 목에는 그래 칼날이 들지 않을가. 어서 썩 물러가라.》

생각같아서는 당장 린지를 잡아내려 관을 벗기고 대궐뜰에 무릎을 꿇려 국문을 하고싶었으나 조정의 세력이 수양대군에게 있으니 별수가 없었다. 만백성의 으뜸이라는 임금이 되여가지고 신하에게서 이런 수모를 받다니 생각할수록 분하고 서러운 일이였다. 어린 왕은 누구에게라 하소도 못하고 혼자 눈물을 떨구었다.

그러나 그 눈물조차 누구에게 보일수 없었다. 왕의 체면에 부끄럽기도 하거니와 요즘은 사방에 수양대군이 박아넣은 눈과 귀들이 도사리고있어 바스락소리도 내기 어려웠다.

《아바마마, 이 어린것을 두고 어째 그리 일찍 가셨소이까. 아바마마께서 끼쳐주신 이 몸조차 보전하기 어려울듯하니 제가 전생에 무슨 죄를 지었소이까. 아, 아바마마!》

어린 왕은 구석에 돌아앉아 남몰래 속으로 부왕을 부르며 서럽게 울었다. 이럴적이면 왕이라기보다 아비없는 가엾은 고아, 남에게 수모를 받고 편들어줄 사람이 없어 혼자 훌쩍거리는 철없는 아이였다.

린지가 왕에게 퇴위요청을 하였다는 말은 린지자신은 물론 왕도 누구에게 알리지 않은것이건만 어떻게 된 셈판인지 하루밤사이에 그 말이 퍼져 조정관리들이 저마다 쉬쉬 하였다.

왕이 좌우를 물리칠 때 린지의 거동이 수상하여 젊은 내시 몇이 물러가는체하고 몰래 엿들은줄은 누구도 몰랐다.

퇴위요청을 들은 내시와 나인들은 까무러치게 놀랐다. 그러나 대궐의 액정들속에도 수양이 박아넣은 렴탐군들이 한둘이 아니여서 그들도 저희끼리 마음놓고 이야기할수가 없었다.

내시나 나인들이 권세를 부리는것은 순전히 왕의 가까이에서 돌면서 귀바투 쏙닥질을 하기때문인데 왕이 허수아비다보니 방이나 쓸고 옷이나 입혀주는따위의 잔심부름이나 드는 그들에게 힘이 있을리 없었다. 이대로 있을수는 없다고 생각한 내시 몇사람이 제각기 제 연줄을 통해 그 소식을 밖으로 날라갔다. 뒤골방 소식이 더

빠르다고 이제는 대궐에 웬간한 연줄을 가진 사람치고 그 소문을 못들은 사람이 없게쯤 되였다.
　린지의 퇴위요청 소식을 들은 중추부 동지 조유례와 호군 성문치는 통분한나머지 땅을 쳤다.
　《여보 령감, 세상은 다 망했소그려. 신하로서 그런 불충무엄한 말씀을 올리다니. 린지 그놈이 과시 흉물이요. 그런놈을 세상에 살려둘수가 있소?》
　조유례가 격하여 부르짖었다. 성문치는 린지보다 수양대군이 더 괘씸하여 그를 두고 욱욱 별렀다.
　《린지 그놈이 제혼자 생각일수야 있소. 그게 다 수양이 뒤에서 시킨게지. 그놈들을 그대로 두었다가는 그예 일을 치고야말겠소.》
　《천하에 무도한놈들. 그놈들을 어떻게 징계하나. 령감, 약자를 일으켜세우고 강포한자를 억누르는것이 장부의 떳떳한 일이거던 이 나라에 사나이가 있다 하겠소? 사나이가 한세상에 났다가 의를 보고도 행치 못하면 후세의 웃음거리가 될것이외다.》
　《옛글에도 임금이 욕을 당하면 신하는 죽어야 한다지 않았소. 제 임금을 받드는것이 신하의 본분일진대 한번 죽는것을 사양하겠소?》
　유례의 말에 성문치는 바싹 다가앉으며 썩썩하게 말하였다.
　《장히 죽을수만 있다면 죽기야 어렵겠소. 린지 그놈은 내가 해내리다.》
　《령감이 그럴줄 알았소. 수양은 내가 맡을테요. 내가 부리는 감득성이 힘이 장사인데다가 결패가 있어 이런 일에는 마침이요. 내가 미리 중을 떠보았더니 장부의 일이라면 목숨을 걸고라도 나서겠노라고 하였소.》
　《그게 된수요. 내게도 쓸만한 장사가 하나 있소.》
　《윤개똥이 말씀이요?》
　《그렇소. 그래뵈도 그녀석이 힘이 동뜨게 세여 웬만한 장정 십여명은 능준히 당해내오.》
　《이런 일이야 힘만으로 되우? 우선 속대가 있어야지. 령감이 어련하겠소만 아무에게나 함부로 이 일을 루설했다가는 되려 뒤틀리기 쉽소.》
　《개똥이가 사나이인줄은 내가 전부터 잘 아는터이니 념려없소.

래일 당장 거사를 하는게 어떻겠소?》

《쇠뿔도 단김에 빼뤘다니 그리 합시다. 일이 실패하면 같이 죽읍시다그려. 허허.》

《허허, 그리 합시다.》

이튼날이다. 수양대군은 아침부터 골치가 아팠다. 린지가 왕에게 퇴위요청을 했다는 말이 어떻게 새여나갔는지 저마다 찾아와 시끄럽게 달구어대는통에 그만 부아가 끓어올랐다.

아침에는 밥술을 놓기 바쁘게 례조판서 권자신이 부리나케 찾아와 그게 정말이냐고 따지더니 나중에는 임금의 장인되는 송현수가 찾아와 쭈멱쭈멱 정린지가 무슨 말을 했길래 조정이 소란하냐고 에둘러 물었다.

수양대군은 물론 기급을 하며 좌의정의 일을 내가 어찌 아느냐고 펄쩍 뛰는 시늉을 하였지만 속은 두부장 끓듯하였다. 누가 찾아와 무슨 말을 하든 우스운것이지만 대궐에 비밀이 없는것이 사뭇 불쾌하였다.

임금곁에 숱한 눈귀를 박아두었건만 모두 멍청하여 구실을 하는것 같지 않았다. 당장 대궐에 들어가 어디서 말이 새나갔는가를 알아보고 단단히 징계를 해야 직성이 풀릴것 같았다.

수양대군은 제풀에 역증이 나서 안에다 대고 버럭 소리를 질렀다.

《게 누구 없느냐. 곧 예궐해야겠으니 관복을 내오랬다고 일러라.》

수양대군이 웃갓을 차리고 비뚤어진 사모를 바로잡으며 문을 나서려는데 전갈이 들어왔다.

《중추부 동지 조유례가 오셨소이다.》

《조유례는 또 무슨 일로 왔누. 엥이 귀찮어.》

짜증을 내며 문을 벌컥 열던 수양대군은 눈이 화등잔만 해져가지고 굳어졌다.

머리를 베수건으로 질끈 동이고 키가 룩척이나 되는 장사 하나가 손에 철퇴를 들고 안마당으로 바람처럼 뛰여드는것을 보았던것이다.

그는 조유례가 보낸 김득성이였다. 눈에 쌍심지를 켜고 두리번거리는품이 분명 자기를 찾는 모양이였다. 장사는 수양대군을 보자 《이놈!》하고 무서운 소리를 지르며 성난 범처럼 달려들었다.

오금이 저려 풀썩 주저앉았던 수양대군은 그제야 화닥닥 일어나 뒤문을 차고 빠져달아났다. 득성이 수양대군을 쫓아 뒤곁으로 돌아가는데 《도적이야!》 하는 소리가 나더니 사랑방에서 사람들이 우르르 쓸어나왔다.

뒤뜨락을 지키던 갑사들이 우하고 득성에게 덤벼들었다. 득성은 철퇴를 휘둘렀다.

그러나 아무리 장사라도 수십명이 에워싸고 달려드는데는 견디는 수가 없었다. 륙모방망이를 든 녀석이 득성의 뒤로 살금살금 다가들었다. 칼을 들고 옆에서 덤비는놈을 막느라 정신이 없던 득성은 미처 뒤를 살펴볼 겨를이 없었다. 이상한 기미가 들어 획 뒤를 돌아보는 순간이였다. 방망이를 든놈이 눈을 딱 감고 대들어 득성의 머리를 죽어라고 내리쳤다.

득성의 눈에서 불이 번쩍하였다. 손에서 철퇴가 툴렁 떨어졌다. 그러자 십여명이 와 하고 덤비여 그를 자빠뜨렸다. 팔을 등뒤로 비틀어 동바로 꽁꽁 묶었다.

득성이 묶이여 끌려나오니 조유례는 먼저 잡히여있었다. 유례는 사지를 묶이운채 땅우에 던져있다가 득성이 끌려나오는것을 보자 안깐힘을 쓰며 벌떡 일어나 앉았다.

《득성아, 수양대군을 잡았겠지?》

득성은 피가 대줄기처럼 솟구치는 머리를 가로 흔들며 절통하게 부르짖었다.

《못잡았소!!》

《아아, 역적놈을 못잡았구나!》

유례는 가슴이 찢어지게 부르짖으며 도로 털썩 넘어졌다. 입안에서 우드득 이발 부러지는 소리가 났다.

《오냐, 하늘이 돕지 않으니 죽는수밖에 없구나.》

앙다문 입에서 이발과 피를 함께 내뱉으며 탄식하였다.

《령감께 내가 미안하우.》

《득성아, 잘 죽거라.》

유례는 득성을 향하여 목청껏 웨쳤다.

《고맙수, 령감께서두 잘 죽으시우.》

끌려가던 득성이 뒤를 돌아보며 마주 웨쳤다. 정린지를 죽이려 갔던 성문치와 운개동이도 붙잡히고말았다.

이 일로 하여 수양대군은 자신이 왕이 되지 않으면 목숨이 위태하다는것을 더한층 절감하게 되였다. 린지와 숙주의 패들은 수양대군을 왕으로 올려세워놓자고 더 버썩 기를 쓰며 덤비였다.

린지는 이제는 거의 매일이다싶이 어린 왕에게 자리를 내놓으라고 오복전 조르듯 졸라댔다. 나중에는 순순히 물러나지 않으면 힘을 쓸터이니 알아하라고 위협이였다. 린지를 뒤따라 요즘에는 들어오는 신하마다 물러나라고 성화였다. 귀가 아플 지경이였다. 그래도 어린 왕은 고집을 부렸다.

이번에는 숙주가 들어와 그럴듯한 말로 어린 임금을 구슬리기 시작하였다. 숙주는 타고난 외교가답게 능란한 언변으로 임금을 달래였다. 숙주의 말솜씨는 유명하다. 그의 입에만 오르면 그른것도 옳은것처럼 여겨지고 어처구니없는 일도 장한 일로 되였다.

어린 마음이란 여리기 짝이 없는것이여서 죽어도 왕위만은 내놓지 않으리라던 당초의 독한 마음이 숙주의 구변에 녹아 점차 흔들리기 시작하였다.

신하들은 마치 어린 아이를 달래듯 꾀이기도 하고 타이르기도 하고 위협도 하였다. 앞으로 일이 어떻게 될것인가는 뻔한노릇이니 미리부터 수양대군에게 공을 세우자는 속심들이였다. 그럴적이면 어디다 하소연할데도 없는 어린 왕은 돌아앉아 눈물만 훔칠뿐이였다.

임금의 자리를 내여놓으면 조상때의 전례대로 임금의 웃자리인 상왕으로 높이여 떠받들겠다니 어린 생각에 그리 불리할것은 없을 듯하였다. 신하들의 성화같은 독촉을 받으며 허수아비왕노릇을 하느니보담 차라리 깨끗이 손털고 나앉아 상왕노릇을 하며 공대를 받는것이 좋을상싶기도 하였다.

미구에 대궐에서는 수양대군에게 왕위를 넘긴다는 소문이 돌아 뒤숭숭하였다. 어느날 갑자기 문무백관들에게 대궐에 들어오라는 령이 내렸다. 이제 무슨 일이 벌어질는지는 누구에게나 뻔하였다.

대궐안의 공기는 침울하였다. 금군별장들이 왕이 거처하는 내전으로부터 경회루까지 죽 늘어서고 대궐밖에도 군사들이 득실거렸다. 번쩍거리는 병장기들에서 서늘한 랭기가 풍기는듯하였다. 사람들은 모두 숨을 죽이고 군사들을 곁눈으로 흘겨보며 속이 한줌만 하였다.

날씨는 씻어부신듯 맑고 한여름 해빛은 즐겁게 비치고있건만 사람들은 누구라 없이 뒤숭숭한 생각에 마음을 질정하지 못하고 공연히 수선대였다.

경회루밑에 림시 만들어놓은 룡상은 아직 비여있었다.

얼마후 곤룡포를 입은 어린 왕이 좌우의 부축을 받으며 나왔다. 어린 왕은 룡상에 앉아 동반 서반으로 갈라 줄지어선 문무백관들을 초연한 눈길로 바라보았다.

절차를 거드는 관리가 여느때처럼 청청한 목소리로 《절하라.》 《일어나라.》고 길게 소리를 뽑아 웨치는대로 문무백관들은 머리를 조아렸다.

관리들의 절이 끝나자 어린 왕은 조금 목소리를 높여 말을 시작하였다.

《과인은 오늘 나라의 대계를 생각하여…》

왕은 목이 메여 다음 말을 잇지 못하였다.

신하들은 저도 모르게 침을 꿀꺽 삼키였다. 떳떳치 못한 얼굴들을 숙이고 발부리만 굽어볼따름이였다.

어린 왕의 눈에서 눈물이 굴러내렸다. 신하들앞이 아니라면 목놓아 울고싶었다.

《이제 수양대군에게 선위를 하려 하오.》

자기로서는 죽기보다 힘든 말을 하였다. 두줄로 늘어선 관리들의 반렬에서 비단옷이 스치는 사르락소리가 들렸다. 반렬이 술렁거렸다.

그러나 누구 하나 《전하, 아니되옵니다.》라고 말리는 사람이 없었다.

《례방승지는 옥새를 올리라.》

례방승지 성삼문이 옥새를 받들어올리며 통곡하였다. 마지막 숨을 몰아쉬며 간절한 부탁이 담긴 눈으로 자기를 바라보던 문종대왕의 모습이 떠올랐다. 아귀 센 수양대군의 손락에 쥐여지내다가 끝내는 쫓겨나게 된 어린 왕이 못견디게 불쌍하였다. 아, 이제 무슨 면목으로 세상에 나설가부냐. 이 손으로 나라의 옥새를 수양에게 전해주다니. 장차 지하에 돌아가 어떻게 문종대왕을 만난단 말이냐. 삼문은 터져나오는 울음을 삼키였다.

《오냐, 수양대군 이놈, 두고 보자.》

삼문은 주먹을 부르쥐였다. 경회루 모퉁이를 돌아서니 박팽년이 눈에 띄였다.
《아, 하늘도 무심하구나.》
문득 팽년이 하늘을 우러러 절통하게 부르짖었다. 경회루아래 우중충한 련못을 한동안 들여다보던 팽년이 천천히 머리를 들었다. 그의 얼굴에는 비장한 기색이 떠올랐다.
삼문은 그가 련못에 뛰여들려는것인줄을 직감하였다.
《아니?!》
삼문이 외마디 소리를 지르며 달려가 그의 옷자락을 부여잡았다.
《왜 이러나?! 참게.》
《놓게, 나는 죽어 아니보겠네.》
《죽기는 웨 죽어. 이대로 죽으면 누가 세상을 바로잡나. 일을 해보다가 아니되거던 그때 죽어도 늦지 않을걸세.》
《아, 이꼴을 보면서도 살아야 하나. 저 의리없는놈들을 어떻게 징계해야 좋단 말인가. 저 역신들, 저 간신들을 어찌하면 좋단 말인가.》
팽년은 삼문의 손에 잡힌채 몸부림을 쳤다.
《참느라면 기회가 올걸세. 힘을 기르며 기다려보자구.》
《나는 수양을 임금으로 섬길수 없네. 아, 어리신 상감이 가엾네. 가엾어 차마 못보겠네. 린지, 숙주 그놈들은 심지가 어떻게 되여먹었길래 저런짓을 감히 하는가.》
《권세에 환장이 된 그놈들이니 무슨짓인들 못할텐가.》
《내 저 간신들과 맹세코 한하늘을 이고 살지 않으려네.》
팽년은 하늘을 가리키며 다짐하였다.
이때부터 그들은 서로 기맥이 통하는 동료들과 손을 잡고 내쫓긴 어린 임금을 다시 올려세울 계책을 비밀히 꾸며나갔다.
어린 왕은 명목상 상왕으로 불리우기는 하나 실은 갇히워 사는것이나 다름없었다. 상왕이라는 이름이 있으니 임금으로 된 수양대군이 례의상 문안인사를 안할수는 없어 한달에 세번씩 상왕을 찾아가기로 하였다.
그러나 새 왕이 첫 문안을 하려고 일껀 위의를 차려 왕후와 왕자, 문무백관들을 거느리고 상왕을 찾아갔으나 상왕은 문을 닫고 아예 들여놓지도 않았다. 새 왕은 얼굴이 벌개지도록 창피만 당하고 무료히 돌아오는수밖에 없었다.
 이 소문이 도성안에 쫙 퍼져 가뜩이나 뒤숭숭하던 민심이 물끓듯하였다.
 《아니, 상왕께서 새 임금의 문안을 받지 않으셨다며?》
 《글쎄 그랬다네.》
 《그러고보면 상왕께서 수양대군의 핍박에 못이겨 왕위에서 물러나셨다는 말이 사실인가부네.》
 《두말 하면 잔소리지. 등을 밀어내기전에야 임금의 자리에서 제 발로 물러날 시러베아들녀석이 어디 있겠나. 제 임금을 몰아내는 그런 흉칙한놈이 왕으로 되였으니 우리 백성들만 죽어나게 되였지.》
 《제기, 누가 왕이 되든 무슨 상관인가. 이놈도 굶어가고 저놈도 굶어가는판에. 그전 임금때는 뭐 제법 떵떵거리며 산것 같네.》
 《글쎄 그야 그렇지만 새 임금이 형편없는 난봉군이였다지. 젊었을적에 기생집에 들어가 자다가 그의 서방한테 들켜 하마트면 죽을번했다지 않나. 두길이나 되는 담을 뛰여넘어 겨우 살아났다나.》
 《원 세상이 망할려니 오입장이 임금님을 모시게 되지 않았나.》
 쉬쉬 하는 말이 한입 건느고 두입 건너 온 서울장안이 란리나 터진것처럼 설설 끓었다.
 민심이 이러하니 삼문이네들은 더 버쩍 기가 나서 일을 꾸며나갔다. 무관으로서는 삼문의 아버지인 도총관 성승과 훈련원의 유응부, 박쟁, 송석동이 가담하고 문관으로서는 집현전 직제학 정창손을 비롯하여 박팽년, 리개, 하위지, 류성원, 김질, 리휘, 성최 등이 발벗고 나섰다.
 이듬해 설날 새 왕은 문무백관을 거느리고 상왕에게 세배를 하러 갔다가 또 거절을 당하고 돌아왔다. 두번째로 망신을 하고 돌아온 뒤 새 왕의 신하들속에서 론의가 분분하였다.
 상왕을 그대로 두면 앞으로 큰 화근이 될터이니 미리 그 싹수를 없애버리자는것이였다.
 바빠맞은 삼문이네들은 주먹을 비비며 기회가 오기만을 안타까이 기다렸다.
 마침내 좋은 기회가 왔다. 명나라에서 새 임금의 등극을 축하하는 사신이 나왔던것이다. 새 왕은 명나라 사신에게 상왕이 임금의 자리를 내놓은것이 제가 즐겨 한 일이라는것을 보여주기 위해 애를 썼다. 새 왕은 전에없이 친절을 베풀어 상왕의 마음을 돌려세워보려고 수선을 떨었다.

이제는 새 왕이 하자는대로 할수밖에 없는 상왕은 새 왕이 청하는대로 명나라사신을 만나보려 태평관에 함께 갈것을 승낙하였다. 사흘뒤에는 창덕궁에서 상왕이 주인이 되여 잔치를 베풀고 명나라사신을 초대할것도 약속하였다.

그날에는 새 왕이 세자를 데리고 와서 함께 참가하기로 하였다. 새 왕과 조정의 관리들이 상왕의 처소인 창덕궁에 다 모이게 되였으니 거사하기에는 더없이 좋은 기회였다.

더구나 명나라사신을 접대하는 잔치에 별운검으로 성승과 유응부가 임명된것은 참말로 하늘이 도운것이라 할밖에 없었다.

운검이란 칼을 뽑아들고 임금의 뒤에 서서 호위하는 사람이다. 운검으로 선 사람이 왕을 죽이자면 칼 든 손을 한번 내리기만 하면 그만이였다. 사실 성승과 유응부는 운검으로 뽑히기 위해 령의정 정린지에게 여러번 찾아가 숙여지지 않는 머리를 숙이며 제발 돌봐줍소사고 빌었다. 린지를 개 돼지로 아는 그들로서 그앞에서 소인을 개여올리며 빌붙기는 죽기보다 싫었으나 일을 성사시키기 위해서는 어찌는수가 없었다.

래일은 거사를 할판이다.

삼문의 집에는 시회를 한다는 평게로 박팽년, 하위지, 류성원, 리개, 김질, 윤영손 등이 모여앉았다. 모두 기가 뻗치여 진정할줄 몰랐다.

《어, 래일이면 세상이 바로잡히는가.》

팽년이 감회가 새로운듯 좌중을 둘러보았다.

《암, 이를 말인가, 운검으로 선 유응부가 손만 한번 번쩍하는 날이면 일은 다 되는것 아닌가. 역적의 머리가 땅바닥에 떨어지면 그것을 신호로 일제히 들고일어나 놈들을 쳐죽이세.》

《정린지 그놈은 내가 맡음세.》

얼굴이 갱끳한 집현전 수찬 김질이 소매를 걷어붙이며 큰소리를 쳤다.

《자네가 능히 해내겠나?》

《웨, 린지놈의 목은 쇠목이라든가 아니면 자꾸 돋아나는 참대순이라든가.》
《하하, 그럼 한명회와 권람은 내가 맡겠네.》
《나는 숙주 그놈을 해내겠소.》
《뭐니뭐니 해도 숙주 그놈이 제일 밉상이오. 선왕께서 그토록 알아주고 써주었는데도 하루아침에 의리를 헌신짝 버리듯하였으니 그게 무슨 사람이오. 상왕께 왕위에서 물러나도록 꼬드긴것도 숙주 그놈이요.》
《옳네, 천참만륙을 해도 시원치 않을놈일세. 제놈이 죄값을 치르지 않나 두고보지.》
《어서 날만 새여라.》
모두 안타까이 날이 새기를 기다렸다.
이튿날, 창덕궁은 명나라사신을 접대하는 잔치를 차리느라 분주히 달아다니는 악정들로 사뭇 들썩하였다. 상왕은 익선관에 곤룡포 차림을 하고 광연전에 나갔다.
한편 새 왕은 창덕궁으로 거둥하려고 경복궁을 나섰다. 세자도 물론 행차를 따라나섰다.
이때 도승지 한명회가 나서며 말을 올렸다.
《오늘 거둥에 세자는 행차를 따르지 마옵고 경복궁을 지키게 하는것이 어떻겠습니까?》
《그건 왜?》
《요즘 떠도는 소문이 수상하니 만전을 기하는것이 랑패가 없을듯 합니다.》
한명회의 말에 왕은 이마살을 찌프리며
《그래 무슨 소문이 돈단 말이요?》 하고 마뜩잖게 물었다.
《확실한것은 모르겠사오나 요즈음 도총부의 성승과 훈련원 유응부가 전에 없이 령상의 댁에 자주 출입을 한다 하오며 그들이 유검을 서겠다고 자청했다 하오니 그게 심상치 않은 일인줄로 아옵니다. 원래 성승과 유응부는 성정이 굳세여 남에게 빌붙을 사람들이 아니옵니다.》
그제야 왕은 황연히 깨달은듯 낯색이 달라졌다.
《세자는 행차를 따르지 말고 경복궁을 지키되 경계를 각별히 엄중히 하여라.》

왕은 께름한 예감에 이마살을 펴지 못한채 광화문을 나섰다. 왕의 행차가 황토현을 넘어 운종가를 지나서 파조교에 잡아들었다. 그러는대로 동마가 떠서 《광화문 납시오.》《종로에 오시오.》《파조교 듭시오》 하고 전하는데 선전관이 기다리고있다가 곧 그 말을 받아 상왕에게 아뢰였다.

선전관이 《돈화문에 듭시오》라고 웨칠 때 성승과 유응부의 눈길이 마주쳤다. 두사람이 머리를 끄덕이며 칼자루를 으스러지게 그러쥐였다. 눈을 부릅뜨고 왕이 들어오는 길을 유심히 살피던 성승이 갑자기 《아차.》하고 혀를 찼다.

《왜 그러시오?》

《저것 보게. 련이 한채일세. 수양이 혼자 오는가부네.》

성승은 락심천만한 눈으로 유응부를 쳐다보며 이새로 말을 내뱄었다.

《혼자 오든 둘이 오든 어쨌든 해냅시다.》

응부는 불이 펄펄 이는 눈으로 성승을 마주 쳐다보았다.

《그야 여부가 있나.》

두사람은 칼을 안고 서서 광연전에 들어갈 차례를 기다렸다. 령의정 정린지며 우의정 강맹경, 좌찬성 신숙주, 우찬성 정창손, 리조판서 권람과 례조판서 홍윤성, 병조판서 양정, 도승지 한명회, 동부승지 김질, 좌부승지 성삼문, 형조참판 박팽년, 집현전 직제학 리개가 차례로 자리를 잡고 앉았다.

운검을 부르지 않는것이 이상하여 성승과 유응부가 칼을 안고 광연전에 들어서는데 도승지 한명회가 어느새 앞을 가로막아나섰다.

《주상전하의 분부에 오늘은 운검을 없애랍신다.》

《뭐라구?!》

성승은 가슴이 철렁 내려앉는것 같았다. 불길한 예감이 머리를 스쳤다.

《운검을 없애라는 분부가 계시다니 난 못들었소.》

유응부가 우격다짐을 할양으로 들이덤비였다.

《전하의 분부라는 말을 못들었소?》

명회가 응부를 밀어내며 빽 소리를 질렀다.

《뭐가 어째?》

성승이 버럭 소리를 지르며 칼자루를 움켜쥐였다. 당장 명회를 찍어넘기고 광연전에 뛰여들어 수양대군의 머리를 베버리려는 배짱이였다. 죽기를 각오한 그들이라 무서울것이 없었다.
　문간에서 소동이 일어난것을 본 삼문이 황급히 달려나왔다. 그는 성난 범처럼 날뛰는 자기 부친 성승을 가로막았다.
　《그만 고정하십시오.》
　《가만 있거라. 이 팔을 놓아라.》
　《아스십시오.》
　성승은 칼자루를 쥔 손을 뿌리쳤으나 삼문은 꼭 붙잡고 놓지 않았다. 삼문이 성승을 막아나선 사이에 명회는 살짝 몸을 빼여 안으로 달아나고말았다.
　《아, 저놈을 놓치는구나.》
　《오늘은 세자가 오지 않았으니 명회따위나 죽여서 무얼 합니까. 일시 분기를 누르고 다음기회를 기다려봅시다.》
　삼문의 말에 성승은 그만 맥이 풀리는지 칼쥔 손이 스르르 풀리였다. 그러나 유응부는 불이 뚝뚝 떨어지는 눈을 부릅뜬채
　《아닐세, 이 기회에 모조리 도륙을 내야 하네.》 하며 칼을 뽑으려 하였다.
　《여기는 사람들의 눈이 많으니 저쪽으로 가십시다.》
　삼문은 고집을 부리는 응부를 끌다싶이하여 뒤구석으로 물러났다.
　《오늘일은 틀렸습니다. 세자가 오지 않았으니 서뿔리 일을 일으키면 당장 대궐의 군사들이 달려올것입니다.》
　응부는 분을 삭이지 못해 씩씩거리며 성난 음성으로 말하였다.
　《난 모르겠네, 사나이의 일 꾸밈새가 그렇게 좀스러워서야 무엇에 쓰겠나. 세자가 지금 경복궁을 지키고있다 하더라도 그 부하들이 모두 여기에 왔은즉 여기놈들만 처치하면 제가 무슨 수로 꿈쩍해보겠나. 사내가 정녕 구운 게도 언지발을 떼고야 먹을 고린 선비일세. 천재일우의 이런 기회를 놓치고 언제 거사를 한단 말인가. 공연히 지체하다가는 일이 드러나면 손도 써보지 못할것 아닌가. 그때는 후회막급일세.》
　응부는 여전히 고집을 부리였다. 팽년이까지 좇아나와 말려서야 그는 겨우 물러섰다. 응부는 절반쯤 뽑았던 칼을 도로 철컥 넣으며
　《아, 병법을 모르는 선비들때문에 막중대사를 망치는구나.》 하고

탄식을 하였다.
 응부의 말은 틀리지 않았다. 어제밤 정린지를 죽이겠노라고 팔소매를 걸어붙이고 나서서 큰소리를 치던 형조정랑 김질이 일의 케가 틀린것을 보자 제목숨을 건질 료량으로 고변을 해버린것이였다.
 김질은 장인인 우찬성 정창손에게 자기들이 오늘 하려던 일을 낱낱이 고해바쳤다.
 《저희 무리가 아무리 정성을 써서 일을 주밀하게 꾸미느라고 해도 뜻대로 되는것이 하나도 없으니 이는 천운이올시다. 현명한이는 천명에 순응한다 하였으니 제가 어찌 하늘의 뜻을 거역할수 있겠습니까. 이에 사실대로 말씀을 올렸으니 장인께서 잘 조처해주십시오.》
 《자네가 가문을 몰사시킬 잡도리를 하네그려. 이 일을 어쩐단 말인가?》
 사위의 말을 들은 정창손은 얼굴이 까맣게 질렸다. 군기시앞에서 머리를 잘리울 생각을 하니 으쓱 소름이 끼쳤다.
 《전화위복이라구 도리여 화가 복으로 될수도 있지 않습니까.》
 김질의 눈이 뱅글뱅글 돌아갔다.
 《그건 무슨 당찮은 소린가?》
 《이길로 임금에게 고변을 하면 공으로 쳐줄것이 아닙니까.》
 《그야 그렇지만―》
 창손은 고개를 비틀어꼰았다. 그는 전에 집현전 직제학을 지낸 사람이다. 성삼문이나 박팽년, 하위지, 류성원의 인품을 누구보다도 잘 아는터이고 이왕에는 상왕의 지위를 회복시킨다고 제법 큰소리도 치던 그였다. 때로 술좌석에 앉아서는 세상을 바로잡아야 한다고 기염을 토하며 충신의 행세를 끝잘 하였다.
 그러나 이번일은 뒤고방에 앉아 말공부나 하는것과는 아예 달랐다. 정말로 목숨을 내걸어야 할 일이였다. 그는 성삼문이네가 칼끝에라도 올라설 사람들인줄은 이미부터 알고도 남았다. 온 조정이 모두 권세를 붙좇는 이 판국에 와서도 그들만은 우뚝 나서 충신의 의리를 세우려 하니 참으로 장부다운 소행이다. 형장의 이슬로 사라지도록 만들기에는 너무나 아까운 재사들이요 역적으로 몰아 죽이기에는 너무나 의리깊은 사내남아들이다.
 죽음이 무서워 물러설 사람들이 아니니 혹 성사할는지도 모른다. 서뿔리 고변을 하였다가 도리여 화를 입을수도 있지 않는가.
어느쪽으로 돛을 올려야 순풍을 맞겠는지 잘 가늠해보아야 하였다.
　창손은 한식경이나 속구구를 하며 궁싯거리다가 끝내 고변을 하기로 결심하였다. 앞으로는 어찌 되든간에 눈앞에 닥쳐올 화란부터 피하자는 생각이였다. 아직은 왕이 삼문네가 꾸미는 일을 감감 모르고있으니 자기가 고변을 하면 그 공을 모른다고 하지 않을것이였다.
　창손은 사위 김질을 데리고 왕의 앞에 나아가 엎드렸다.
　왕은 창손의 말을 듣고 기절초풍을 하도록 놀래였다. 아차하면 죽을번하였다는 생각에 등골이 서늘하였다. 한명회의 말을 듣지 않았더면 무슨 변이 날번하였는가.
　왕은 급히 명나라사신에게 몸이 불편하여 대궐로 돌아간다는 사유를 전하게 하고 황황히 창덕궁을 나와 대궐로 돌아왔다.
　그리고는 편전에 나앉아 죄인을 신문할 차비를 차리게 하였다. 무시무시한 형구들이 들어오고 신문관들이 임명되였다.
《승지들을 불러들여라.》
　왕의 분부가 떨어지자 승지들이 들어왔다. 왕은 좌부승지 성삼문이 도승지의 뒤에서 태연히 들어오는것을 보자 대번에 눈을 부릅떴다. 저렇게 태연할수가 있는가. 왕은 불호령을 내렸다.
《저놈을 당장 끌어내여 계하에 꿇려라.》
　삼문은 왕이 창덕궁에서 황황히 돌아올적부터 벌써 일이 글러진줄을 알아차렸다. 드디여 올것이 왔구나 생각하니 무서운줄을 몰랐다. 다만 하늘을 우러르며
《끝내 뜻을 이루지 못하는구나.》 하고 탄식하였을뿐이였다.
　왕은 삼문이 자기를 죽이려 할줄은 꿈에도 몰랐다. 승지란 언제나 왕의 곁에서 도는 근신인지라 무랍없이 대해오던 그였다. 평소에 우스개소리를 잘하고 성미가 활달하여 딴속이 있으리라고는 생각지도 않았던것이다.
　집현전 학사로 이름이 쟁쟁한 그여서 왕도 대접을 소홀히 하지는 않았지만 고린 선비와는 달리 거칠다 할만큼 소탈한 성미여서 까다로운 례의를 벗어나 실없는 소리도 이따금 던지군하던바이다. 텁텁한 성미가 밉지 않아 승지로 가까이 두고 장차 크게 쓰리라 점찍어

놓았던 사람이였다. 차라리 밉게 보던 사람이였다면 이다지 분하지는 않을것이였다.

《죄인의 갓을 어서 벗기고 무릎을 꿇려라. 이놈, 네 죄를 알겠느냐?》

《모르겠소.》

《네가 내가 주는 록을 받아먹고 내가 시킨 벼슬을 사는터에 감히 역모를 한단 말이냐? 이래도 네 죄를 모른다 하겠느냐?》

《도대체 누가 역모를 했단 말이요? 어디 그런 고변을 한 사람이 있으면 대질을 시켜주시오.》

삼문은 뻣뻣이 맞섰다.

《오냐, 대질을 시켜주마. 형조정랑 김질을 불러들여 무릎맞춤을 시켜라.》

김질이 부름을 받고 들어와 계하에 엎드렸다. 그는 감히 삼문을 쳐다보지 못하고 눈을 어디에 둘지 몰라 허둥대였다.

《소신이 천시를 모르고 감히 하늘의 해를 쏘려고 하였으니 그 죄 만번 죽어 마땅하옵니다.》

《그래 누구누구와 역적모의를 하였느냐?》

《성삼문, 박팽년, 리개, 하위지, 류성원, 유응부, 성승의 무리로소이다.》

《무슨 음모를 하였느냐?》

《상왕을 도로 왕위에 올려세우려 하였소이다.》

김질의 이마에서 진땀이 흘러내려 관자노리를 적시였다. 초점을 잃은 눈으로 신문관을 멀거니 쳐다보다가 신문관이

《무어야?》하고 버럭 소리를 지르는바람에 기급을 하여 눈길을 떨구며 학질을 앓는 사람모양으로 몸을 후들후들 떨었다. 갓을 벗은 머리에서 상투끝이 꼴사납게 흔들거렸다.

삼문이 그 꼴을 바라보다가 껄껄 웃었다.

《에라, 이 불쌍한 인생아. 배반을 하겠거던 떳떳이나 하려무나. 우리가 수양부자를 죽이려고 했다는 말은 왜 못하느냐. 목숨이 그렇게도 아까우냐. 아무리 아껴도 백년이 못가는것을.》

삼문은 더 숨길것이 없었다. 고개를 쳐들어 면바로 왕을 쳐다보며 찍어 말하였다.

《여보 나으리, 긴 말 할것 없소. 나으리가 왕위를 도적질하였으

니 어린 주인에게 도로 찾아주려고 했을뿐이오. 충신은 두 임금을 섬기는 법이 없다는 말을 나으리는 못들어보았소? 시운이 불행하여 끝내 뜻을 이루지 못했으니 나으리 마음대로 하시오.》

《저놈 보아라. 네 입에서 감히 나으리란 말이 나오느냐. 내 벼슬을 받고 내 록을 타먹은터에 나를 임금이라 하지 않고 나으리라 한단 말이냐?》

《나으리가 어찌 내 임금이 되겠소. 나는 나으리의 신하가 아니요. 내 임금이 계신데 내가 어찌 나으리를 임금으로 섬긴단 말이요. 나는 나으리의 록을 먹은 일이 없으니 나를 신하라 부르지 마오. 내 말이 못미덥거던 내 집을 뒤져보오. 나으리가 주는것은 고스란히 싸두었으니 도로 가져가오.》

삼문의 꾸짖는 목소리가 전각을 쩌렁쩌렁 울리였다. 서슬푸른 기상이 무서웠다.

왕은 그만 낯이 새파랗게 질렸다. 너무도 분이 치밀어 미처 말은 못하고 그저 발만 구를뿐이였다.

《그래 정녕 그럴 속심이였으면 상왕이 물러나던 날에는 가만 있다가 오늘에 와서 꿍꿍이를 한단 말이냐. 너희놈들이 상왕을 등대고 권력이 탐나서 하는 수작이지.》

《여보, 하늘이 내려다보고있는터에 내가 어찌 두가지 마음을 먹겠소. 그날에는 아무리 한댔자 쓸데없기로 후날을 기약했던것이요. 권력이 탐나면 이런 일을 하겠소. 나으리가 나를 중히 여기는데 아무렴 권력이 탐나면 나으리의 사람이 되지 임금의 신하가 되였겠소. 여러말 말고 어서 죽여주오.》

《그놈이 지독한놈이로구나. 어디 얼마나 독을 쓰는지 보자. 그놈의 입에서 나으리란 소리가 안나올 때까지 단근질을 해라.》

그러자 무지한놈들이 불에 달군 인두를 가지고 덤벼들었다. 형장에 맞아 터지고 찢긴 살갗에 인두가 닿자 부지직 살과 피가 타는 소리가 났다. 살이 타는 누린내가 코를 찔렀다.

《으음 아—》

삼문이 몸을 뒤틀며 신음하였다. 보는 사람들이 오히려 끔찍하여 눈을 돌리였다.

《이놈, 이레도 항복을 아니할터이냐. 아직도 나를 임금이라 하지 않고 나으리라고 할터이냐?》

《천만의 말씀이요. 내가 어찌 나으리를 임금이라 하겠소. 나는 나으리의 신하가 아니요.》

삼문의 앙다문 입에서 여전히 독한 소리가 나왔다.

《그놈이 아직 정신이 덜들었다. 뼈속까지 지져라.》

시뻘겋게 단 인두가 살을 지지며 파고들었다. 삼문은 그만 까무러치고말았다. 까무러쳤다가 깨여나자 이제는 시꺼멓게 죽은 인두를 쥐여 형리들앞에 내던지며 부르짖었다.

《이 쇠가 식었구나! 다시 달구어오너라.》

삼문의 소리에 형리들이 어쩔바를 모르고 쩔쩔 맸다.

삼문은 왕의 곁에 서있는 숙주가 눈에 띄우자 벽력같이 소리질렀다.

《숙주야 듣거라. 집현전에 입직하였을 때 세종대왕께서 어린 원손을 안으시고 뜨락을 거닐며 하시던 부탁을 네가 잊었느냐. 문종대왕께서 세자를 보호해달라시며 술을 부어주시던 일이 생각나지 않느냐. 네 아무리 의리가 없기로서니 이 자리에 감히 서있단 말이냐. 천벌이 두렵지 않으냐.》

삼문의 꾸짖음에 숙주는 얼굴이 까맣게 죽었다. 다리가 후들후들 떨려 비청거렸다. 삼문쪽을 물끄러미 바라보는 그의 눈길은 죽은 사람처럼 생기가 없었다.

문득 삼문의 목소리가 낮아졌다.

《숙주야, 벼슬이 그렇게도 소원이드냐. 너도 네가 그른줄을 알겠구나. 버러지처럼이라도 살아야 하겠으면 살아보아라. 너같이 의리없는놈과 한세상에 살았다는 말을 들을가봐서라도 나는 죽으련다.》

《아, 근보.》

숙주의 입에서 문득 신음소리가 새여나왔다. 그것은 차라리 칼에 찔린 사람이 지르는 처절한 비명소리였다.

무섭게 날뛰던 왕도 그 말에는 그만 기가 질렸던지 슬며시 고개를 돌려버렸다. 왕은 고개를 짓수그린채 덤덤해있는 숙주를 한참이나 내려다보았다. 숙주는 그 좋은 언변과 미끈한 풍채가 어디로 사라졌는지 서리맞은 뱀처럼 늘큰하여 등신처럼 서있었다. 입귀를 씰룩거리는품이 무언가 말을 하려고 하나 소리가 나가지 않는 모양이였다. 꺼멓게 죽은 얼굴, 멍한 눈동자, 축 늘어진 어깨, 푸들푸들

이따금 경련을 일으키는 몸뚱이, 그것은 영낙없이 죽은 사람의 모습이였다.

《경은 그만 나가보오.》

역증스레 내뱉는 왕의 말에 숙주는 흠칫 놀라며 어리둥절한 눈으로 왕을 쳐다보았다.

《어서 나가보오.》

왕이 다시 독촉해서야 숙주는 말뜻을 알아들은듯 천천히 돌아서 허청거리며 나갔다. 걸음을 떼여놓는것과 함께 숙주의 눈에서 눈물이 쏟아졌다. 수치와 회오의 쓰라린 눈물, 흘리고 또 흘려도 가슴속에서 그침없이 솟아오르는 고뇌와 치욕의 차디찬 눈물이였다.

삼문이 악형을 못이겨 정신을 잃고 쓰러지자 이번에는 박팽년을 잡아들였다.

왕은 집현전 학사들가운데서도 팽년의 재주를 가장 아끼였다. 그래서 그가 제입으로

《나는 역적음모를 아니하였소.》라고 하기만 하면 더 따지지 않고 살려둘 작정이였다. 그래서 한명회를 시켜 아니라고 변명을 하라고 귀띔을 해주게 하였다.

한명회가 꿇어앉은 죄인들의 곁을 지나 그에게 다가가 슬쩍 글쪽지를 쥐여주었다. 팽년은 뜻밖인듯 명회의 얼굴을 뻔히 쳐다보았다. 명회가 눈을 끔벅이며 그의 손에 들린 쪽지를 가리켰다. 팽년은 천천히 글쪽지를 퍼서 읽어보더니 빙그레 웃음을 지었다. 명회는 그에게 짐짓 마주 웃어보이며 념려할것 없다는 뜻으로 머리를 끄덕이였다.

그것을 바라보던 왕은 내심 기뻤다.

《옳다. 내 뜻을 알아차렸구나. 아무렴 저도 사람이려니 죽기를 좋아할리야 있을라구.》

왕우 찌프렸던 눈살을 펴고 애써 인자한 표정을 지었다.

《그래 너도 역모를 하였느냐?》

왕은 부러 그가 《아니요》라는 대답을 하도록 얼림조로 물었다. 그리고는 《아니오이다.》라는 대답이 나오기를 믿고 먼저 머리를 끄덕이였다.

《오냐, 네가 나를 어찌 배반하겠느냐.》고 해주면 감지덕지하리라. 그리고 자기를 살려준 은혜를 못잊어 내게로 마음을 기울이

리라.

《다 아는걸 더 물어서 무엇하오? 나으리도 의리라는 말을 들었을것이니 알것 아니요.》

왕은 뜻밖의 대답에 아연하여 한동안 입을 다물지 못하였다.

《너도 삼문을 본떠 내게 신이라고 하지 않고 나으리라고 하는구나. 저놈의 주둥아리를 짓찧어라.》

팽년은 피가 흐르는 입술을 닦을념도 하지 않고 오히려 담담한 어조로

《내가 나으리의 신하로 될리가 있소. 죽어도 안될 말씀이요.》 하고 쏘아붙였다.

왕은 그 말에 어이가 없던지 허허 웃었다.

《이놈아, 미친 소리 말아. 그래 네가 지금까지 내게 신이라고 하지 않았단 말이냐? 네가 내 록을 받아먹은터에 이제 와서 새삼스레 무슨 앙탈이냐?》

《천만의 말씀이요. 나는 나으리에게 신이라고 한 일도 없고 나으리의 록봉을 받아먹은적도 없소.》

팽년은 가슴을 쑥 내밀며 당당하게 말하였다.

《저놈 봐라. 그래 네가 충청감사로 있을 때 장계문에다 신이라고 쓰지 않았으면 뭐라고 썼느냐. 그리구 호조문서에 네가 받은 록미가 얼마라고 뚜렷이 적혀있는건 어찌겠느냐. 그래두 네가 잡아뗄테냐? 암만 그래야 이랬다저랬다 하는 소인의 패는 네가 달아두었다.》

왕은 팽년을 내려다보며 시까슬렀다.

왕의 말에 팽년의 눈이 번쩍 하며 불꽃을 튕겼다. 다음순간 그는 하늘을 쳐다보며 호탕히 껄껄 웃어제꼈다.

《내가 그래 저 린지나 숙주따위들처럼 이랬다저랬다 하는 소인의 명찰을 찰줄 알았소?》

《네가 암만 그랬댔자 충신의 이름을 듣기에는 애초에 글렀다. 충신이 어디 두 임금을 섬긴다더냐. 너는 죽어도 역신이요 살아도 역신이니 천지간에 용납되지 못할 죄인이 아니고 무어냐. 어서 내게 빌어라.》

《나으리, 내가 죽으면 내 임금의 귀신이요, 살면 내 임금의 신하외다. 두 임금을 섬길리 없소. 정 못믿겠거던 장계문을 다시 가져

다 보우. 장계문에는 신하신자(臣)대신에 클거자(巨)를 썼소. 그리구 집에는 나으리가 준 록봉쌀이 그대로 있으니 가져가우.》

《그런다구 네가 살줄 아느냐?》

《그것만은 나으리 마음대로 하오만 내게서 신이라는 말은 아예 들을 생각마우.》

《오냐, 네가 얼마나 독을 부리나 보자. 저놈을 사정보지 말고 매우 처라.》

왕은 이를 갈며 형리들을 호령하였다. 심문을 한대야 더 알아낼 것도 없었다. 그저 마구 치고 달구어 기어이 항복을 받아내자는것 인데 팽년은 그럴수록 이를 사려물고 종시 굽어들려고 하지 않았다.

얼마나 매우 치는지 붉은 칠을 한 형장이 마른 나무가지 꺾어지듯 부러져 공중으로 푸르르푸르르 날아나건만 팽년의 앙다문 입에서는 신음소리조차 새여나오지 않았다. 팽년은 종내 정신을 잃고 죽은듯 아무 기척이 없었다.

다음은 유응부의 차례였다.

귀밑이 희슥희슥한 늙은 장수는 통가슴을 쑥 내민채 왕앞에 당당히 뻗치고 섰다. 수북한 눈섭밑에서 커다란 두눈이 의분에 번쩍이였다. 애당초 고개를 숙이는 법도 없이 허리를 꿋꿋이 편채로 왕을 곧추 쳐다보는품이 위엄스럽기 짝이 없었다.

왕은 가슴이 저렸다. 저런 의기남아들이 자기를 받들어주었으면 오죽 좋으랴. 내사람이 되기만 하면 삼군을 맡겨 나라의 장성으로 내세우련만. 저 썩썩한 기개, 하늘같은 의기가 아깝구나.

삼문과 팽년을 다달하느라 왕도 어지간히 지쳤다. 그래서 이번에는 좋은 말로 구슬릴셈으로 앉음새를 고치며 온화한 목소리로 타이르듯 달래였다.

《내가 너를 부족하게 해준것이 무엇이냐?》

《부족하게 해준것이 있을리 있소. 이만 사람을 크게 알아 써주었으니 되려 고맙소.》

《네가 역적모의를 했다니 나는 애당초 믿지를 않는다. 설사 일시 마음을 잘못 먹었드래두 내 크게 탓하지 않으마. 내 너의 용맹과 충의를 어여삐 여기는바이니 이제라도 마음을 돌려라.》

왕의 말은 은근하였다.

응부도 왕의 말이 거짓이 아님을 알았다. 그는 살고싶었다. 《내가 잘못했소.》 한마디 말만 하면 당장 풀려나리란것을 그도 모르지는 않았다. 응부는 땅바닥에 죽은듯 너부러진 삼문과 팽년을 내려다보았다. 터지고 찢기고 지지운 몸은 성한데가 없었다. 자기도 이제 저렇게 되리라 생각하니 저도 모르게 으쓱 소름이 끼쳤다.

문득 늙으신 어머님이 생각났다. 이제 자기가 역적으로 몰려 죽으면 안해와 늙은 어머니는 관비로 박혀 종년이라 불리우며 갖은 천대를 다 받을것이였다. 그것을 생각하면 가슴이 저렸다. 눈굽에서 뜨거운 이슬이 저절로 피여올랐다.

《어머니, 불효자식을 용서하옵소.》

그러나 불의에 굽힐수는 없었다. 목숨이 아까워도 의리와 바꿀수는 없는것이다. 불의를 치고 의를 세워 장부의 떳떳한 이름을 남기리라는것이 평생의 뜻이였거늘. 아, 죽어도 나라를 위한 싸움판에 나가 원쑤의 칼에 죽으려 했건만 절통하다. 망나니의 손에 머리가 떨어지게 되였구나.

사람이 태여나 한번 죽기는 일반이다. 아래목에 누워 끌끌 앓다가 보기 흉한 꼴로 죽느니보다는 의를 세우려다 떳떳이 죽는것이 얼마나 장쾌한 일이냐. 내 이제 죽음이 무서워 이 늙은 머리를 저놈에게 숙일소냐.

왕은 응부의 대답을 은근히 기다렸다.

《이제부터는 내가 임금으로 섬기겠소.》라는 대답이 나오면 얼마나 좋으랴. 응부와 같은 대장부의 입에서 나오는 말이 얼마나 비싼것인가는 왕도 잘 안다. 응부가 굽어들면 자기를 흘겨보는 다른 무장들도 절로 손에 들어올것이였다.

《내가 너를 모른다고야 하겠느냐.》

왕은 대답을 기다리다못해 다시한번 은근히 달래였다.

응부는 천천히 눈길을 들어 먼 하늘을 쳐다보았다. 그리고는 혼자말처럼 중얼거렸다.

《패한 장수에게 무슨 말이 그리 많노.》

그것은 분명 달싹대는 아녀자의 입잰 말을 한마디로 쓱 밀어제끼는 장부의 대범한 꾸지람이였다.

왕은 기가 막혔다.

《무엇이야?!》

《여보, 내가 운검으로 들어가 당신을 베려다가 못하고말았으니 무얼 더 말할게 있소. 잔말 말고 어서 죽여주오.》
 왕은 분이 치밀어 숨이 막힐 지경이였다.
《저놈은 나으리라고도 하지 않는구나.》
 응부는 여전히 뻣뻣이 선채로 호통을 쳤다.
《내가 도적을 죽이려다 되려 도적의 손에 잡혔으니 이는 천시일다. 죽이려면 빨리 죽이지 계집애처럼 누굴 달래려든단 말이냐.》
 응부의 목소리에 전각 기와장이 쩡쩡 울었다.
《무, 무엇이야? 내가 도적이란 말이냐. 저런 무엄한 주둥아리질이 어디 있느냐.》
 왕은 너무도 분하여 벌떡 일어나 마루장이 내려앉도록 발을 탕탕 굴렀다. 전신의 피가 거꾸로 솟아올랐다.
《그래 당신이 도적이 아니면 누가 도적이겠소. 나라를 도적질했으니 그 죄를 어찌 씻으려우?》
《네가 아직 발악이로구나. 저놈은 단근질만 해서는 안되겠다. 살을 저며내고 지져라.》
 왕은 제정신이 아니였다. 게거품을 물고 날뛰는 모양이 미친 사람같았다.
 무지한 형리들도 차마 대들지 못하고 쭈밋거렸다. 왕은 그 꼴을 보자 더욱 화가 치밀었던지
《네놈들이 역적에게 사정을 두느냐?》고 펄펄 뛰였다.
《오냐, 어서 하고싶은대로 해라.》
 응부가 버럭 소리를 지르며 웃동을 와락 벗어제꼈다. 힘살이 울근불근한 맨몸이 드러났다.
 형리들이 칼을 들고 덤벼들어 목에서부터 살점을 도려내자 피가 온몸을 적시며 흘러내렸다. 그러나 응부는 까딱없이 서서배기며 곁에 쓰러진 삼문과 팽년을 무섭게 흘겨보았다.
《삼문아, 팽년아, 너희들이 내가 칼을 빼려 할 때 말리더니 오늘 이 꼴이 되였구나. 뜻은 있으되 기개가 없으니 너희들이 무슨 사나이냐. 내가 서생들의 말을 들었다가 천고의 한을 남기게 되였구나.》
 응부는 원통하여 몸부림을 쳤다.
《저놈이 아직도 독기를 부리는구나. 저놈을 당장 무릎을 꿇

려라.》

《내 임금이 아닌 당신앞에 이 응부가 무릎을 꿇을상싶소? 이놈들, 내 다리를 꺾을지언정 무릎꿇림은 못할줄 알아라.》

《오냐, 저놈이 무릎을 꿇을 때까지 단근질을 하여라.》

응부가 꿇어앉지 않는다고 내버티자 형리들이 그의 사타구니에 불에 달군 쇠꼬챙이를 끼웠다.

살이 타며 매캐한 연기가 피여올랐다. 그러나 응부는 종내 버티고서서 무릎을 꿇지 않았다. 기진하여 뒤로 자빠져서도 다리만은 내뻗고 굽히지 않았다.

왕도 어쩌는수가 없어 그만 혀를 내두르며

《그놈이 지독한놈이로구나. 심문해서 쓸데없으니 내버려두어라.》고 손을 내젓고말았다.

그뒤로 리개와 하위지가 끌려들어와 문초를 받았다.

리개는 원래 입은 옷도 주체하지 못할것 같은 편편약질로 파리한 몸이 형장 한개도 견디지 못할것 같았으나 막상 악형을 당해서는 오히려 정신이 또렷하여 태연히 응수하였다.

하위지는 《너도 저놈들과 역적음모를 하였느냐?》고 호령하는 왕에게 《다 알며 무얼 물으시오?》라고 도리여 힐난하였다.

왕은 더 심문한댔자 알아낼것도 없고 그렇다고 죽으려고 덤비는 그들에게 형벌을 가한다고 속시원할것도 없어 그만 국문을 걷어치웠다.

숨을 헐썩이며 장막으로 된 처소에 들어가 분을 삭이며 앉아있노라니 도승지 한명회가 급히 들어왔다.

《무슨 일이냐?》

심문을 하느라고 어지간히 지친 왕은 모든것이 귀찮았다. 명회도 보기 싫었다. 온 세상 사람들이 다 자기를 눈 아프게 흘겨보고있다고 생각하니 이 세상이 아니꼽고 자기도 온 세상 사람들을 흘겨보고싶었다. 명회의 사팔뜨기눈과 좁은 미간이 오늘따라 비위에 거슬렸다.

뾰족한 머리에 올라앉은 갓이 멋적게 건들거리는품이 숨이 차게 달려온 모양이였다. 명회의 표표한 얼굴에 독기가 가득 서려 이마가 댕댕하였다.

《병신같은 녀석이 또 누굴 죽이자고 충동질을 하려누?》

역겨운 생각이 불쑥 일어나며 가라앉을만 하던 화증이 다시 치밀었다.
《네나 내나 이제는 후세에 흉한 이름을 남길밖에 없으렸다. 네가 차라리 그대로 경덕궁지기 노릇이나 하였더면 이런 일은 없었을것 아니냐. 병신 속바른놈 없다드니 그게 바로 너를 두고 한 말이였구나.》
왕은 끓어오르는 부아를 누르며 서슬이 파랗게 내돋은 명회의 얼굴을 일별하였다.
《전하, 란언을 하는놈이 있습니다.》
《란언이라니 무엇이 란언이란 말이냐?》
왕은 더럭 역증을 냈다. 까마귀가 하루에 열두번을 울어도 송장 먹은 소리뿐이라다니 또 누굴 죽이자는 소리이다. 저 못생긴것이 도대체 누굴 죽을고에 옭아넣으려누.
《신의 집에 찾아와 역적들을 두둔하며 감히 성삼문의 패거리를 죽이면 만고의 죄인이 되리라구 으름장을 놓으니 이것이 란언이 아니고 무엇입니까.》
《그게 도대체 어떤놈이냐?》
《신에게 천첩이 있사온데 그의 오빠가 찾아와 그렇게 말하드랍니다.》
《네 첩의 오빠라면…》
왕은 말을 하다 말고 입을 다물었다. 그리고는 물끄러미 명회를 바라보았다. 마치 녀도 사람이냐 하는듯이.
명회에게는 곰기로 소문난 애첩이 하나 있었다.
그가 개성에서 경덕궁지기로 논다니패에 섞여 돌아갈 때였다. 하루는 왈짜패들을 휘몰고 기생방들을 주름잡다가 두문동 어귀에서 한 처녀와 마주쳤다.
처녀는 눈이 번쩍 뜨일만큼 고왔다. 분처럼 흰 갸름한 얼굴에 류달리 얌전한 눈이 기다란 속눈섭에 가리웠다. 어데에 저런 선녀가 있었던가.
처녀는 웬 사나이가 앞을 막아서서 자기를 뚫어지게 쳐다보는바람에 그만 얼굴이 빨개가지고 길을 비켜 까치걸음으로 총총히 달아났다.
그날부터 명회는 처녀를 손에 넣지 못해 안달이 났다. 상사병이

날 지경이였다.

생각던끝에 명회는 왈짜패들을 거느리고 길목을 지키고있다가 처녀를 덮쳐가지고 왔다. 아무리 려염집처녀라도 가세가 뜨르르하면 생념도 못할 일이지만 알고보니 뉘집 첩의 딸이란다.

첩의 딸이고보면 아무리 잘났대도 가마 타고 시집가기는 애당초 틀린것이 아닌가. 어차피 남의 첩으로 갈터인데 내 첩이 되면 아니 되리란 말이냐.

처녀의 서오빠 정보가 어떻게 수소문을 하여 알아냈던지 명회의 집에 찾아와 죽일놈 살릴놈 야단독장을 쳤지만 이미 그르쳐진 일이라 어쩔수 없어 끝내는 명회의 첩으로 주고말았다.

그러나 정보는 명회를 사람으로 여기지 않아 서누이동생이 보고싶어 이따금 그의 집에 왔다가도 명회는 만나지도 않고 훌쩍 가버리군 하였다.

정보로 말하면 유명한 고려의 충신 정몽주의 손자이다. 충신의 자손으로 도고하기 이를데 없는 그로서 사람같지 않은 명회따위를 거들떠보잘리 없었다. 정보의 싸늘한 눈초리에서 명회는 《너도 사람이냐?》하는 질책을 분명히 읽군하였다.

《오냐, 내 지금은 논다니패로 사람축에 들지 못하지만 이대로만 지낼줄 아느냐. 네가 내 발밑에 무릎을 꿇고 빌 날이 있을게다.》

명회는 속으로 뼈물렸다. 오늘 성삼문의 패들에 대한 국문을 마치고 집으로 돌아가니 애첩이 밥상을 들이며

《오늘 저의 오라버님이 왔다 가셨에요.》라고 하며 명회의 눈치를 살피였다.

《그래? 무슨 일로 갑자기…》

명회는 밥을 한술 떠서 입으로 가져가며 빙그레 웃었다.

권력이란 좋은것이다.. 전에는 그를 무슨 더러운 물건처럼 꺼리며 자기가 말을 걸가봐 먼발치에서부터 피하던 사람들이 지금은 신발을 거꾸로 신고 쫓아온다. 정보도 이제는 그 아니꼬운 거드름을 버린 모양이다. 제가 아무리 충신의 자손이노라고 잔뜩 조를 뺀들 권력의 앞에서야 머리를 안숙일라구.

《그런데 왜 나를 만나지 않구…》

《만날것 없다며 긴히 한 말씀만 전하라구 했에요.》

《자네 오라버니도 내게 머리 숙일 때가 다 있던가. 하하.》

명회는 득의의 웃음을 터뜨렸다.
《아까 오라버님이 오셔서 대감께서 어디 갔느냐구 묻길래 죄인들을 국문하는데 입시하였다구 했더니…》
《온, 사람두, 인차 돌아온다구 하지 왜?》
《그랬에요.》
《그런데두 그냥 가더란 말인가?》
《네, 오라버님의 말씀이 〈대감이 나오시거든 그 사람들을 죽이면 만고의 죄인이 된다구 내가 그리드라구 일러라〉구 했에요. 그리구는 그길루…》
《뭐, 뭐라구?!》
명회는 저가락을 상우에 동댕이치며 벌떡 일어났다. 자기앞에 머리를 숙이러 왔겠거니만 생각하던 명회는 그만 자기가 어리석었다는것을 깨닫자 화가 더욱 치밀었다.
그동안 뻐꾹소리 한마디 못하고 모멸에 찬 눈초리를 받아온것이 새삼스레 분하였다. 분하여 이가 갈릴 지경이였다.
《네가 여직 기가 살아가지고. 오냐, 어디 두고보자.》
명회는 방금 밥술을 뜨려는 하인들을 성화같이 독촉해가지고 대궐로 향하였다.
《전하, 란언을 퍼뜨리는자를 엄중히 처리하지 않으면 인심을 수습할수 없을줄 압니다. 더구나 국가의 대계를 위해 역적을 처단하려는 전하를 만고의 죄인이라 무함하니 이런 심보를 가진자가 무슨 짓인들 못하겠습니까.》
자기를 만고의 죄인이라고 한다는 말에 왕은 가슴이 쿡 찔렸다. 그러지 않아도 왕은 피로왔다. 분하고 서러웠다.
자기는 그들을 죽이고싶지 않았다. 잘못했노라 한마디만 하면 살리려고 하였다. 그들의 재주가 아깝고 인품이 대견하였고 충의가 갸륵하였다.
그러나 그들은 죽는것이 소원이였다. 살려주마고 했건만 기어이 죽으려고들 하였다.
자기를 임금으로 부르기가 싫어서 중한 목숨을 아무 미련없이 버리려고 들이덤비였다.
아, 내가 그리도 싫던가. 자기는 벼슬도 줄수 있다. 부귀영화도 누리게 해줄수 있다. 그런데도 싫다니…

왕은 부지중 한숨을 쉬며 눈을 감았다.

《그 사람들이 지금은 란신일망정 후세에 떳떳한 이름을 남길 만고의 충의지사들이다. 그럼 나는 정녕 정보의 말대로 만고의 죄인이란 말이냐? 내가 왜? 나를 죄인이라 하는놈이 어떤놈이냐? 그래 목에 칼이 들어와도 나를 죄인이라고 할터이냐? 어디 보자.》

왕은 자신과 명회에 대한 혐오감을 주체하지 못해 울화가 치솟았다. 이 분풀이를 어떻게 하노. 내 그놈에게서 제발 살려줍시오 하는 소리를 듣고야말리라.

왕은 자리를 차고 일어나 다시 편전으로 나갔다. 이마에는 음울한 주름이 깊게 패여 퍼질줄 몰랐다. 침침한 분노와 암담한 복수심으로 가슴이 부글부글 끓었다.

《정보 그놈을 당장 잡아들여라.》

이윽하여 정보가 금부의 라졸들에게 끌려들어왔다.

피에 얼룩진 형구들이며 형리들의 무시무시한 꼴들은 내놓고도 어마어마한 대궐에 들어서면 웬만한 사람은 절로 기가 질려 허둥대기 마련이건만 정보는 치째진 눈으로 한번 흘끔 그것들을 보고는 그냥 태연히 징경징경 걸어들어온다.

《그놈을 당장 잡아꿇려라.》

형리들이 우루루 달려들어 그의 갓을 벗기고 다짜고짜 무릎을 꿇리려 덤비였다.

《에라. 이놈들 손 좀 치워라. 무릎꿇림을 당하더라도 자리나 좀 가려보자꾸나. 그러다 피자국을 밟겠다. 충신들이 흘린 피우에 어찌 감히 무엄하게 앉을가부냐.》

정보는 형리들을 밀어제끼며 씩씩하게 말하였다. 정보의 기탄없는 말에 주련이 시립하고있던 관리들이 그만 낯색을 변하였다.

《예가 어디라구 함부루 입을 놀리느냐.》

《아무려면 죽을 사람이 말 한마디야 마음대로 못하겠소?》

정보는 오히려 제편에서 기가 뻗쳐 큰소리를 쳤다.

《네놈이 여기서도 란언을 할셈이냐?》

《란언이라니, 나는 란언을 한 일이 없소.》

《성삼문이네를 죽이면 만고의 죄인이 된다니 그게 란언이 아니란 말이냐?》

《그게 무슨 란언이겠소. 난 란언이 될줄은 몰랐소.》

《저놈 봐라. 역적을 죽이면 죄인이 된다니 그게 란언인줄 몰랐드란 말이냐?》

《란언이 아니라 바른말이지요. 제 임금을 받드는 사람을 역적이라고 죽이면 만고의 죄인밖에 더 되겠소?》

《오냐, 그럼 그놈들은 성인군자드냐?》

《그렇지요.》

왕은 정보의 기탄없는 말에 억이 막혔던지 그만 손을 홱 내저으며 냅다 소리를 질렀다.

《그놈이 죽고싶어 환장이 되였구나. 정 소원이면 역적놈들과 같이 사지를 찢어죽여라.》

무사들이 대들어 꿇어엎드린 정보의 덜미를 쥐여 일으켜세웠다.

《그놈을 당장 끌어내여라.》

왕은 화가 천둥같이 나서 가슴을 들먹거리며 단숨을 헉헉 내뿜었다.

그러나 정보는 오히려 태연하였다. 덜미를 쥔 형리의 손을 여유있게 물리치며 늘어진 어조로 말하였다.

《이놈들아, 재촉말아. 네놈들에게 등을 밀려갈 내가 아니다. 허허》

정보는 하늘을 쳐다보며 껄껄 웃었다.

《이놈들, 상감께 여쭈어라. 이 정보가 세상에 나서 죽을곳을 찾지 못할가봐 걱정이였더니 오늘 제자리를 찾게 해주어 감사하다구. 자, 어서 가자.》

정보는 제편에서 오히려 무사들의 등을 밀며 재촉이다.

그 광경을 지켜보던 왕은 어이가 없어 좌우를 둘러보았다.

《저놈이 정녕 미친놈이다. 대체 뉘집 자손이냐?》

늘어섰던 관리들중에서 누군가 나서며

《고려 충신 정몽주의 손자라 아뢰오.》 한다.

《정몽주?》

왕은 놀란 소리를 지르며 끌려나가는 정보를 다시금 바라보았다.

　　　　이몸이 죽고죽어 일백번을 고쳐 죽어
　　　　백골이 진토 되여 넋이라도 있고 없고
　　　　님 향한 일편단심이야 가실줄이 있으랴

정몽주가 고려왕실에 충절을 다짐하며 남긴 시다.

그 할아버지에 그 손자라더니 과시 정몽주에 부끄럽지 않은 손자였다. 그 손자도 할아버지처럼 죽고싶은 모양이다.

이제 자기가 정보를 죽이면 그의 소원성취나 해주는셈이 되고 이름이나 남기게 해줄것이 아닌가. 게다가 정몽주는 비록 고려에 충성을 바치다가 죽었을망정 리씨왕조에서도 충현으로 받드는 사람이다.

가뜩이나 사람들의 미움을 살 일을 많이 한터에 충신의 자손을 죽였다는 불미한 패호까지 찰 멋은 없었다. 왕은 손을 내저으며 소리를 질렀다.

《정보는 죽이지 말아. 그의 조상이 고려에 절개를 지켜 죽었으니 그라고 리씨왕조의 신하가 될리 없다. 내 신하가 아닌담에야 죽여서 무얼 하겠느냐. 정보야, 너는 충신의 이름을 후세에 전하도록 하여라. 그만 물러가거라.》

왕의 말에 정보는 우뚝 걸음을 멈추고 돌아섰다. 그리고는 무슨 말을 할듯하더니 끝내 입을 열지 않고 그저 길게 읍을 하고는 말없이 물러나갔다.

영낙없이 죽게 되였던 정보는 죽지 않고 영일현으로 귀양을 가게 되였다. 정보가 살려달라고 애걸복걸하였더면 오히려 죽였을는지도 모른다. 죽겠다는 사람을 죽여서 무엇하랴는것이 아마 왕의 심사였는지도 모른다.

한낮이 지나 해가 무거워질무렵이였다.

대궐의 협문인 영추문이 삐걱 소리를 내며 힘겹게 열리더니 죄인들을 실은 수레가 들들 굴러나오기 시작하였다.

원래 사형죄인은 대궐의 대문으로 못드나들게 되여있어 의례히 영추문으로 나오기마련이다.

아까부터 협문밖에서 목을 빼들고 이제나저제나 기다리고있던 가족들이 허둥지둥 달려들어 수레채에 매달리며 통곡을 터뜨렸다.

죄인들은 모두 뼈가 부러지고 살이 터져 몸을 제대로 가누지 못하였다. 목에 걸린 항쇄가 절렁거리는대로 이리 쏠리고 저리 쏠리며 기신없이 앉아있었다.

《대역부도 죄인 아무개》라고 쓴 패쪽이 수레우에서 건뎅거리였다. 사방에 살창을 댄 무시무시한 수레안에 항쇄 족쇄를 한 죄수들이 머리를 풀어헤친채 목에 무거운 칼을 쓰고있었다. 사형죄수에게 씌우는 칼은 25근짜리 큰 칼이다. 두손으로 받들고있지 않으면 어깨를 지지눌러 오금이 저려물었다.

삼문은 수레의 살창을 부둥켜쥐고 안깐힘을 써서 겨우 일어나 앉았다.

죄인들의 가족중에는 남자라고는 보이지 않았다. 원래 역적의 자손은 씨를 남겨두지 않는 법이다. 사내란 사내는 모두 련좌죄로 목을 매여죽이고 녀자들은 관청종으로 박아넣는다. 보매 벌써 금부의 도사들이 풀려나 사내들은 다 잡아둘인 모양이였다.

삼문은 가슴이 저렸다. 아버지와 형제들은 어른들이라 죽는것이 무엇인가를 안다. 알고 죽는것은 그닥 애달플것이 없다 하겠다. 그러나 네댓살짜리 아들이며 조카들은 어떻게 죽었으랴. 아마도 어른들이 죽는것을 발발 떨며 바라보다가 저희들도 응당 저렇게 되여야 하려니만 생각하고 올가미에 그 가는 목을 들여밀었을것이 아니냐. 죽는다는것이 무엇인지는 몰라도 무서운것이라는것은 안다. 그래서 입을 삐쭉거리며 훌쩍훌쩍 울었으리라. 아아. 우악스런 손에 잡혀 바둥거리며 죽어갔으리라.

삼문은 그 모양이 눈에 삼삼 밟혀와 저도 모르게 하늘을 우러르며 부르짖었다.

《아, 하늘도 무심하구나!》

과연 꼭 이렇게 했어야만 했던가. 아니하고 남들처럼 허리를 구붓하고 살수는 없었던가. 아아, 이 한몸이 죽는것이야 무엇이 아까우랴만 죄없는 어린것들까지 죽어야 한다니 아, 매옵지 않은 마음으로는 못할 일이다.

누구나 할수 있는 일이면 장하달것 없다. 하기야 장하다는 말을 듣자고야 누가 죽기까지 하랴. 아니하고는 못살 일이길래 한 일이 아니였느냐.

《아빠, 아부지!》

귀청을 따갑게 두들기는 애된 목소리에 삼문은 부르르 몸을 떨었다. 분명 딸애의 목소리였다.

언뜻 뒤를 돌아보니 네댓살 난 어린 딸애가 금시 엎어질듯 위태롭게 배를배를 달려오고있었다. 비둘기발같은 발가스름한 손이 수레채를 잡아쥐려고 안타깝게 바둥거렸다.

《아부지. 아빠, 무서워. 응응. 어서 내려와. 무서워.》
 딸애는 겁에 질린 눈으로 아버지의 험상궂게 된 모습을 바라보며 소리도 크게 못내고 흑흑 흐느껴 울었다.
《오냐, 울지 말아.》
 삼문은 목이 메여 더 말을 잇지 못하였다. 그의 눈에 핑그르르 눈물이 피여올랐다. 아무리 마음이 철석같다 해도 필경에는 그도 정 여린 인간이였다. 철부지 딸애의 우는 모양을 보는 순간 가슴이 철썩 소리를 내며 무너져내리는것 같았다.
《네 오라비들은 다 어디 있느냐?》
《잡아갔어. 무서운 어른들이 응응.》
《아아, 잘들 죽거라. 너희들을 위해서는 아니해야 할 일을 내가 했구나. 사람답게 사는것이 이리도 피로운 일인줄은 내 미처 몰랐구나 오.》
 삼문의 가슴속에서 이런 부르짖음이 터져나왔다.
《얘야 울지 말아. 너는 계집아이라 죽지는 않을게라. 잘 있거라.》
 삼문은 눈물을 휘뿌리며 고개를 돌려버렸다.
《나으리, 뒤일은 저희들이 있으니 과히 걱정마시고 잘 가시옵소.》
 삼문의 집 종이 술사발을 받쳐들고 다가와 딸애를 떼내여 누구엔가 안겨주며 위로하였다.
《오냐. 고맙다. 술을 이리 다우.》
 종은 눈물을 뻑 씻으며 술사발을 내밀었다.
 삼문은 두손으로 술사발을 받아 단숨에 죽 들이키였다.
《어, 그 술 정히 매웁고나.》
 삼문은 사발에서 입을 떼고 번쩍 고개를 제끼며 시원한 소리를 내뿜았다. 그의 얼굴에는 싱그러운 웃음까지 비낀듯하였다. 이왕 죽을바에는 마지막까지 사나이로 살고싶었다.
《의기 매웁신 나리께 매운 술을 아니드릴수 있습니까.》
 종은 삼문의 대범한 말에 감심한듯 젖은 목소리로 부르짖었다.
《오, 네가 나를 알아주는구나. 잘 있거라. 황천에 가서도 내 너를 잊지 않으마. 어서 가자. 황천길이 늦어지겠다.》
 삼문의 재촉에 수레가 다시 굴러가기 시작하였다.

《아빠아!》
 어린 딸의 울음소리가 다시 울렸으나 삼문은 더는 돌아보지 않았다.
 수레가 황토현마루에 이르자 금부도사 김명중이 뒤쫓아와 수레를 멈추었다. 명중은 방금 왕이 가만히 내리는 지시를 받고 달려오는 걸음이였다. 아무쪼록 삼문 등이 마음을 돌리도록 마지막으로 잘 달래보라는것이였다.
 《이보게, 사람이 고집도 류만부동이지, 그예 죽겠단 말인가. 다시는 아니하겠다는 말 한마디씩 하는게 무에 그리 어려운가. 그러면 가문이 몰사하는 화를 면할게 아닌가. 그뿐인가. 부귀를 누릴수 있네. 전하께서 임자네의 재주와 충의를 아껴서 하신 말씀이니 어서 마음을 돌리게.》
 삼문은 머리를 절레절레 흔들더니 종이와 붓을 청하였다. 왕년에 시재로 이름을 들날리던 그였다. 휘두르는 붓끝에서 바람이 일더니 꿈틀대는 룡이 살아나는듯 활달한 글자들이 나타났다.
　　　　이몸이 죽어가서 무엇이 될고 하니
　　　　삼각산 제일봉에 락락장송 되였다가
　　　　흰눈이 하늘땅을 다 덮을적에
　　　　나홀로 우뚝 푸르청청하리라
 쓰기를 마치자 붓을 던지고는 그대로 수레를 재촉하여 형장으로 향하였다.
 리개도 붓에 먹을 듬뿍 찍어들더니 단숨에 적어내려갔다.
　　　　까마귀 눈비맞아 희난듯 검노매라
　　　　하늘중천 밝은 달이 밤인들 어두우랴
　　　　님 향한 일편단심이야 변할줄이 있으랴
 명중은 리개의 글을 보고 그가 아무리 해도 마음을 돌리지 않으리라는것을 알았다. 더 말한댔자 날이나 귀양보낼뿐이였다. 그는 팽년에게 다가가 달래였다.
 《상감께서 특히 그대의 재주를 사랑하시여 나를 보냈으니 생각을 돌리는게 어떠하오?》
 《이제 마음을 돌릴것 같으면 그때에 벌써 돌렸지. 긴 말 말고 붓이나 주우.》
 팽년은 붓을 쥐고도 쓸 생각을 잊은듯 한참 눈을 감고있었다. 문득 팽년이 목청을 가다듬어 시 한수를 읊는다.
려수에 금이 난들 강마다 금이 나며
곤산에 옥이 난들 뫼마다 옥이 나랴
아무리 바늘따라 실 간단들 님마다 좋을소냐
팽년의 시를 들은 명중은 눈을 슴벅이며 아무 말을 못하고 한참 서있다가 다시 타일렀다.
《이것 보게. 그대가 죽는것은 말고라도 늙은 아버님생각이야 해야 할것 아닌가.》
명중의 말에 팽년은 붓을 잡고 몇글자 썼다.
아니할수 있었으면 내 웨 했을고
이 마음이 시키니 아니할수 없었네
명중은 성승과 유응부에게로 가려다가 눈을 부릅뜨고 쏘아보는바람에 다가서지 못하고 머밋거렸다. 불이 철철 흐르는 눈으로 명중을 노려보던 유응부가 한소리 호통을 쳤다.
《너의 임금게 전해라. 패한 장수는 있으되 항복하는 장수가 있을가부냐.》
응부의 말에 이어 성승도 한마디 하였다.
《내 머리를 잘리울지언정 숙이치는 않으련다. 그리 전하여라.》
명중은 말도 붙여보지 못하고 물러났다.
죄인들이 탄 수레가 군기시앞 형장에 이르니 벌써 그곳에는 삼문의 아우들인 삼고, 삼빙, 삼성과 팽년의 아버지 박중림 그의 아우 대년과 영년, 인년 등이 먼저 끌려와 죽기를 기다리고있었다. 한옆에는 류성원의 시체가 거적에 말려 놓여있었다.
성원은 벼슬이 성균관의 사예라 마침 성균관에 있다가 삼문 등이 잡혔다는 말을 듣고는 집으로 돌아가 어머니를 하직하고 아들을 불러
《사나이란 죽을 때를 당하여도 비겁한 태도를 보이지 말아야 하느니라.》 한마디 남기고는 칼로 목을 찔러 자결하였던것이다.
삼문의 아우들이 수레에 실려오는 아버지와 형을 보자 벌떡벌떡 일어나며
《아버지! 형님!》 하고 목메여 불렀다.
삼문은 아우들을 둘러보며 부르짖었다.
《오냐, 사나이답게 죽어라. 떳떳한 죽음에 어찌 알음이 없겠느

냐. 후세에 장한 이름을 길이 드리우자꾸나!》
팽년은 아버지를 보자 수레안에서 무릎을 꿇었다.
《아버님, 불효자식을 용서하십시오. 내 임금께 충성을 하려니 아버님께 불효를 하였습니다.》
그의 말은 눈물에 젖었다.
팽년의 아버지 중림이 흰 수염을 날리며 아들을 바라보았다. 주름진 얼굴로 한방울 굵다란 눈물이 드르르 굴러내리여 수염속으로 잦아들었다.
《네가 무슨 말을 하느냐. 자고로 충효는 난전이라 하였으니 충성과 효도를 어찌 함께 하겠느냐. 내 너를 장하게 아는터에 불효란 말이 당치 않다. 황천에 가서 못한 효성을 다하여라.》
《아버님, 고맙소이다.》
《부디 사내다워라.》
《명심하겠소이다.》
수레가 형장으로 들어서자 사람들이 우 몰려들었다. 금란군사들이 막아내느라고 창대로 밀어내도 소용이 없었다.
《이놈아, 치워라. 어디 충신들의 얼굴을 좀 보자꾸나.》
《죽는 사람에게 술이야 한잔 부어야지.》
《그놈들을 섭산적이 되게 두들겨 패주어라.》
《아아. 정린지, 신숙주 그놈들이 죽일놈이다.》
《잘 가우. 뒤일은 념려마우.》
와와 떠드는 소리에 누가 무슨 말을 하는지 가려들을수가 없었다.
저녁바람이 휙 지나가며 서느러운 기운을 끼쳤다. 뉘엿뉘엿 져가는 해는 서산에서 마지막빛발을 뿌리고있었다.
북소리가 둥둥 둥둥 울리였다.
두귀에 화살을 꽂고 얼굴에 회를 칠했을망정 풀어헤친 머리를 번쩍 든 그들의 모습은 조금도 구김이 없났다. 형장을 한바퀴 돌리고 술을 먹이는데 삼문이 청청한 목소리를 높이여 시를 읊었다.

　　　　북소리 둥둥 울려 죽기를 재촉하는데
　　　　서풍은 불어오고 해는 저물어가네
　　　　황천길에 주막이 없으려니
　　　　오늘밤은 뉘 집에서 묵어갈고

시의 비장한 뜻이 사람들의 가슴을 찌르르 울렸다.
삼문은 세상을 하직하며 마지막으로 사방을 휘둘러보았다. 저녁 황혼속에 바라보이는 산발이 장엄하게 번쩍이였다. 저녁바람이 불었다. 피빛노을이 불탔다. 사람들이 설레였다.
감형관으로 나와 섰는 정린지, 신숙주에게로 돌멩이가 날아갔다. 린지와 숙주는 머리를 수그리고 땅만 들여다보고 섰다.
《저놈이 린지라지? 저런놈을 살려둔단 말이여?》
《임금을 팔아 금관자를 붙인놈이 뻔뻔스럽게 서있네.》
《린지놈을 밟아죽여라!》
《숙주놈을 찢어라!》
협악한 웨침이 예서제서 터져나왔다. 벙거지를 쓴 군사들이 소리나는쪽으로 우르르 밀려갔다. 그러자 저쪽에서 또 우야 하고 함성을 울렸다.
어디선가 으아 하고 어린것의 재지는듯한 울음소리가 들렸다.
삼문은 그쪽으로 눈길을 돌렸다. 복새판에서 밀려난 모양으로 아래두리를 벗은 반발가숭이녀석이 두주먹으로 눈물을 씻다 말고 삼문을 말끄러미 쳐다보고있었다.
어린것의 눈에는 분명 무서움과 호기심이 함께 서렸다. 귀신같은 몰골이 무서운 모양이였다.
와와 복새를 벌리며 들레는 어른들의 일을 그로서는 리해할수가 없었던것이다. 호기심과 무서움외에 다른것이 섞이지 않은 어린것의 순결한 눈동자앞에서 삼문은 어째선지 몸가짐이 송구해졌다.
삼문은 어린것에게 어줍게 웃어보였다.
어린것은 한참 눈을 까막까막하다가 느닷없이 싱긋 마주 웃어보였다.
《좋은 사람인걸 괜히 무서워했구려.》 하는듯이.
어린것이 문득 입을 벌렸다. 무엇인가 말하려는 모양이였다.
삼문의 가슴은 아프게 조여들었다. 그 말을 듣기전에 머리우의 칼날이 내려질가봐서였다. 어린것의 말을 듣고싶었다. 그것이 자기가 살아온 한생에 가장 뜻깊은 말일것만 같은 생각이 들었던것이다. 삼문은 어린것의 입에서 눈을 떼지 못하였다.
기다렸다. 가슴이 조였다.
《저것들이 이담 커서 나를 두고 무어라고 하려누?》 하는 생각이 머리를 스쳤다.
 머리우에서 망나니의 손에 들린 칼이 번쩍하였다.
 삼문은 더 생각할수 없었다. 그는 벌써 이세상 사람이 아니였던것이다.
 어린것은 무서운 광경에 그만 다시 와 하고 울음을 터뜨렸다.
 사람들은 흔히 력사라면 년대를 생각한다. 그러나 력사는 무표정한 년대가 아니다.
 력사속에는 인간들이 산다. 력사는 과거에 산 인간들의 기쁨과 슬픔이 딩굴어간 자욱이며 그들이 지녔던 희망과 념원, 그들이 흘린 피와 땀의 결정이다.
 인간의 피와 땀이 물이 아닐진대 그에 대한 평가가 있어야 함은 명백한 일이 아니냐.
 그러므로 분명 력사는 후대의 평가여야 하고 심판이여야 할것이다. 과거에 대한 알음으로 그쳐서는 안될것이다.
 력사는 과거에 대한 후대의 추억이다. 후대의 추억속에 과거의 인간들은 자기의 모습대로 살고있다. 장한 인간은 장하게, 녀절한 인간은 녀절하게, 그런 의미에서 인간은 죽어서도 산다고 해야 할것이다.

조선사화전설집 10	
저　자	김　세　민
편　집	박　현　균
장　정	리　정　호
교　정	박　은　향
낸　곳	문　예　출　판　사
인쇄소	평양종합인쇄공장―2
인　쇄	1991년 10월 15일
발　행	1991년 11월 15일

ㄱ―16341　20,000부

海外우리語文學硏究叢書 45
조선사화전설집(10)

1992년	8월 20일 인쇄
1992년	8월 30일 인쇄
1995년	9월 15일 영인

편저자	김 세 민
발 행	문학예술종합출판사
영 인	**한국문화사**

133-112 서울 성동구 성수1가2동
　　　　　13-156
　　　　　Tel. 464-7708, 499-0846
　　　　　Fax. 499-0846

정가 7,000원

ISBN 89-7735-141-3